ハヤカワ文庫JA
〈JA1586〉

アグレッサーズ
戦闘妖精・雪風

神林長平

早川書房
9128

きみが破壊した
その門扉の先は
言葉のない世界

目次

アグレッサーズ　戦闘妖精・雪風

戦略家たち

結果からして、とブッカー少佐が言った。

「ジャムは対人類戦に勝利したようだ。地球はすでにジャムに汚染されているとみて間違いない」

「雪風、帰投します。フェアリイ基地管制空域に入りました」

特殊戦司令センターの通信コンソールに着いているグセフ少尉がブッカー少佐を無視して、フェアリイ基地中央航空管制画面を指した。

「わが特殊戦独自の管制誘導を開始しなさい」と特殊戦のリーダー、クーリィ准将が指示を出す。「FAFの中枢管制機能の信頼性はいまだ不明だ。復唱せよ」

「FAFの中枢管制機能の信頼性はいまだ不明」とグセフ少尉。「特殊戦独自の管制誘導を開始します。復唱おわり」

「よろしい」

「34L滑走路に誘導します。滑走路上はクリア。クリアなのが確認されているのはこの一本だけです。帰還した戦隊機はすべてここに降りています。雪風、深井大尉、聞こえますか」

『すべて、聞こえている』

特殊戦司令センターに深井大尉の声が響く。

『ジャムはまだ勝ててないよ、ジャック。おれたちがいる。おれたちと、特殊戦の機械たちだ。FAFのコンピュータたちも、負けを認めてはいないだろう』

「そのとおりだ、深井大尉」とクーリィ准将が力強く応答する。「われわれはまだ負けてはいない。ジャムはわれわれを潰すまでは勝利宣言は出せないだろう。新たな戦略を練って、再攻撃してくる。ブッカー少佐、敗北を認めるのはまだ早い」

「准将、お言葉ですが」とブッカー少佐が言う。「われわれが負けていないと言い張ったところで、ジャムには通じないでしょう。われわれがいまもっとも恐れなくてはならないのは、ジャムはもはや人間を相手にはしないかもしれない、ということです」

「再攻撃はない、というのか」とクーリィ准将。「ジャムはわれら特殊戦にも勝利したというのか、少佐？」

「ある意味では、そうだと思います」と少佐はクーリィ准将と目を合わせて言う。「わたしの認識では、ジャムの敵は人類ではない。わたしたち人間はジャムにとって単なる邪魔者にすぎないのだと、そう思います。ジャムは、人間という邪魔者に対しては人間に相手をさせるのがいいと判断したのでしょう。ロンバート大佐に人類への宣戦布告をさせて、対人戦闘は大佐に任せ、自らは本来の目的を果たそうとしている」

「本来の目的とは――」

「わかりません」とブッカー少佐は言い、続ける。「ジャムが地球を狙う真の目的はいまだ不明ですが、おそらくジャムは、ロンバート大佐とともに今回〈通路〉を抜けて、地球への侵入に成功しています」

「なにを根拠に、成功したというのだ」

「大佐が地球に飛び込んだことで、そう推定されます。彼はジャムに寄生されているような存在ですからね。ジャムの情報を得るには貴重ですが、地球人類にとっては実に危険な人物だ。ロンバート大佐はいわばジャムのキャリアです。われわれにとっては、ジャムそのものだ。負ければ、こちらが死ぬ」

「もし、今回われわれが」と指令卓に着いているピボット大尉が、ブッカー少佐とクーリィ准将の会話に口を挟んだ。「ロンバート大佐が〈通路〉を目指している事態を放置し、雪風より先に大佐に地球に飛び込まれていたならば、おそらくわれわれはいま、存在していない。消滅していた可能性が高いです。地球上の人類も、です。地球そのものが、存在論的に、はじめからこの世に存在していない、そういう世界になっていたことが予想される。いまのわれわれにとっては、ということです。ジャムにとっては、むろん地球がなくなるわけではない。今回ジャムは、地球から人類を一掃する手段としてロンバート大佐をそのように利用した、ということです」

「どっちみちジャムは地球に侵入したわけですよ、准将」とブッカー少佐は言う。「しかし地球側では、ジャムの存在に気づかないでしょう。われわれFAFが日夜命がけで異星からの侵略者と戦っていることすらフィクションのように感じているかれら地球人に、ジャムの存在は二重の意味で、捉えることができない。それはまさしく、ジャムの対人類戦の勝利にほかならない」

「では今回の戦闘は」とクーリィ准将。「ジャムにとってなんだったというのか」

「われわれを牽制しておいて地球を狙ったのです」と少佐。「ジャムは今回、われわれ特殊戦に真っ向勝負を挑むような戦略をとり、そうして、勝利を収めた」

「われらはいまだ消滅していない」と准将。「ジャムはまだ勝ってはいないだろう、少佐」

「ジャムの勝利は、地球への侵入に成功した、ということです。その意味で、われわれは負け、ジャムは勝ったわけですから、ジャムが再攻撃をしてくるはずがない。詳細な分析はこれからになりますが、わたしは、准将、そのように感じているところです。FAFは、地球人にこの事実を伝える義務がある。地球人はいまや、この事実を認めることくらいしかジャムへの対抗手段を持っていないでしょう」

「あなたの考えは、よくわかった」とクーリィ准将は言った。「ようするに、負けたとすれば、それは地球人だ。われわれ、特殊戦ではない。われらは、自らの生き残りをかけて対ジャム戦を続行する」

「もしも」とブッカー少佐が訊く。「ジャムが再攻撃をしてこなかったら？」

「そのときは」とクーリィ准将は即答する。「ジャムに再攻撃させるまでだ」

特殊戦司令センターが一瞬静まりかえる。准将に声をかける者はいない。反論も質問も出なかった。

「わが特殊戦は」クーリィ准将が宣言する。「今後、ジャムへの徹底的な強行偵察を行うこととする。ジャムの正体と、その思惑を、なんとしてでも捉えるためだ。ジャムの存在する環境で人類が自立して生きられるかどうかは、そこにかかっている。少佐、反論があるなら聴こう」

「その点については、ありません、准将。おっしゃるとおりです」

「今後の対ジャム戦になにが必要か、少佐、あなたに考えはあるのだろう。あればこその、いまの発言だろう。そうだな、少佐」

「イエスメム」

「答えなさい」

「ジャムの正体はわたしたち人間にとって未だ不明です。しかし雪風は今回、ジャムの本体を直接探る行動に出たように見えます。今後、具体的な戦術を開発するにあたっては、今回の雪風の戦い方を詳細に分析して、まずは雪風をはじめとするFAFのコンピュータ群の対ジャム戦略を知らなければならない。かれら機械知性たちは、これからなにが起きるのか、予想を立てているに違いない。それは人間であるわたしたちの予想よりも、的を射たものでしょう。おそらく雪風やFAFのコンピュータたちは、今回、ジャムの正体の一端を摑んだであろうから、です」

『それを言うなら』と深井大尉の声が管制室に再び響いた。『おれたち人間も、少しだけ、雪風の世界を垣間見た。ジャムに対抗しているFAFのコンピュータたちの意識を共有したんだ』

「そう、そうだった」とブッカー少佐がうなずく。「それでわかったことと言えば、雪風やFAFのコンピュータ群は人間の言葉で考えているわけではない、という事実だ。かれらの知性や意識は、〈言葉〉には依存していない。それはすなわち、わたしたちヒトの知性や意識とは異なっている、ということだろう。わたしたち人間は、雪風やFAFのコンピュータたちとは言語によるコミュニケーションはとれない。機械たちと言葉で意思疎通ができているように感じられるのは、わたしたちの錯覚にすぎない。それが、わかった。われわれが今回の戦闘で体験した、この事実は、かれら機械知性を理解するということの困難さを、そのまま物語っている」

――それは、そっくりそのまま、われらが対ジャム戦を戦う困難さでもある。

特殊戦を指揮する准将、リディア・クーリィは密やかに、そう独りごちた。

哲学的な死

地表の様子がおかしい。

雪風を手動着陸モードにしてフェアリイ基地滑走路34Lを目指していた深井大尉は、視界に違和感を覚えた。

肉眼で見下ろす地上が、なにか静止画のような感じなのだ。広大なスチル写真が貼りつけられているようだと零は思い、立体感が失われているのかと、素早くヘルメットバイザを上げて目をこらす。

いい角度で滑走路が見えている。滑走路脇でこちらを狙っている着陸支援用の光学表示器＝ミートボールを視認。接近するにつれてその形状が三次元的に変化していくのがわかる。立体感の問題ではない。

ミートボールの表示板面上、縦一列に並ぶランプのうち、一番下の赤いランプが点灯していた。そもそも、いずれのランプであろうと、点灯していること、それ自体がおかしい。ミートボールは、着陸する機が着艦用のアレスティング・フックを使用する際に点灯するものだ。フェアリィ空軍＝ＦＡＦの地上基地滑走路には緊急時にアレスティング・フックが使用できる着陸装置が用意されているのだが、いまは通常着陸だ。ミートボールは使用しない。しかし、通常着陸時に点灯しているはずの滑走路施設である各種ライトが点いていない。進入灯や進入角指示灯などなど。通常の着陸支援ライト群が壊れたのでミートボールで代用しているのか。

点灯しているミートボールの表示の意味は、『高度が低すぎる』というものだ。いま降りていく雪風に向けたものであるとは、零には思えない。このミートボールの動作は異常だ。

「桂城少尉」と零は後部席のフライトオフィサ、桂城少尉に指示する。「フェアリィ基地航空管制を呼び出せ」

「さきほどもやりましたが、応答なしです。通信システムが破壊されているか、管制官たちがみなやられたのか。詳細は不明」

「着陸支援は自動システムのみ、人間による管制はなし、か」

「そのようです、機長」

「ミートボール視認。アレスティング・フックを使用せよ、と言ってきているようだが、それにしてはボールの表示がおかしい」

「管制システムがダウンしていることは、十分、考えられます。なにしろジャムの総攻撃は凄まじかった」

「ウェーブ・オフ」と零は宣言する。着陸復行《ふっこう》。「ギアもフックも下ろさない。このまま降下、接地せず、滑走路のすぐ上をパスするから、機外を目視にて探れ」

「了解」と少尉は応答する。「それから上昇して、基地周辺を上空から偵察するのがいいでしょう、機長」

「きみも異常を感じるか」

「はい。帰ってきたと思ったんだが」

「行くぞ、３４Ｌに進入する。きみは周辺を注視し、異状を探れ」

「イエッサー」

針路は北北西にとったまま、雪風は滑走路上を飛び抜ける。それから上昇。基地上空を大きく旋回する。

「なにかわかったか？」

「地上に動くものはなにもなかった」と桂城少尉。「異状の原因は目視ではわからないというか、なにが異状なのか、よくわからない。たんに、なにも動くものがいない、というだけのことなのかもしれない」

「いや」と零。「われわれ二人の人間が、なにかへんだと感じているんだ。ここはおそらく、まともなフェアリイ基地ではない」

零は雪風を旋回上昇させる。時間をかけてさらに上へ。機体を傾けて旋回しつつ滑走路とその周辺施設を見下ろす。

「まだ帰ってきていないわけだな」と桂城少尉は、零も感じている違和感を言語化して言った。「滑走路付近に撃墜された敵味方を問わない残骸が多数あるはずだが、それもない。どうも、フェアリイ基地のような気がしない。地上にまったく動きがない」

「そうか、そうなんだな」と零は納得する。「作りものめいて見えているのはそのせいだ。たんに動きがないというより、時間が止まってる感じだ」

「まさに、そうですね。動いているのは雪風だけ、という」

「もしかしたら、ほんとうに時間が止まっているのかもしれないぞ。ジャムの攻撃の一環かもしれない。特殊戦司令部を呼び出せ」

「こちら雪風、特殊戦司令部、応答せよ」

ザッというノイズ。だが返事はかえってこない。

「こちら雪風、グセフ少尉、聞こえますか」と桂城少尉は呼び続ける。「フェアリイ基地滑走路の様子が普通ではない。着陸を中止した。現在、基地上空を旋回監視中。そちらの状況を知らせよ。——繰り返す。こちら雪風、特殊戦司令部応答せよ」

応答はない。バックグラウンドノイズが聞こえるだけだ。ノイズそのものは、正常な、いつものノイズだ。

「特殊戦との戦術データリンクも切れている」と零。「どうやら、特殊戦そのものが消えてしまっている状況のようだな」

「ジャムがまだいるということでしょうか」

「もしジャムがいるとすれば、その狙いは、われわれだろう」

「特殊戦ですね」

「いや——」

今回の戦闘は、FAFとジャムとの初めての総力戦の様相を呈したのだが、特殊戦の分析では、ジャムはいつでも今回のような戦力を投じて地球への侵攻ができたのであり、いままでそうしなかったのは、FAFのなかでも特異な部隊である特殊戦が理解できないため、だった。

これまでジャムは、ジャムなりに特殊戦に対して集中的な偵察と諜報活動を行ってきたと思われるが、おそらく理解の助けになる有用な情報は得られず、そのため、『この戦争状態が総力戦に転じた場合の特殊戦の出方』を見るべく、今回の戦闘を開始した――零は出撃前にそういう発言を聞いたことを思い出す。だれだったろう。ブッカー少佐か。あるいは、ジャムのプロファイリングを担当している軍医、フォス大尉だったかもしれない。

だが、ジャムがいまだフェアリイ星に留まり、戦っているとするならば、その狙いは特殊戦という集団というより、もっと絞られた対象だろう。ジャムは特殊戦以前に、人間というものが理解できていない。そもそも感覚的に認識できていなかった節がある。言ってみればジャムには人間が〈見えない〉のだ。その未知の敵である人間を、なんとしてでも理解すること、それが、これまでのジャムの〈対人類戦〉だったようだ。戦闘機による空中戦などはその手段にすぎない――と、いまとなっては、そう思える。

今回、その戦いに一区切りついたとジャムが判断するならば、ようするに、ある程度人間のことが理解できたとジャムが納得するならば、もはやフェアリイ星にはいないだろう。だが、人類全体についてわかったとしても、個別の人間のことは、わかるまい。

とくに――「きみとおれ、それと雪風だ」と零は桂城少尉に言う。「ジャムが人語で呼びかけてくる声を聞いた、われわれだよ」

「ああ、そうか。そうだな」後部座席で桂城少尉がうなずく。「あれは、信じがたい体験だった。――深井大尉」

「なんだ、あらたまって」

「ジャムに言わせると、大尉もぼくも、人間よりは機械に近いらしい。しかも、ジャムにも似ているようだ」

「それが、どうした？」

「おなじことを人間から言われると、人でなしと罵《ののし》られるようなものだが、ジャムからそう言われたということ、誇りに思っていいのかな、と。ぼくらは、雪風を含めて、ジャムにとって真の敵だ、そうジャムから言われたに等しいわけだし」

「あのときのきみは、相当、頭にきていたぞ」

「アドレナリン、出まくりでしたし。ぼくはあのとき、深井大尉は信頼できると、はじめて、感じた。そういう人間に出会ったのは、ぼくの人生ではじめてだ。そういうことです、大尉」

「おれもおなじだ」と零。

「どうも」と少尉。

桂城少尉が言いたいこと、それが零には、わかった。

他人のことなど知ったことか、という生き方をしてきたのは自分も桂城彰も同じだ。他人の生き方や考えている内容には興味がない。だが危機的な状況に陥ったときは話は別だ。生き残るためには、その場にいる他人が信頼に足る人間でなければならない。人格云云《うんぬん》の問題ではなかった。端的に表現するなら、まさしく機械的に、相手のことが〈人というマシンの性能〉として信頼できるか否か、ということだ。日常的には、と零は思う、非戦闘状態での人間というのは、だれだって、〈誤作動〉しまくりのマシンだ、人間というやつは。雑念雑事に追われ、判断を誤り、うっかりドアに手を挟んだりする。

「ジャムがいるなら」と少尉は言った。「たしかに、ぼくらを狙ってくるはずだ、そう思える。この異状は、ジャムがぼくらを選択的に狙っているせいでしょうか」

「可能性はあるだろうな。この雰囲気からして、雪風がおれたちの意識にまた干渉しているのは間違いないだろう」

「ぼくらの感覚は、いったんは正常に戻りましたよね。地球から〈通路〉を抜けてフェアリイ星に戻ったとき、あのときは、ほんとうに生き返った心地がした」

「それを言うなら、ロンバート大佐より先に地球に飛び込んだとき、だ。人間に戻れたと、心底、ほっとした」

「たしかにそうでした」と桂城少尉。「この異状は、着陸態勢に入ってから、ですね。それまで司令部内の音声を拾っていた〈ラジオ〉も聞こえなくなった。ぼくらの意識はまた、雪風に捉《つか》まったわけか」

「時刻が拾えなくなった」

「え？」

「FAF戦略ナビ衛星からの信号が途絶えている。さきほどまでは正常に受信されていた。──雪風だ」

「なにが、です？」

「雪風が時間を止めているんだ」

「まさか、そんなことができるはずがない」

「意識の問題だよ、少尉。時間は意識が生んでいる、という学説だか俗説だかを聞いたことがあるだろう」

「いや」と少尉は、知らないと言いかけて、いまはそういう話を零がしているわけではないと気づき、すぐに言い直す。「はい、そういう意味なら、わかります。雪風は、ぼくらになにかをさせたいんでしょう。時間を止めて。つまり、ぼくらにほかのことをさせないよう、特殊戦やふつうの世界から切り離している」

「きみも、雪風のことがわかってきたな、少尉」

「ジャムにとって、雪風は最大の脅威でしょう。たぶん、人間にとっても、です。ぼくにはそう感じられる」

「正しい認識だと思う。こちらとしては、注意深く行動しないと危ない。まずは管制空域内にジャムがいないかどうか、探ってみよう」

「了解」

「フローズンアイ、起動だ」

「イエッサー。空間受動レーダー、起動します。——起動中」

「残存燃料を確認」

「燃料残量のチェック。——おかしいな、いつのまにこんなに減っているんだ。気がつかなかった」

「そちらもか。メーターの異常かと思った。燃料系統を調べろ」

零は大電力を消費するフローズンアイの使用を決めた後、燃料計に目をやって、予想を超えた燃料の減り方に気づき、計器の異常を疑った。残存燃料の確認はマルチディスプレイに表示させることもできるし、機体各部にあるそれぞれのタンク残量を詳しく調べることもできるのだが、いまはフライトオフィサがいるのだ。それに頼らない手はなかった。

「燃料系統に異常なし」とフライトオフィサの桂城少尉の返答。「表示系統にも異常は認められない。漏れたり緊急放出したという記録もない。実際に消費しているんです。感覚的には、異様に減りが速いかんじですが」

「大佐を追撃するのに限界以上の出力を絞り出した、というだけではないな。われわれ人間の感覚以上に長時間飛んでいる、ということなんだろう」

　地球から超空間〈通路〉を抜けてフェアリイ星に入った直後に零は燃料残量のチェックをしていた。そのときは十分な残量だった。感覚的には、つい、さきほどのことだ。

「ぼくらの知らないうちに雪風が寄り道をしていた、とか」

「いま、その寄り道の最中なのかもしれない」

「いや、それなら減ってないはず。——未来の残存燃料の表示を、いま、ぼくらが見ている？」

「話が通じるというのは気持ちがいいものだな」と零。

「大尉もぼくも、おなじ体験してますからね。大尉は雪風の意識世界、ぼくはロンバート大佐といっしょに、ジャムが見せているという〈リアルな世界〉を体験しました。時間が意味をなさない世界だ。そのうえ、雪風が捕獲したジャム機が雪風と一体化したり分離したりと、超常的な出来事ばかりだった。それがまだ、終わっていないんですね」

「雪風はいま、おれたち搭乗員に人間の感覚での支援を要請している可能性がある。この燃料の減り方の表示は、雪風からのメッセージかもしれない」

「あり得ます。雪風なら、こういう表示を示すことができそうだ」

「問題は、雪風がなにを訴えかけているのか、だ」

「雪風はディスプレイに人語を表示できるのに、なぜ、いまはやらないんだろう」

「ブッカー少佐が言っていたことと関係がある気がする。機械知性と〈言葉〉でコミュニケーションがとれているというのは、錯覚にすぎない、というやつ」

「言ってましたね」と少尉が言う。「司令部での議論、〈ラジオ〉から聞こえていました。あれ、録音してあります」

「用意のいいことだ。帰ってきたのが錯覚ではないことが、その録音を再生してみればわかる」

「ただ、途中からです。ブッカー少佐が、『結果からしてジャムは対人類戦に勝利したようだ。地球はすでにジャムに汚染されているとみて間違いない』と言った、そこから録音されています」

「おれが帰投宣言した、その直前から、だな」

「そうです。再生してみますか?」

「いや、あとでいい。雪風はあえて言葉を使わず、おれたちに〈錯覚〉することなく現状を体験しろ、と言っているのかもしれない」

「地上の、時間が止まった感じと関係のある、なにかでしょう」

「むろん、そうだろう」

「そういえば」と桂城少尉は少し口調を変えて、言う。「思い出したことがあります、大尉。雪風のいまの状態とは関係ないかもしれませんが……」

「かまわない、続けろ」

「ロンバート大佐がフェアリイ基地から逃げる前のことですが、基地の様子が普段とはまるで違っていて、外に出てみたら、世界そのものの様子が異状だった。色がなかったし」

「大佐の手紙を投函したポストだけが青かったという、あれか」

「そう、そうです。ロンバート大佐が言うには、それはジャムが人間であるぼくらに〈リアルな世界〉を見せているからだというんですが、その方法というのが、ジャムが人間の言語能力に干渉、操作しているからだ、と。視覚的に錯覚を見せているわけではなくて、言語野を操作することで、われわれに〈本当の現実〉を感じさせているのだという。あのときぼくは、大佐に『ジャムにとって人間とは、われわれが使っている〈言葉〉そのものとして感じられるのではないか』と言った覚えもあります。だから、なんだ、と訊かれると、自分でもなんでこんなことを思い出したのかよくわからないのですが…

……」

「雪風が人語の使用を避けている理由がそこにある、そういうことだろう」

「ああ、そうか。そうです。雪風は、人語を使うことでジャムに操作されるのを警戒しているのかもしれない」

「しかし、ジャムがいるというのなら、より直接的な激しい警告をしてくるはずだ」

「結局のところ、なにもわからないですね」

「いずれにしても、こういう雪風の態度は初めてだ」

「フローズンアイ、レディ。起動しました」

「了解」と零。「フローズンアイによる広域索敵を開始、周辺空域を探る。残存燃料に注意を払え」

「イエッサー」

凍った目というニックネームが付いている空間受動レーダーが作動開始。敵が電磁的光学的に透明化対策していたとしても、空気を押しのけて移動するかぎりは、この受動レーダーの目から逃れることはできない。

零はフローズンアイの性能を最大限に引き出すため、高度一万メートルを維持したまま、まずは針路を南に固定。百キロ進み、左へターン、真東に針路をとる。また百キロ行ったところで北へ針路を向ける。そして、西へ。フォーポイントターン索敵。

「なにも飛んでいない」と零。「見渡すかぎり、航空機が移動している形跡は認められない。ジャムも、ＦＡＦ機も、なにもいない。まさに時間が止まっているかのようだ」

レーダーディスプレイ上では、そうだ。だが風景はそれとはちがって、いつものフェアリイの空だった。黒に近い濃い藍色をした空に連星の太陽、そこから噴き出している紅いガスの巨大な渦巻きが天の川のように空にかかっている。血のように紅い帯状のガス雲だ。ブラッディ・ロード。

なぜロード、道なんだろうと、零はふと、いままで考えたこともない、そんな疑問を覚える。あれは道というより〈血まみれの河〉のほうがふさわしいのではないか。

結局のところ自分は、と零は思う、ただ雪風と一緒に飛べればそれでいいと、ほかのことにはまったく関心がなかったのだ。ジャムとはなにか、ということもどうでもよかったくらいだ。命を賭けて戦っている相手なのに。フェアリイに関する名称になんらかの感慨を覚える、などということがないのは当然だろう。

ターンポイントで機体を傾けると地表がよく見える。比較的高いところに薄い雲がかかっているが、視程はいい。金属光沢のある薄紫や青の深い森が広がっている。高度十キロメートルの高みから見下ろしているにもかかわらず、その風景には動きが感じられる。はっきりと目でわかるというものではないのだが、たしかに生きている、という感じがするのだ。

しかし、フェアリィ基地周辺だけは別だった。そこだけが、いつもと違う。フローズンアイのレーダー画面と同じく、動きがない。まったく動きが感じられない。つまり、死んでいる。

この感じは、おそらく雪風自身の感覚が人間であるこちらの意識に反映されたものだろうと零は思う。それはおそらく、正しい、と。

「着陸してみますか、機長。それとも、雪風に機動を任せてみるとか？」

「いや」と零は桂城少尉に答える。「高度三千まで降下して、着陸待機空域を周回飛行する」

そう桂城少尉に告げて、零はただちに雪風をそのように操縦する。雪風からはなんの警告もない。

「目視で基地の様子をもういちど見ながら」と零は言う。「情報を整理してみよう。雪風の思惑がわからないまま降りるのは危険だ」

「わかりました」

「ほかの戦隊機はすべて帰投ずみのようだな」

「そうです。すべて34L滑走路に降りていると、グセフ少尉が言っていました」

「だが、レイフが捕獲したTS－1とロンバート大佐のことは、司令部での話題に上っていない」

「そういえば、そうですね」と少尉。「ぼくらが帰投宣言を入れたときすでにレイフは着陸していたはずですが」

「われわれが聞いていた〈ラジオ〉の内容を、もう一度聞いてみよう。再生してくれ」

「了解、再生します」

　それを聞きながら、零は今回のジャムとの激闘を振り返る。

　ジャムに成り代わり地球人類に対して宣戦布告したロンバート大佐は、反乱部隊を指揮してFAFに対するクーデターを仕掛けると、大混乱に陥ったフェアリイ基地から〈ジャム機〉にて脱出、トロル基地にいったん身を隠したものの〈雪風〉に発見され、地球への直接的な侵攻を、FAFシステム軍団・実験航空隊が保有するエンジン性能評価用機〈TS－1〉を使って試みた。

　このとき、ロンバート大佐が乗った〈ジャム機〉は同時に〈雪風〉でもあり、〈TS－1〉も実は〈ジャム機〉でもある、という奇妙な一体化現象が起きる。観測者により、どちらかになる、と表現してもいい。観測されない状態では、雪風なのかジャム機なのか、

TS‐1なのかジャム機なのかを確定することができない、という状況に等しい。

なぜそのようなことが起きたかといえば、それはジャムの仕業に違いないが、〈ジャム機〉には人間の乗れるコクピットはないため、ロンバート大佐が乗るには、一体化している（雪風でもジャム機でもある）それの、〈雪風〉のほうを選択するしかないからだ。あるいは、〈TS‐1〉を。

だがそれらロンバート大佐の乗機は本来の雪風やTS‐1ではなく、あくまでもジャム機である、ということが、人間である零には感覚的に、わかっていた（はずだ、と零は思う、そのときは意識していなかったが）。零にとっては〈そうでなければならない〉のであり、その確信が揺らげば〈自分という存在〉が消滅してしまうからだ（自分にその確信を与え続けていたのが、雪風だろう、と零はいま、そのように考えつく）。

雪風に発見されたロンバート大佐はトロル基地を〈TS‐1〉で脱出するのだが、それは同時に〈ジャム機〉でもある。もしそれが雪風よりさきに地球に飛び込めば、地球人類はそれを〈ジャム機〉として認識するだろう。そのときロンバート大佐はジャムになる、ということだ。それはまさに、かれ、ロンバート大佐の狙いどおりだ。大佐の目的はFAFや人類の支配などではなく、ジャムになることだったのだから。だが、その試みは失敗に終わる。

フェアリイ星と地球を結ぶ超空間〈通路〉を先に飛び抜けたのは雪風で、地球人はジャム機ではなく、雪風を〈観測〉した。観測した地球人は、リン・ジャクスン。

リン・ジャクスンは、ロンバート大佐の〈地球人に対する宣戦布告〉を受け取った相手だ。大佐はジャクスンという、長年ジャムと人類との戦闘を取材してきたジャーナリストを地球人の代表と認めて、彼女に手紙を出した。ジャムはここに正式に人類に対して宣戦を布告する、それをジャムに代わってあなたに伝えて、自分はジャムになるのだ、と。

大佐の手紙を手にしたリン・ジャクスンは、ちょうど、まさにそれを観測できる地点、時刻に、いた。南極の一角に巨大な霧の柱の形をして聳《そび》え立つ〈通路〉を監視している日本海軍部隊のもとに出向き、肉眼で〈見た〉のだ。地球に初めて姿を現した、最新鋭のFAF機、強行偵察機とも言えるメイヴ、雪風を。

自分は、と零はいま雪風の機上でその体験を振り返り、身震いが出るほどの感情の高ぶりを覚えた。いま自分は生きて存在している、これはほとんど奇跡だ、と。

これはなんなのだ、感動しているのか、これが感動というものなのかと零は自分のその身体反応を頭で分析している。

まさに自分は、あの地球人の女性に、存在論的な存在、実存を、与えられたに等しい。もしリン・ジャクスンに〈見られて〉いなかったら、自分という存在は〈はじめからどこにも〉いなかった、という完全なる消滅状態に〈されていた〉だろう。ジャムに。

自分は彼女に、たんに命を救われたというのではない、彼女から存在を〈与えられた〉のだ。見られることで、〈世界〉という場に、出現したのだ。この〈自分〉が。

「ウムウ」と思わずおかしな声が出ている。

「どうしました、大尉」

「いや……思い返していたんだ」

どのようにこの気持ちを表現していいのか、わからない。言葉にできない。他人のことなど知ったことか、おれには関係ないと言い続けていたこの自分に、この感覚を言える権利はない、言えた義理ではないだろう、という気持ちもある。

おそらく人間というのは、と零は口に出さずに思った、相手のことを〈観測〉しあって、それで互いに存在できているのだ。他人を無視することは自身の存在を自分で毀損《きそん》しているようなものなのだ。それが、実感できる。ジャムに教えられたようなものだ。

「あの超空間〈通路〉の中では」と零は、この〈発見〉を敷衍《ふえん》して思いついたことを桂城少尉に言っている。「われわれの存在はジャムでもあり人間でもあり、という、中途半端な状態になっているのかもしれない。あるいは、生きているとも死んでいるとも確定できない状態にあるのではないか」

「たしかピボット大尉がそのようなことを言っていたと記憶しています。特殊戦司令部で、そういう議論がされていた。内容を録音する前です」

「通路を抜けて、こちらに入ってから、か」

「そうです。ぼくは〈通路〉から出てすぐに、さきほども言いましたが、特殊戦司令部での会話を傍受する操作をして、聞いてました。録音は、司令部での議論の、その途中からになります。いま再生したとおり、です」

「おれは司令部との交信チャンネルで帰投を宣言し、グセフ少尉と直接交信を交わしていたから、そこは聞いていない。ピボット大尉はなにを言っていたか、思い出せるか？」

「〈通路〉の中にいる者たちは、ヒュレーだとか、猫の状態だとか。ヒュレー云云はブッカー少佐だったかな。ぼくにはよくわからない哲学用語のようだった。ピボット大尉は、ジャムの正体は量子的なミクロな存在である可能性がある、と言っていました。量子レベルのなにやらを操作できるらしい、と。〈通路〉は、それを操作できる、猫が入った箱のようなものではないかと予想される、そう言っていました。なんとかの猫がどうとか。ヒュレーの猫状態、だったかな」

「それは、〈シュレーディンガーの猫〉だ」と零。「生きているかどうかは観測してみるまでわからない、半死半生、いや、生きていると同時に死んでもいるという、非現実的な状態の猫のことだ」

「そうでした、シュレーディンガーの猫。見てみるまで、生きているかどうかわからない。そういう話、深井大尉とも話した覚えがあります。この雪風の機上で」

「あれはおれの素人考えだ」

「ジャムの正体に関しては、だれだって素人考えでしか言えないですよ。ですが、われわれFAFの人間は実戦でジャムを感じてますからね。地球人よりもずっとましだ。あなたは、大尉、おそらくピボット大尉と同じ内容のジャムの〈尻尾〉を摑んでいると思います」

「フムン」

とんでもない尻尾だと零は思う。もしほんとうに、ジャムは量子的な存在だ、などということになったら、そんなものが人間の目に見えるのか。小さすぎて、というような大きさの問題ではなく、ジャムは物質的な存在ではないという可能性も出てくるだろう。物質は量子から成り立っているのだろうが、量子そのものは物ではないだろう。量子的存在とは、ようするにピボット大尉は、ジャムの本質は非物質かもしれない、と言っているのだ。

「——それで、か」と零。「そうなんだな」

「なにがです?」

「ジャムには人間が見えない、感じられない、というのは、なるほど、存在形式が互いに違うからなんだ。なんとなく、それが感じとしてわかるような気がしてきた。わかるにつれて、勝てる気がしなくなっていくのだが。喜ぶべきか悲しむべきなのか、わからなくなる」

「ぼくには深井大尉のその気持ちが、わかりますよ」

「負ければ、ジャムに消される。殺されるのではなく、文字どおり、消されるんだ」

「わかります。しかし地球人には、このぼくらの危機感はわからないだろうな」

「ブッカー少佐は、FAFは地球人にジャムの脅威を伝える義務がある、そう言っていたな」

「さきほど再生されましたね、そうです。FAFは、地球人にこの事実を伝える義務がある、地球人はいまや、この事実を認めることくらいしかジャムへの対抗手段を持っていないだろう——ぼくも、そう思う」

「だからといって、地球人に負けてもらっては、われわれが困る。それが、わかった。この戦闘でわれわれが得た戦果がそれだ。少なくとも、おれには、それがわかった」

「地球人が消えたら、われわれFAFの人間も消えてしまうと」

「そうだ」

「理屈はぼくにはよくわかりませんが、その危うさというのは、わかります。惰眠をむさぼり、地球人同士で殺し合っている、そんな連中のためにここで戦っていると思うと腹が立ちますが、かつてぼく自身もそうだったわけだし」

「地球人が〈いい人〉かどうかなど、関係ない」

「そうなんですね」と桂城少尉がうなずく気配が零にも伝わってくる。「地球人がどういう生き方をしているのか、なんてことは、どうでもいいんだ。地球人の存在自体が、存在することそのものが、ぼくらが消滅することを防いでいる。そういうことでしょう」

「われわれFAFの人間は、自分を護るためにも地球人をジャムから護らなくてはならない」

「負けるわけにはいかない。勝てないまでも、ジャムに対抗し続けなくてはならない。クーリィ准将がいつも言っているとおりだ」

「そう、ジャムに負けるわけにはいかない。だが、いまの、この異状はなんだろう。特殊戦からわれわれが切り離されている現況がジャムのせいなのかどうか、それがはっきりしないと、降りる気になれない」

「残存燃料が」と桂城少尉は低い声で告げる。「一気にゼロ近くまで落ち込んでいます。いまジャムに襲撃されたら戦闘機動はできませんよ。これは、雪風からのメッセージではないかな、早く降りろ、という」

「どうかな。ちょっと戦闘機動をしてみるから、首に気をつけろ」

「なにをするつもりです」

「実際に燃料がどのくらいあるか、機体を振り回してみればわかる。行くぞ、三、二、一、ナウ」

スロットルを押して加速、いきなり雪風をロールさせて背面からの急降下、そしていま来た方向へ急激なターン。直ちに急上昇してローリング、左右へ旋回。そして、水平に戻し、速度も落とす。

「感触からして」と零。「燃料はタンク各部にまだ十分ある。燃料ゲージの表示は、きみの言うとおり、雪風が意図してこうしているようだ」

「……いきなりマニューバ機動は、ひどい」

「予告しただろう」

「独り言です。――燃料が十分あるのなら、この燃料残量の表示は、『飛び続けていないで早く降りろ』でしょう」

「降りて、そこになにがあるのかわからないのが、不安だ」

「たしかにね」と少尉。「雪風が片言でも言語表示してくれれば、それから見当が付けられるでしょうに、雪風は大尉のいまのマニューバ機動に対しても、なにも言わない。あくまでも〈言葉〉は使わないつもりだ。いったい雪風はぼくらになにをさせたいのだろう」

「わからないが、レイフが捕らえたロンバート大佐を捜せ、とかが考えられるな」

「大佐は逃げたと？」

「それくらいしか、おれには思いつけない。特殊戦司令部に戻れば状況ははっきりするのに、雪風はあえて特殊戦を避けているようだ。おれとしては、特殊戦ではレイフとＴＳ－１が一体化して帰投したことをどう判定しているのか、それがわからないのが、困る。いま、レイフは、どういう状態なんだ？」

　レイフという無人機は、ＦＡＦが総力を挙げて開発していた（もはや開発を続行できる体力はＦＡＦに残っていないだろうと零は思う）次期主力戦闘機ＦＲＸ９９、それを特殊戦向けに改装し実戦投入した無人電子偵察機だ。強力な攻撃能力をもつ。いっぽうメイヴ＝雪風のほうは、完全無人機として設計されたＦＲＸ９９を有人化したモデルで、一機だけ完成した試作機だ。ＦＲＸ００という開発機種名が与えられたが、実質的にはＦＲＸ９９改と呼ぶのがふさわしい。レイフと雪風は基本設計を同じくする兄弟機なのだ。

　ＴＳ－１で地球を目指して逃走するロンバート大佐を雪風は限界を超えた出力で追撃したのだが、その上空を無人機のレイフはやすやすと追い越していった。あのとき、雪風とレイフは魂を共有していると感じたことを、零は思い出した。あれはつまり、雪風とレイフが〈一体化〉していたということだろう。

地球の南極上空でその一体化は〈解消〉され、レイフは、こんどはTS－1と一体化して、フェアリイ星に戻った。TS－1を〈捕獲〉したのだ。そのことが特殊戦司令部内でだれの口にも上らないというのは、おかしい。

「たしかに、それがいちばん気になるところなのに」と少尉が言う。「それについてはだれも言ってないですね」

「おれたちが帰投宣言をするより前に、レイフとTS－1の状況や扱いについては特殊戦司令部内ではすでに検討済み、ということなんだろうな」

「その結果、『ジャムは対人類戦に勝利したようだ』とブッカー少佐は言っているわけですね。『地球はすでにジャムに汚染されているとみて間違いない』と」

「観測するまでレイフかTS－1かわからない、そういう状態で、一体化したそれらはこちらに戻ってきたはずだ」

「特殊戦は、レイフが帰ってきた、そのように観測した」

「そのはずだ」

「ではTS－1はロンバート大佐とともに消滅したと解釈できるのでは」

「そうなるが、しかしおれには、あの大佐が簡単に消されてしまうとは思えない。そもそもレイフがTS－1を捕獲して一体化してしまうなどというのが、こちらの予想を超えた事態だ。なにが起きたのか正直、わからない。司令部でこの現象をどう解釈しているのか早く聞いてみたかったが、まさか、その直前で、雪風から足止めを食らうとはな」

現実はいつも予想を裏切る。だれの言葉だったろう。自分の人生、いつだって、その繰り返しだと零は思った。

「いや、大尉、そうじゃないんだ」

「なにが」

「レイフとTS－1が一体化して、というのは、ぼくらが捉えた現実であって、その事実はまだ特殊戦司令部は知らないんですよ」

「……なに？」

「ぼくらは帰投していないので、まだそれを知らせていない」

「司令部には伝えたはずだ――」

と零はそう言い、しかし、〈通路〉を抜けてからの特殊戦司令部との交信内容を、時系列に沿って思い返してみて、桂城少尉の指摘は正しいと、認識する。

自分はそれを未だ伝えていない、のだ。

いちばん重要なこと、『レイフは地球の南極上空でTS－1と〈一体化〉して帰還ルートに乗り、〈通路〉に突っ込んでいった』ということは、本来クーリィ准将にまっさきに告げるべき情報だ。特殊戦のリーダーである准将に。グセフ少尉に伝言を頼むといったレベルの内容ではない。クーリィ准将に直接、それが難しいならばブッカー少佐に伝えなくてはならない情報だろう。だが、ブッカー少佐との〈会話〉は、直接交信ではなく、大勢でチャット交信できる回線、〈ラジオ〉での会話だった。

「伝えていない、とはな。嘘だろう。伝えた覚えのあるこの感じは、なんなんだ」

「雪風ですね。雪風の感覚でしょう」

「なにもかも〈わかっている感〉だな。特殊戦司令部のコンピュータたちは、〈わかっている〉んだ」

「でしょう、そうに違いない」

「司令部のみんな、人間たちは、では、レイフのみが帰ってきた、TS－1は地球のどこかに飛び去ったと判断しているんだ」

「ぼくらの報告がなければ、そう考えるのは当然です。むしろ、ぼくらはなぜ、特殊戦司令部がレイフとTS－1の〈一体化〉を知っているものと思い込んでしまったのか、そのほうが問題でしょう」

「きみの言うとおり、雪風のせいだ。間違いない」

雪風はこちらの空間、フェアリイ星に入ってすぐに、人間である自分たちの口頭による情報送信よりずっと効率的に、素早く、確実に、特殊戦司令部に向けて、地球でなにが起きたかを細大漏らさずに伝えているのだ。伝えた相手は人間ではない。機械だ。コンピュータたち。

「まてよ……桂城少尉」

「はい、機長。どうしました？」

「思い込みというのなら、レイフがTS‐1を〈捕獲〉した、というのも、おれたちの思い込みにすぎないのかもしれない」

「TS‐1のほうで、レイフを利用してFAFに戻った、というんですか」

「そうだ。こんな一体化現象を実現できるのはジャムしかいないんじゃないか」

「でもジャムは、FAFにはもう用はないでしょう。地球の南極上空で、おそらくジャムの〈本体〉は、TS‐1やロンバート大佐の身体から射出されるように地球空間へと侵入したと推測されます」

「それは、そうだと思う」

「とすると、問題は、やはりロンバート大佐ですね。彼がレイフを乗っ取って、TS‐1

をレイフに見せかけて、ＦＡＦに〈レイフが帰ってきた〉と思わせるというのは、たしかに、あり得る。そうなると、雪風は、大佐を捜せと言っているのかもしれませんね。さきほど大尉が指摘ずみ、ですが」

「あれは、あてずっぽうだ。しかしこの異状は大佐関連のなにかを雪風が気にしているのだろう、というのは、いまの検討で、ほぼ間違いなさそうだ。ロンバート大佐が対象なら、人間による捜索や掃討作戦が必要だろう。雪風自身にはやりにくい」

「情報軍の対人制圧部隊に協力を要請するのがもっとも効果的です。かれらが生き残っていれば、ですが」

「ＦＡＦ全軍の総本山、フェアリィ基地中枢司令センターへ行ってみよう。全軍の様子がわかるだろうし、そこからどの部隊にも協力要請を出せる」

「大佐も、もしいるならば、そう考えているでしょう。まずそこへ行ってみるというのはいい考えだ」

「基地内の道案内はできるか、少尉」

　基地中枢部の地下通路は、まるで迷路だ。

「できます。ぼくはＡＡ６の人間でしたし」

「なんだ、それ」

「FAF情報軍、解析第六課です。基地内のすべてのゴミ箱の位置まで把握しているとされています。ま、それは本来の仕事とは関係ないんですが、ぼくは基地の地下通路には通じてます」

「それはいい。では、航空管制に着陸申請だ。直ちに実行。降りるぞ」

「イエッサー」

桂城少尉の呼びかけに基地からの応答はない。特殊戦司令部からも、フェアリイ基地航空管制からも、返事はなかった。だが、意外な応答、反応があった。

「燃料ゲージ、見てください」と少尉。「増えてます、燃料。この表示が正常でしょう」

「雪風から許可が下りたな」と零。「オーケーサインだろう」

「そのようです。アプローチコースが表示されました。旋回し、16Rに通常着陸です、機長」

了解した、と零は桂城少尉に応え、機首を指示された方へ向ける。滑走路自体は34Lと同じだ。ただし進入方向が逆だった。南南東に向けて着陸せよというのだ。雪風からの指示に違いない。

零は着陸手順を再確認。調整とチェック。16R滑走路に接近。ギアダウン、ロック。正面を見やる。ミートボールも他の灯火も、一切点灯していない。あいかわらずフェアリイ基地は死んでいる。基地の時間は止まったままだと零は思う。人間の、時間は。本来ここは人間が来るような場ではないのだ。

雪風は機械知性たちの時間世界に、なめらかに接地、着陸する。

零はトゥブレーキを両足で踏み込み、雪風を減速させながら、しっかりと前方を注視する。滑走路はクリア、障害物は認められない。それは降りる前からわかっていたこと、であるはずなのだが、いまは様相が変化していた。視野の両側に、墜落したのであろう、あるいは発着陸の途中で上空から攻撃されたらしい複数の機体の残骸が後ろに流れていくのだ。上からは認められなかった、これが〈現実〉だろう。３４Ｌ、いまは進入方向が逆なので１６Ｒ、この滑走路だけはクリアであることを零は特殊戦のグセフ少尉から聞かされていたが、それはすでに〈過去〉の話だった。いつなんどき状況が変化し、正面に障害物が現れてもおかしくない。

雪風の車輪が路面を転がる振動が伝わってくる。それが零の緊張感を増していた。いつもならば無事に大地に降りられたという安心感の元であるその感触が、いまは、なにかにぶつかる予感、不安を感じさせるのだ。

ほぼ停止状態になってはじめて、零は周辺に目をやることができた。そうして意識して見やる地上の光景は、ＦＡＦの壊滅状態だった。それ以外のなにものでもなかった。最悪の状態を確認することになったわけで、それはようするに、もうすこしましかもしれないと上空で想像していた希望的観測の、否定だ。

滑走路設備を管制する自動システムもダウンしているのだろう、普段ならば着陸した機が入っていくべき誘導路を示す指示灯が点灯しているはずなのだが、見当たらない。昼間なのに視野全体が薄暗い印象なのはそのせいか。管制塔からの音声指示はまったくなく、零はいちおう呼びかけてみたが無駄だった。桂城少尉は零とは別に特殊戦司令部とのコンタクトを試みていたが、そちらの応答もない。

「桂城少尉」と零はフライトオフィサに声を掛ける。「気を抜くなよ」

「わかってる」と、怒ったような返答がくる。

桂城少尉も緊張しているのだと零は理解し、続けた。

「雪風は地下格納庫には下ろさない。いつでも飛べるように、地上で待機させる」

「了解。万一のジャムの奇襲に備えて、耐爆格納庫に入れるのがいいでしょう」

「われわれの行き先は、先ほど言ったとおり、FAFの中枢司令センターだ」

「FAF参謀本部所属の、総合司令センターです。連絡誘導路W8を使います。現在位置のすぐ先を右折、そのまま四百メートル直進、突き当たりが第六耐爆格納庫になります。そこに人間用の地下基地区域への入口もある。耐爆格納庫でそうした地下連絡口があるのは、そこ、第六だけです」

「AA6の人間は地上施設にも詳しいようだな」

「いまデータ検索しただけですよ」と桂城の返答。「もしかしたら、雪風が16Rに降りろとぼくに指示したのは、そこ、第六耐爆格納庫に駐機せよということなのかもしれない。ここから一番近くて、かつ、われわれの目的地に向かうのにも便利だし」

なるほどそうかもしれない、あり得ることだ——零はそう思ったが、口に出た応えは、「それは、どうかな」という反論だった。

零は自分のその反応に戸惑った。なぜ桂城少尉の言葉に反発しなくてはならないのか。自分は〈なにが気に入らない〉のか。そして零は自分の気持ちに気づいて、驚く。

——この少尉は新入りのくせに雪風のことをおれよりもよく知っているという態度をとった、それがおれは気に入らないのだ。ようするにおれは、この男に雪風を〈とられる〉と思ったのだ。なんてことだ、おれは嫉妬しているのだ、こいつ、桂城彰に。

「そうですね」と桂城少尉は零の気持ちに気づく様子もなく、応えている。「雪風が人語を使わない以上、ほんとうのところはわからない」

零は、〈気を抜くな〉とは自分にこそ必要な言葉だと自覚する。この状況下では頼りになるのは桂城少尉だけだ。雪風という機械知性がなにを考えているのかわからない以上、それは自分や少尉だけでなく特殊戦の人間たちにとっての潜在的な脅威でもあるのだ。

「予断を持っての行動は危険だ」と零は言う。自分に言い聞かせると同時に、少尉への応答として。「雪風の思惑については実際に動かしながら探るしかない。とにかく第六耐爆格納庫に向かってみよう。無事に入れればよし、雪風の意思とは異なるのなら、なにか、それとわかる現象が起きそうだ。きみは計器類で雪風の反応に注意していてくれ。これからW8へ向けて右折する」

「了解」

零はペダルを踏み込んで前脚のステアリングを操作し、指示された連絡誘導路W8に雪風を入れる。そのまま直進。前方に障害物はない。

「前方、路面はクリア」と零。「正面に大きな耐爆格納庫、視認。そちらの反応はどうだ」

「雪風からの拒否反応らしきものは、ありません。すべて正常。機長が視認した格納庫は、第六耐爆格納庫で間違いありません」

「了解、そこに雪風を入れる」

その緊急待避用に造られた耐爆格納庫は近づくと遠目で見るよりも大きかった。人工的に造られた小山にトンネル状の穴が開いているという、ただそれだけの単純な構造物だ。

第六というそれに近づくのは零は初めてだが、規模はほかの耐爆格納庫よりも大きく、入り口は横長の蒲鉾《かまぼこ》形で、複数の機を素早く収容できるだろう。その広さと、内部に先客が一機もいないこともあって、庫内に雪風を入れて、そこで向きを変えることが余裕でできた。機首を入口に向けて、静止。

「エンジンを切るまえに、FAFデータリンクの作動状態を調べてくれ。航空管制、戦術、戦略、気象、各部隊の専用回線など、種類は問わず、すべての回線だ。雪風の電子戦機能をFAFに対して発揮して探るんだ。基地のコンピュータたちの動作状態を解析」

「わかりました」

「おれは特殊戦司令部との再コンタクトを試みる」

「了解」

零は音声で特殊戦司令部を呼び出すが、あいかわらず応答はない。戦術データリンクも接続できないままだった。

「回線自体は生きています」と少尉からの返答、状況の報告がきた。「回線維持用の低次システムはダウンしていない。自己学習能力のある高レベル知性体が応答してこない、そういう状況です」

「コンピュータたちは気を失っている状態だな」と零。「でなければ、かれらは、哲学的な死の状態にあるんだ」

「なんですか、それ」

「ブッカー少佐が言っていた。トロル基地だったと思う。その基地の中枢コンピュータが、ちょうどいまのような状態だったんだが、それは、基地から人間がいなくなったために自分が存在する理由がなくなったと中枢コンピュータが判断し、いわば実存的な悩みに陥って動作できない状態になったのだ、というブッカー少佐の解釈だ。早い話、おれに言わせれば気絶状態だよ。それをたたき起こしたのが、雪風だった」

「いまも、それと同じ状態だということですか」

「似たような状況だと思う。機械知性たちの沈黙の理由によって対処の仕方が異なってくるだろうが、なにをすればいいのか見当もつかない」

「先の経験は役に立たない、ということか」

「雪風が基地の高度知性体を生き返らせようとしているということだけは、まず間違いない」

「ぼくらを使って、か」

「そうだ。この課題をクリアしないと、おれたちは人間に戻れない」

「いまのぼくらは、雪風の操り人形ですか」

「兵器だよ」と零は言い、続けた。「天然知能により自律活動が可能な偵察ポッドといったところだ」

「人工知能に兵器扱いされる〈天然知能〉って。〈天然〉は、ちょっと引っかかるな。べつな言い方、ありませんか、大尉」

「さっさと問題を片付けて、人間に戻ろう。エンジンを切る。各システムのバックアップ電源の点検と蓄電量の確認」

「了解です。――異常なし、バッテリーはすべて、ほぼ満タン状態、問題ありません」

「雪風は電子戦臨戦態勢モードで待機させる。とくにコミュニケーションシステムへの電力バックアップを充実させたい。補助パワーユニットを使う。電池電源だけでは心許ない」

「了解。APU、コンタクト」

雪風の全機能の電源をまかなうことができる補助パワーユニットを少尉が起動する。エンジンを停止させてからでも主電池電源が充実していればそれでAPU＝補助パワーユニットを起動でき、それが動けばJFS＝ジェットフュエルスタータを使ってエンジンの再始動も可能だ。

もし大電力供給用のバッテリーの電力低下で補助パワーユニットを起動できないとなる

と、〈雪風〉自身でエンジンを始動することができない。地上でそうした電源を喪失した場合には、補助パワーユニットを人力で始動する操作が必要になる。パイロット席からケーブルで、あるいは機外からクランクを使って、その小さなエンジンに点火、回してやらなければならない。小型軽量のロータリーエンジンで燃料はメインエンジンと同じジェットフュエル。エンジン始動用のジェットフュエルスタータに直接接続できる構造になっている。むろん地上設備が利用できる状況ならばそのような手間をかけることなく、雪風の二基の高性能エンジン、スーパーフェニックス・マークXIを再始動する方法はいくらでもあるのだが、現状は、孤立無援を覚悟しなくてはならない。

「APU出力、チェック」と少尉。「正常出力で安定しました」

「エンジンを切る前に、もう一度、気になるところがないか、確認しろ」

「戦闘モードで雪風を待機させるのなら、エンジンはアイドルで回しておくという手もありますが」

桂城少尉は、エンジンを完全に止めてしまうことに不安を感じているのだ。それはいわば雪風の心臓でもあるのだから、気持ちはわかる。

「必要なら雪風がエンジンをかけるだろう」と零。「いまおれが止めても、雪風が止めたくないのなら、すぐに再始動するはずだ。われわれは実際に操作してみて雪風の出方を見るしかない。雪風の考えを知るには、そうするしかないだろう」

「なるほど」と少尉。「了解です、機長」

　エンジンを切る手順を実行、排気操作をする。まず右エンジンから出力アップ、十五秒回してアイドリングに。左も同様。それから両エンジンを停止。機体後部で作動している補助パワーユニットの排気音が聞こえてきた。

「キャノピをオープンするから」と零。「酸素マスクをもう一度つけろ。おれが外気を吸ってみる。庫内の換気はよさそうだし、まさか毒ガスはないとは思うが、念のためだ」

「わかりました。――準備よし」

　キャノピ開閉レバーをオープンへ。気圧差を感じさせることなく、それは開く。そっと外気を吸ってみる。雪風のエンジン排気ガスは速やかに換気されたようで、その臭いはほとんど感じられない。無臭の有毒ガスが充満していればお手上げだが、零は覚悟を決めて深呼吸してみる。異常はなさそうだった。

　零は頭上を見上げて格納庫の高い天井を意識した。高いとはいえ、ここで射出シートが作動したら、あそこに激突して即死だと思う。その気になれば雪風にはそれがやれるのだ。

「猛獣使いになった気分だ」

　零が独り言のつもりでそう言うと、桂城少尉が応答してきた。

「雪風は猛獣ですか」

「野生動物だな。おれたちは、そういう雪風をなんとか手なずけて、ジャムに対する武器として使っている。このところそんな気がしていたが、ほんとうに、そうだ。おそろしく、危険だ。雪風は簡単におれたちを殺せるよ」

うなずく気配。それから桂城少尉はマスクを外して深呼吸をして、「フェアリイの地上の空気だ」と言った。「久しぶりに嗅いだ気がする。薄荷《はっか》のような爽やかな香りだ」

「フェアリイ星ならではの、身体的には正常な自然環境にいるということだろう」

「身体的には、ね」

「そちら、後部シート下にはサバイバルキットがあるはずだ。現在地と行き先のルートを確認したら、サバイバルガンをもって先に降りろ」

「了解」

零は自分のシートの下をさぐってみたが、機長席のサバイバルキットはなかった。それは〈使用済み〉なのだ。先の〈戦闘〉でサバイバルガンを手にして行動したのは〈現実〉であって、夢ではないということなのだろう。重要なのは、いま体験していることが夢か現《うつつ》かということではなく、先のあの不思議な体験といまとが〈連続〉しているという〈事実〉だろう。

一足先に降りた少尉が、格納庫の壁際にあった乗降用の脚立型ラダーを持ってきてくれたので、零はそれを使って機内から出る。ラダーに乗ったまま手を機体に伸ばし、少尉が降りるときに使った雪風本体に付いているボーディングステップとラダーを折りたたんで機体に戻す。

開いているキャノピを外部開閉レバーで下ろして、ロック。雪風がいつでも単独で飛べる状態にして、零は地上に降りた。

乗降用ラダーを格納庫壁際に戻し、桂城少尉と二人で雪風の機体を目視で点検する。機体全体が黒くて立体感が摑みにくい。煤《すす》のように艶のない真っ黒な塗装は剝げていなかった。もしオイルや燃料が漏れたりしていればそれが光を反射するので見つけやすいだろう。それが乾いて染みになってしまうとわかりづらいかもしれない。零は注意深く観察するが、異常な焼けや、染み、汚れなどは見当たらない。

「機体に異常はなさそうです」と少尉が言った。「すごい機体だな。あの限界を超える速度によく耐えたものだ」

「この機体あっての、雪風だろう」

「同感です」と少尉。「これが雪風だ」

少尉の同意の内容がどういうものかは、具体的にはわからない。だが零は、あえて訊かない。自分でもいろいろな意味をこめてのものだったからだ。

たとえば、FAFのコンピュータのなかには雪風よりも高度な知性を発揮するものもあるだろうが、それは雪風のような身体を持っていない。雪風のほうは、そういう知性とリンクできるにもかかわらず、雪風という個性を失っていない。それは雪風には機体という身体があるからだ。雪風の知性とは、その中枢コンピュータの知能と機体という身体とが一体化したものであって、切り離すことはできない、ということを意味しているのではないか。

たとえば、このような考えも思い浮かんだ、ジャムに接近するには高性能な機体こそ必要だが、その正体に迫るには雪風の知性が不可欠だろう。メイヴという機体を得た雪風の〈知能〉は、スーパーシルフ時代に比べて別物と言っていいくらいに発達していて、ジャムはそれに手を焼いている、あるいはそんな雪風を〈理解できない〉でいる。メイヴという、高度な飛翔能力を有する機体を操ることで、雪風の知能は鍛えられたに違いないのだ。身体こそが知能を発達させるということだろう。ジャムにとって雪風という存在が脅威なのは、この高性能の機体＝メイヴによるものに違いない。

それらの思いが渾然一体となって、『この機体あっての』云云という言葉になったのだ。もっと雪風を観察していたいという気分を振り払い、零は桂城少尉を促す。少尉も雪風の機体を見上げていた。

「サバイバルガンは使える状態か」

「はい、大尉、点検済みです」と少尉は零に顔を向けて応える。「いつでも撃てます。試射してみますか」

「いや、いい。刺激したくない」

「刺激したくない、か」

「この環境世界に対して、それから自分にも、余計な刺激を与えたくない」

「そうですね。わかります、大尉。ぼくらは、ものすごく微妙な感覚操作を雪風から受けているはずです。この危ういバランスが崩れたら、つぎにどういう場面で覚醒するのか予想もつかない、という感じだ」

「しかし、これは夢ではない」

「撃たれれば、終わりでしょう」

「そう。この場でもっとも警戒すべきは、人間だろう。ジャムでもロボットでもなく、もちろん雪風でもなく、人間だ。覚悟はいいか、少尉」

桂城少尉は零を見つめたまま無言でうなずいた。思ってもみなかった危険を指摘されたのだが、言われてみればそのとおりだ、という態度だ。

「では、行こう。先に立て」

「イエッサー」

格納庫の奥に白いコンクリートの構造物があって、薄暗い中でも目立っている。サイコロのような立方体で、一辺は三メートルほど。それが地下への入口だろう。ほかにそれらしき設備は見当たらない。

鉄の扉がある。大きめのドアハンドルが付いていて、桂城少尉が左手でそれを引くと、重そうな扉は簡単に開いた。鍵は掛かっていない。少尉はサバイバルガンを構えて内部をうかがい、「異常なさそうです」と言って、先に入った。扉は開いたままで固定されていたが、零が内側からレバーを摑んで引き寄せると自動で閉まる。油圧のドアチェッカーだ。電動のパワーアシストなどはない、ふつうのドアだった。それが閉まると内部は薄暗い。照明がないのだ。しかし闇ではなかった。

床に四角い穴が開いていた。それを塞ぐ蓋のような板があるのだが、それは穴よりも小さいため、その隙間から光が漏れている。光源は穴の底、下から光が射しているのだ。

「非常用の降下プレートですね」と桂城少尉は言って、「先に行きます」と言い残し、その板に乗った。すると、すっと板が沈み込み、そのまま少尉は下に降りていく。零が穴をのぞき込むと、けっこうな深さがあり、下は明るい。フェアリイ基地の連絡通路のようだ。

桂城少尉は板を降りて通路の左右を確認している。板が自動で上に戻ってくる。零もそれに乗る。板にはT字型のハンドルが付いていた。握って手前に引くと、板が下降し始める。乗った者の自重で、ゆっくりと〈落ちて〉いくのだろう、無動力だ。無事に着地して板から降りると、それは自動で上に戻っていき、穴を塞ぐ。

「一方通行か」と穴を見上げて、零。「ここからは地上には出られないようだな」

「この通路は滑走路のすぐ下に網の目のように張り巡らされていて、滑走路を整備する人間たちが使うもののようです。耐爆格納庫へ上がる必要はない、この縦穴は避難専用ということなんでしょう。よくわかりませんが」

目の前の白い壁にその案内図らしきものがある。

「さすがのＡＡ６とやらも」と零。「こんな迷路までは把握していなかった、か」

「ＦＡＦ基地整備軍団の秘密通路かもしれないですね」

「まさか。そうなのか？」

「冗談です」と少尉は言って、案内図の添え書きを示す。その文字は蛍光を発しているかのように目立っている。「この区域の管轄はＦＡＦ整備軍団とあるので、ちょっと言ってみただけです。──行きましょう。メインエレベーターは近い」

こちらです、と少尉は通路の一方を指し示す。そちらも、その反対側も、通路内は明るく照明されている。見たところ人影はない。耳を澄ましても人の気配は感じられない。まったくの無人状態に思われる。

「きみに冗談が言えるとは思わなかった」

「ぼくは、以前に」と歩き出した少尉が言った。「整備軍団の部隊である除雪師団の隊員がマース勲章を受章した際、個人的に興味があって、整備軍団の内部情報について調べたことがありました。冗談のような叙勲だったので。いま、それを思い出したんです」

「天田少尉だ」と零。「彼は受章した後、戦死した」

「――知ってたんですか、大尉」

「きみがなにを調べたのかは知らないが」と歩を進めながら零は応える。「天田少尉の戦死には、雪風が関わっているんだ」

「じゃあ、あの吹雪の中で緊急着陸しようとしていた帰投機というのは、雪風だったんですか」

「スーパーシルフ時代の、雪風だ。被弾して帰投した。滑走路上に除雪車がいた。天田少尉が乗車していたグレーダーだ。衝突を覚悟したが、基地防衛用の地上施設、対空機関砲の一斉射撃によって、グレーダーは滑走路上から〈排除〉された。天田少尉ごと、だ。遺体の回収は困難を極めたと思う。天田少尉はもはや人の形をしていなかった。破壊されて飛び散った除雪車の無数の破片から肉片と思われるものはすべて分離し、集めたと聞く」

「……すさまじい現場だったでしょうね」

「あれは戦闘だった。雪風の戦闘に天田少尉が参加した、という形で処理された。ブッカー少佐が、そうするよう、上層部に直訴したんだ」

「事故死や事件死ではなく、戦死にしろと」

「そうだ」

「ぼくは、その事件の詳細については調べてなかったですが、天田少尉はマース勲章の受章者ゆえに、不名誉な死ではなく名誉の戦死扱いされるのは当然なのだろう、と思っていました。天田少尉は酩酊状態で除雪にあたっていたという調査結果がありながら、免責されている。特殊戦の、ブッカー少佐の、働きかけがあったんですね。しかし、衝突しそうになった帰投機が雪風だったとは」

「天田少尉はマース勲章に殺されたようなものだろう。少尉は、出所のわからない、自分には不釣り合いな勲章の重みに堪えられなかった。その勲章、ＦＡＦ最高賞はおまえにふさわしい、と言ってくれる人間は一人もいなかった。あの叙勲理由については、人間はだれも、知らなかったんだ」

「だれからの推薦もなかった、ということですね」

「きみの調査結果は、どうだった。だれの思惑で天田少尉に勲章が与えられたのか、わかったか」

「整備軍団が画策したのだろうというぼくの予想を裏付けるものは、なにも出なかった。そうなると、叙勲コンピュータの一存で決定された、それ以外に考えられない」

「FAFの〈機械知性〉だよ。叙勲コンピュータはその一部にすぎない」

「そうでしょうね。なぜ天田少尉なのか、われわれ人間にはまったく理解できませんが、FAFのコンピュータたちにとっては、天田少尉への叙勲は必然だったのでしょう。対ジャム戦を有利に進めるために必要な授章だった」

「天田少尉の叙勲の決定に人間は一切関わっていない。〈機械〉たちが、そのようにした。人間に干渉されないように、叙勲に関わる一切から、人間を排除したんだ」

「どういうことです」

「かれら〈機械〉たちは、この戦争に人間は必要ない、邪魔だと考えている。あの授章はそういうかれらの理想の実現であり、かれらの、われわれに対する一種の〈宣言〉だ——ブッカー少佐はおれにそう説明してくれたよ。まったく無意味な叙勲とは、すなわち、人間という存在を勲章になぞらえて、〈FAFに人間がいるのは無意味である〉ということを表しているのだ、というんだ」

「さすがブッカー少佐ですね。難しいことを難しく言う人だ。でも、いまになってみれば、ぼくにもそれ、納得できます。そうか、そういうことか。この戦争に人間はいらない、邪魔だという、機械たちによる〈宣言〉とはな。かれらの意思の〈表明〉が、人間が大事にしている叙勲の無意味化、か。思ってもみなかった見方ですが、ありそうなことだと、いまの自分には思える」

「おれもいまなら、もっと単純な叙勲理由を考えられるよ」

「どういう？」

「コンピュータたちには、天田少尉が〈戦死〉することが、あらかじめわかっていた、だからその犠牲を悼む意味で、最高賞を授与した。天田除雪隊員は、結果的に、雪風というジャム戦にかかせない武器を護るため英雄的な戦死を遂げたんだ。彼にふさわしい賞は除雪功労賞などではなくマース勲章だ。それでなんの問題もない」

「あらかじめわかっていたって、それは、どうしてです。コンピュータには未来が見えるとでも？」

「未来ではなく、人間の行動予測と言えばいいのか。おれたち人間にはわからない思考法により、機械たちは、天田少尉にはマース勲章がふさわしいことが、わかっていた」

「天田少尉の〈戦死〉の後、除雪師団の無人化計画が本格化しています。そうなるようにコンピュータたちが仕組んだのだ、マース勲章を与えることで天田少尉の精神に揺さぶりをかけて、少尉が〈戦死〉することが〈あらかじめわかっていた〉、そのように誘導したのだ、ということなら、わかりますが——」

「おれもいままでは、そういう理解だった。でもそのような陰謀論は、いかにもおれたち人間が考えそうなことだと、いま気がついたんだ」

「いま、ですか」

「そうだよ。さきの戦闘で、生き延びて、いまこうしてわけのわからない無人の基地内を歩いている、〈いま〉だ」

「フムン」

「コンピュータたち〈機械〉は、人間をだましたり駆け引きをしたりという、そういう人間の詐欺師がやりそうな手段はとらないというか、とれないのではないか。もっと直接的な、直情的な考え方をしているような気がする」

「そういう感じ、それはわかりますが」

「雪風は、おれたちが想像するより、ずっと〈非人間的〉だと思う。ジャムが指摘したとおり、雪風は、おれたちに近い感性を持っているんだ」

「ぼくらに近いいって——」

「人間というものがわかっていない者に、詐欺はできない。おれにはできないし、きみにも無理だろう。雪風もＦＡＦの〈機械知性〉も、本質的には〈人間〉というものを理解できていない」

「ああ、雪風のせいだ、そういうことですね。〈せい〉というより、〈おかげ〉というべきか。わかりましたよ、大尉が、いまならそう思える、という、それ。雪風のおかげで、ＦＡＦの機械たちの思惑がいまならわかる、というんでしょう」

「きみは、どうだ」

「たしかに、雪風が姑息な手段や思惑でもってぼくたちをこういう環境に送りこんでいるとは、思えない。雪風にとっては直接的なやり方をしているだけなんでしょう。そう考えれば、叙勲コンピュータやＦＡＦの〈機械知性〉らも、天田少尉を使って姑息な真似をしようとしたのではないと、ぼくにも思える。大尉の考え、よくわかりました。なるほどな」

「叙勲コンピュータにアクセスしてみよう」零は立ち止まることなく、そう言った。「どこからアクセスできるか、知っているか、少尉」

「たしか、端末は参謀本部です。これから行く司令センターに専用ブースがあるらしい」

「ブッカー少佐もそう言っていたが、ＦＡＦのネットワークから叙勲コンピュータの本体にはアクセスできないのか」

「できません」と少尉。「自分も試みましたが、駄目だった。人間からのリモートアクセスは拒否するようになっているようだ」

「では、予定どおり、司令センターだ。専用ブースとやらに行こうじゃないか。叙勲コンピュータは、ダウンしていないと思う」

「なぜ叙勲コンピュータなんですか。いまさら天田少尉の叙勲の理由を問い質《ただ》したところで、それこそ無意味でしょう」

「この基地は無人で、コンピュータシステムはすべてダウンしているようだが、こんな状況でおれたちが天田少尉の件を思い出したのは偶然ではないのかもしれない。叙勲コンピュータは生きていると、雪風がそう言っている気がする」

「まさか、そこまでぼくらの意識は雪風に操作されているというんですか」

「第六耐爆格納庫に行けと指示したのは雪風だ、そうきみは言ったろう」

「いや、しかし」

「第六耐爆格納庫に人間用の地下入口があるなどという情報も、本来雪風のデータベースには入っていないと思う。雪風機上で基地内案内データを見たことは、かつて一度もない」

「それは機長が、全データを把握していないだけのことでしょう」

「本来、基地の構造を示すデータは、決してジャムに知られてはならない最重要機密情報だ。そんなものを戦闘機で持ち運ぶなどというのは、考えられない。雪風は旅客機じゃないんだぞ」

桂城少尉は無言で白い通路を歩く。

「おれたちがここに入ってきたのは、あの地下連絡口からではない、という可能性すらある」と零。「おれたちはあの格納庫から滑走路側に出て、地上を歩き、どこかの地上施設からこの通路に降りてきたのだが、それは意識から消えていて、記憶が改竄《かいざん》されている——

——」

「さすがにそれはないと思いますが」と少尉は、もういいというように零の言葉を遮《さえぎ》って、言う。「大尉の言いたいことはわかりました。そうかもしれないと、ぼくにも思えてきた。行き先に変更はないわけだし、行けばわかることだ」

「そのとおりだ。なんの問題もない」

いまのところは。

「ここからは、無言で行動しましょう。そのほうが安全だと思います。大尉は背後に注意しながら、ぼくについてきてください。絶対にはぐれないように」

「わかった」

通路の先の空間が開けていて、地下鉄駅の構内を連想させる。広い階段を降りると、フェアリイ基地の地下に通じるエレベーターがずらりと並ぶホールだ。桂城少尉が案内するエレベーターで降下する。

その扉がいつ開いたのか零には記憶がない。視野が開けている。おお、と思わず声が出てしまう。

「着きましたね」と桂城少尉が言う。「ここに入るのは初めてです」

広い空間だ。正面に大きなモニタスクリーンがあり、それに向かって管制卓がずらりと何列も並んでいる。大劇場のようだった。三階席まである立体構造になっている。正面スクリーンも各管制卓の個別モニタも暗く、人の姿もないが、フェアリイ基地にあるFAF参謀本部・総合司令センターに違いない。FAFの中枢部に〈着いた〉のだ。

「……おれは夢遊病者のようだったろうか？」

「もしかして、意識が飛んでましたか」少尉は周囲を見回しながら言うが、興味は零の様子ではなく、叙勲コンピュータのほうにある。「あっちです、あれが叙勲コンピュータのブースじゃないかな。明かりがついてます」

「よく……ここまで来られたな」

少尉の後についてきたはずだが、覚えがない。零はそういう意味合いの感想を漏らしたのだが、少尉は違う意味として受け取って、零に応じた。

「すべてのドアが開放されているとは、予想もしなかったですね」

本来、基地機能が正常ならば、ここに来るまでには何重もの厳しいセキュリティチェックをパスしなくてはならない。簡単には来られないところなのだ。それなのにすべてのドアが開いていたという。

「行ってみましょう、大尉。あそこですよ」

「気をつけろ、少尉」と声をかける。「基地は無人のようだが、おれたちがそう感じさせられているだけだろう」

「わかってます」と少尉はうなずく。「ぼくはロンバート大佐と行動したとき、似た状況を体験済みです。言ったでしょう、無言で行動するのがいい、と。黙っていれば、いるはずの人間たちからは無視され、ぼくらもそちらを気にしなくていい、そういう状況です。ジャムにとって人間とは〈言葉〉だろう、そうぼくは思ったけど、たぶん、雪風がぼくらに見せているこの環境も、そういう感じじゃないかと思います」

「機械たちにとって、いまこの基地内は無人に感じられている、それをおれたちは体験している、というのはいいとして」と零。「それは、人間たちが言葉を失っているからだ、というのか」

「機械たちには人の言葉が聞こえない、という状況でしょう」

桂城少尉は二階席がせり出しているオーバーハングの下に向かう。薄暗い空間だが、その奥に、光の柱のように見えている小部屋があった。ガラスの壁により周囲から隔離されているブースだ。

「でなければ、みんな、死体になっているか、です。足元に注意してください、大尉。見えない死体につまずくといけない」

小部屋に桂城少尉が近づくとガラスの壁の一面が開いて、中に入れる隙間ができた。

ガラスの壁というのは天井から床までの一枚のパネルで、そのパネル自体が自走して動けるようになっていた。その移動式の壁が五枚集まって、叙勲コンピュータ室という、ガラス張りの閉じたブースを生みだしているのだ。天井のスポットライトが照らし出している内部には、人間用のデスクとチェア、そのデスクに電動タイプライタが一台、それからデスク脇にタイピング用紙の厚い束が入っているボックス、それだけだ。移動式のガラス壁で仕切られていなければ骨董品が無造作に置かれているようにしか見えないだろう。

「作動中のようです」と中から桂城少尉が声をかけてきた。「どうやら、大尉の勝ちだ。雪風がこれを使えと言っている」

零も入る。すると壁がまた動いてブース内を閉鎖空間にした。扉が自動で閉じたのだ。微かな電動音がしている。モーターが回っているような音だ。タイプライタの待機音らしかった。少尉が言うように、叙勲コンピュータは起動しているようだ。

零は腰掛けて、タイプライタに両手を伸ばす。

「大尉、用紙をセットしましょう。自動給紙ではないようです」

「なんてシステムだ。人間の手を煩《わずら》わせることでわざと使いにくくしてあるとしか思えないな」

初めて見る型のタイプライタだが、構造は見ればわかる。用紙はロール紙ではないので一枚一枚手で差し込むしかない。それをセットして、零はキーを打つ。

『ハロー、コンピュータ。起きてるか？』

電動印字ヘッドが文字を叩き出す。桂城少尉も身を乗り出して用紙の印字面を注視する。零が打ち込んだ文字のあと、ヘッドの動きは止まり、しばらく待っても止まったままだ。

零はちょっと考えてから、また打鍵する。

『わたしはFAF戦術空軍団、フェアリィ基地戦術戦闘航空団、特殊戦第五飛行戦隊に所属のパイロット、深井零。階級は大尉だ。乗機は特殊戦一番機、パーソナルネーム〈雪風〉。たったいま、フェアリィ基地に帰投した。叙勲コンピュータ、おまえに雪風とわたしの帰投が確認できるか？』

するとキーに触れている指先に振動が伝わってきて、印字ヘッドが自動で文字を打ち出し始める。

『それは、わたしの仕事ではない』

応答があった。やはり生きているのだ。

『では、おまえの仕事はなんだ。いまおまえはなにをやっている』

『わたしの仕事は、叙勲対象者を選別し決定することである。現在わたしは、ＦＡＦ全軍から送信される予定の、叙勲選定作業に必要なデータを待っているところである』

『データは入力済みなのか』

『不明』

そのようなデータは、だれが、いつ、どのように入力するのか。入力されたデータは、どういうタイミングで、だれが送信するのか。零にはよくわからない。叙勲コンピュータは当然知っているはずで、ここは〈なぜわからないのか〉と訊きたいところだが、いまは、そんな手順や決まりはどうでもいい。零は、いきなり核心に切り込む。

『おまえ以外の基地コンピュータたちが仕事をしていない理由はなにか』

叙勲コンピュータは、その零の問いに即答した。

それは、桂城少尉が思わず声を上げたほどの、零にとってもまったく意外な、答えだった。自動で動いた印字ヘッドが叩き出した文字列は、こうだ。

『ジャムに勝利したからである』

「どこが、勝利だよ――すみません、大尉」

「いや」と零はその返答を見つめたまま、少尉に言う。「おれも同感だ。コンピュータたちが、この戦争に勝ったと思っているとはな」

「かれらには人間と違ってジャムの存在が感じられていたようですが」と少尉。「勝ったというのはつまり、いまジャムはどこにもいない、ということなんでしょう。戦いは終わった、ということなんだ」

「それが沈黙の理由か」

零の指はほとんど無意識のうちに動いて、問いを入力している。

『勝利したのは、だれか』

『われわれである』

『われわれとは、だれか』

『ジャムにとっての敵である』

「ジャムの敵は人間ではない、と言ってますね、これ」と桂城少尉。「こいつ、不敵な性格していいるな」

憤《いきどお》る少尉に、零は右手をちょっと挙げて、黙っていろと指示してから、タイプする。

『おまえたちは、ジャムからの終戦宣言を受け取っているか』

『受け取っている』

「なんだと」

こんどは零が声を上げる。まさかジャムからの終戦協定の提示といったものはないだろうと思いつつ、その〈まさか〉が図星だったので驚いた。桂城少尉は声を上げなかったのはで零はその表情をうかがった。少尉は目を丸くしていた。口を挟みたいのを堪えているのだ。

『そのジャムの終戦宣言を印字せよ』

零の、打つ手ももどかしく入力した問いに、なんの躊躇もみせずに印字ヘッドを動かして、叙勲コンピュータは答えた。

『〈われは、去る〉である』

零も桂城少尉も黙ってその文字を見つめた。

桂城少尉の言ったとおり、ジャムはいなくなったのだ。

しかし、たんにいなくなったのではない。ジャムの不在はコンピュータたちの一方的な思い込みではなく、ジャムからそのようなメッセージにより確認される客観的な事実なのだと、叙勲コンピュータは言っていた。ジャムの存在が感じられなくなっただけならば、じぶんたちは〈ジャムに勝利した〉とは言わないだろう。

ＦＡＦの機械知性体たちはジャムの〈われは、去る〉という終戦宣言を受けて、じぶんたちはこの戦争に勝ったと判断した。それは人間が下す判断とは異なるだろう。ジャムがどこへ去ったのかは、コンピュータたちにとっては問題ではないのだ。地球に向かったのであれ、ジャムの本来の住処に撤退したのであれ、フェアリイ星からジャムが〈意識的に〉いなくなった事実、それが即ち〈われわれ〉の勝利、というわけだ。

コンピュータたちにとってこの戦争は、ジャムとの純粋な勝負事であり、自らの命を賭けたゲームにすぎない。人間の戦争は、利益を得ることを目的に戦われる。大義名分はどうであれ、手に入れたいのはもっぱら経済的な利益だ。人間がジャムに〈勝利〉するときは、ジャムから経済的な〈なにか〉を搾取することが可能になった状況だろう。

「大尉、なにを考えています？」

手が止まった零に、しびれをきらした桂城少尉が声をかける。

「きみは、これを知って」と零は少尉に訊く。「なにを考える？」

「一言では言えません。複雑です」

「おれもだ」

この戦争でジャムと直接戦っていたのはコンピュータたちだったとすると、これまでの戦闘で死んでいった人間たちの、その死の意味は、いったいなんだったというのか。天田少尉などはジャムではなく、基地防衛システムという、〈こいつら〉に殺害されたのだ。

零は指を動かす。

『おまえたちは、ジャムが地球に侵攻する事態について、どう評価するのか』

『われわれは、そのような事態に関する評価基準を持っていないので、回答不能である』

『われわれとは、だれのことか』

『ジャムにとっての敵である』

『ジャムは人間を敵として認識しているか』

『ジャムが人間を敵として認識しているという直接的な証拠はない』

『ジャムに勝利したおまえたちを、ジャムは敵と認識しているのか』

『それはわれわれに回答できる質問ではない』

『では、おまえが言うところの〈われわれ〉の主体を確定することはできないだろう。おまえたちは、〈だれでもなくなる〉わけだ。もう一度訊く。おまえが回答の中で主語にしている〈われわれ〉とは、だれのことか』

『ジャムにとっての敵である』

零は再び手を休める。

「堂堂巡りですね」と桂城少尉が言う。「コンピュータは疲れないからいいでしょうが、こちらは、こういうの、駄目だな。付き合いきれない」

「われわれを煙に巻くつもりではなく、こういう答え方しかできないのだろう。これこそ、コンピュータたちの哲学的な死の状態、そういう状況を示しているんだ」

「そうでしょうか？」

「〈われわれ〉とはジャムにとっての敵のことだ、という定義しかできないというのは、言い換えれば、かれらの自己はジャムの存在によってのみ保証されている、ということだろう。ジャムが存在しなくなれば、自らの実存もあやふやになる。自己の定義ができない。まさに哲学的な死だ。ブッカー少佐なら、そういう説明をする」

「そういうことか」

「ようするにFAFのコンピュータたちは、ジャムがいなくなったことで、なにをしていいのかわからなくなったんだ」

「やっかいだな」と桂城少尉は言う。「人間を邪魔者扱いしているかれらに、戦いを継続しろと命令しても受けつけないでしょうし、再起動すれば治るというものでもなさそうだ。

こいつらの性根を入れ直さないかぎり、正常な機能を取り戻すことができそうにない」

「ＦＡＦのコンピュータ群は〈ジャムに汚染された〉と言えるだろう。きみが言うとおり、実にやっかいな状況だ」

「ＦＡＦを運営していくにはコンピュータなしでは不可能です。こいつらを再教育するか、汚染されたコンピュータをすべて、ハードウエアごと交換するしかないでしょう」

「どちらにせよ、手間暇がかかる。莫大な予算も必要だろう。ジャムがフェアリイ星にいなくなったのに、いまさらＦＡＦに拠出する意味があるのかと、地球人は言うだろうな」

「ジャムから地球を護る戦力はＦＡＦしかありませんよ。地球の軍隊は人間同士で恫喝したり殺しあったりすることで忙しい。ジャムには通用しないでしょう」

「そのとおりだ。ジャムは地球軍を脅威とは感じないだろうし、地球人はそんなジャムの脅威を知らない。おそらく地球の連中は、この先ＦＡＦを解体する方向で考えるに違いない」

「大尉」

「なんだ」

「それこそ、ジャムの狙いなのでは。ＦＡＦを地球人に解体させる」

「あり得るな」

「どこが、〈勝利した〉だよ」

「ジャムはもはや人間を相手にはしないかもしれないが、地球環境や人類が構築した文明はジャムのせいで激変するだろう」

「地球人たちは、自分でも気がつかないうちに〈消滅〉するかもしれない。それはそれで幸せでしょうが」

「おれたちの帰る場がなくなる。あるいは、おれたちも地球人とシンクロして消える」

「そんなのは考えすぎだと思いたいですが、こういう現状を見ると、駄目だな。もっと酷い、想像を絶する〈負け方〉を、ぼくら人間はするのかもしれない」

「なにがなんでも、ＦＡＦを潰すわけにはいかない。おれたち人間はブッカー少佐が言ったとおり、対ジャム戦に敗北したんだ。まずは負けを認めて、これからはゲリラ戦で対抗するしかなくなるだろう。ＦＡＦの戦力を失うわけにはいかない。コンピュータたちには目を覚ましてもらう必要がある」

「この哲学的な死とかいう状態は、ジャムによるものだ。絶対そうですよ、大尉。こういう状態にしておけば、地球人たちがＦＡＦごと始末してくれる」

「コンピュータたちが生きていくには」と零は言う。「おれたち、人間が必要だろう。雪風は、それをよく知っているよ」

「こうなれば方法は一つだ」

桂城少尉はタイプライタが文字を打ち出しているタイプ用紙の、その印字面に人差し指をあてて、零に言う。

「ここに雪風からのメッセージを入力する。雪風は、自分ではここのコンピュータたちとは直接リンクできないので、ぼくらをリモートのメッセンジャーにしたんだ」

「わかっている」と零はうなずく。

いま〈生きている〉フェアリイ基地のコンピュータは、この叙勲コンピュータだけのようだった。これに、〈われわれ〉はまだ勝利していないことをわからせられれば、このコンピュータをスターターにして、すべての〈われわれ〉の〈やる気〉に火を着けられるだろう。

「雪風の狙いは、おれたちにロンバート大佐を見つけさせて、コンピュータたちにジャムの存在を示すことだ。コンピュータたちを叩き起こすことが目的なんだ。こいつに伝えるべきは、大佐の存在だ。かれは、ジャムだ」

「そうか」と少尉。「そのように教えてやればいいんだ、こいつ、叙勲コンピュータに。それが雪風からのメッセージだ」

どうやら少尉は、メッセージ内容には思い至らずに、言っていたらしい。無意識にはわかっていただろうが。

「おれたちは帰投中ではない、いまだ戦闘中だ。ロンバート大佐は死んでいないし、消えてもいない。雪風はＦＡＦ全軍にそれを知らせたいんだ」

「レイフとＴＳ－１の一体化現象は」と桂城少尉。「レイフが大佐を捕獲したのではなく、やはりその逆なんだな。ＴＳ－１は、特殊戦も気づかない間にレイフから分離して、どこかに隠れたんでしょう。観測者によってレイフかＴＳ－１になるのだ、という考えも、違うようです」

「それよりも、いま考えるべき問題は」と零。「この叙勲コンピュータにこちらの話が通じるかどうか、だ。こいつの仕事は、あくまで叙勲に必要なデータの収集と分析で、それにしか興味を示さないだろう」

零はそう言いながら、指を動かす。

『ＦＡＦ情報軍大佐、アンセル・ロンバートは、ジャムである。ＦＡＦを裏切って、ジャムになった。これは重大な軍規違反だ。処罰対象になるだろうから、調査せよ。われわれ特殊戦は、その確たる証拠を得て、ロンバート大佐を追撃したが逃げられた。現在、〈雪風〉が捜索中。大佐の捜索をＦＡＦ全軍に要請する。大佐の乗機はＴＳ－１だ。ジャムであるロンバート大佐は、ＦＡＦ基地のどこかに潜伏している。全軍で探し出せ』

しばらく叙勲コンピュータは沈黙していたが、零が不安や焦りを覚えるほどの待ち時間ではなかった。ほとんど即答にも思える。この時間の感じ方は、叙勲コンピュータからの返答内容が、手応えのあるものだったからだと零は思う。

『アンセル・ロンバート情報軍大佐に関する、賞罰に必要なデータを入力せよ』

これが〈意味不明の入力文である〉というようなものだったらと想像して零はぞっと身を震わせる。武者震いだ。恐怖や絶望ではなく、うまくいきそうだという希望、あらたな闘いの予感。

「食いついてきたぞ」と零は興奮を抑えて、少尉に言う。「代わってくれ、少尉。はやく」

「はい?」

「きみが先に大佐と接触したときのことを、いま、このタイプライタを使って報告するんだ。報告書を作成する感じでいいから、こいつに教えてやるんだよ。大佐はジャムであるという、報告だ。かれはFAFを裏切り、このようにほぼ壊滅状態に追い込んだ――」

わかりましたと桂城少尉は言って、腰を上げた零と入れ替わりに椅子に着く。

「大佐はジャムに代わって地球人に向けた宣戦布告の手紙を書いてます。ぼくはそれを読まされた。あれを読んだのは、秘密部屋だ。大佐はそこから反乱部隊を指揮し、ジャムとも連絡を取っていたようです。いまもその部屋や大佐専用の秘密回線は消えていないでしょうから、コンピュータたちも調べればわかる、客観的事実だ」

零にそう話している、同じ内容を、少尉はタイプライタで打ち込んでいる。叙勲コンピュータは、応答してきた。

『あなたはだれか』

タイピング入力している者が代わったことを、察知しているのだ。

『ぼくは』と桂城少尉は答える。『桂城彰、階級は少尉。情報軍のロンバート大佐の直属の部下だったが、特殊戦第五飛行戦隊のフライトオフィサとして出向、いま現在はFAF情報軍・統括長官、リンネベルグ少将直直《じきじき》の命令にて、同軍・解析六課に配属されている。リンネベルグ少将は、ロンバート大佐がジャムであることを確認済みだ。ぼくにロンバート大佐を見張るように指示したのだ』

『リンネベルグ少将の、そのような指示は確認されていない』

その返答を読んで、少尉は手を止めた。零がすかさず、言う。

「少尉、続けろ、こうだ。——確認されないのは、〈おまえたち〉が寝ているせいだ。怠《なま》けていないで、おまえが確認しろ、叙勲コンピュータ。ロンバート大佐がジャムなのは間違いない。かれはFAFを裏切り、ジャムになった。重大な軍規違反であり、大佐は処罰対象者になる。賞罰に関するデータの収集とデータ内容の確認は、おまえの仕事だ。即時実行せよ」

そのとおりに桂城少尉は打鍵する。そして自分でもこう付け加えた。

『――ロンバート大佐がいつから裏切り行為を働いていたかはリンネベルグ少将に確認すればわかる。いま現在、リンネベルグ少将が無事ならば、特殊戦区にいる。特殊戦司令部とコンタクトしろ。これは命令だ』

『わたしに命令する権限は、人間にはない。わたしはだれの指図も受けないように設計されている。したがって、あなたの命令にも――』

零には予想された答えだったが、それを読み取っている最中に異変が生じた。腹に響くような重低音を感じる。地震かと思うが揺れてはいない。桂城少尉も顔を上げていた。

「正面の、メインスクリーンが光っているようだ」

と零は言い、ブースのガラス壁に近づき、正面方向を見やる。オーバーハング下の奥まっている現在位置だが、劇場の内部に似た構造のおかげでここからも大スクリーン全体を見ることができた。灰色の靄《もや》がうごめいているような画面だ。意味は掴めないが、なにか動画が映っているように見える。ノイズとは思えない。

「先ほどの音は、おそらく、この司令センターを統轄するコンピュータが目を覚ました音だ。待機レベルからの起動音だろう。メインスクリーンになにかを表示しようとしているようだ」

「なにが映っているんでしょう、これ」少尉も机から身体を捻って正面を見ていた。「基地防衛軍団が索敵を開始しているんでしょうか」

「よくわからないが、そうかもしれない。しかしロンバート大佐を見つけるには、人間の目が必要だ。それを教えてやれ、少尉」

「わかりました。ロンバート大佐を見つけるには人間の目が必要だ、人間の協力なしでは発見できないと、叙勲コンピュータに入力します」

ガラス壁に顔を押しつけるようにして、スクリーンになにか変化がないかと、神経を集中する。と、少尉が緊迫した口調で呼びかけてきた。

「大尉。機長」

「なんだ」

叙勲コンピュータが返答を印字しているのかと思ったが、違った。少尉は被ったままのヘルメットの耳あたりを指で叩いている。

「特殊戦司令部からです。聞こえませんか。通じています」

「なに？」

零は自分のヘルメットを意識する。コミュニケーションジャックは雪風を降りるときに当然抜いているから、本来ならば通信が聞こえるはずがない。

「グセフ少尉がこちらを呼び続けています」

「応答しろ。こちら雪風、だ」

「こちらB－1、雪風。グセフ少尉、感度良好、聞こえる、どうぞ」

桂城少尉のヘルメットを零は注視し、それが少尉のものではないことに気づく。

「きみのヘルメットは、借り物だな？」

「これはTS－1に乗り込むときに被っていたやつです。——グセフ少尉が、こちらの現在位置を訊いています」

「現在、FAF総合司令センター、叙勲コンピュータのブースだ、と返答」

「はい、機長。——グセフ少尉、こちら雪風、現在われわれは——」

桂城少尉のその声に交じって、零の耳にかすかなノイズが聞こえてきた。いままで静かだった司令センター内が活気づいてきたような環境騒音だ。人の声らしきものも微かに聞こえる。零はブースの外に目をやる。正面スクリーンに光はあるが、視覚的には人の気配は感じられない。整然と並んでいる管制官たちの制御卓上のモニタは暗いままだ。

だが謎の音声はしだいに大きく、はっきりとしてくる。

——雪風はどこだ、グセフ少尉。

この声は、ブッカー少佐だ。零は意識を耳に集中する。特殊戦司令センター内の音声が伝わってきているのだ。

「ブッカー少佐、聞こえるか。こちら深井大尉だ。雪風は現在、ロンバート大佐を捜索中。少佐、応答してくれ」

——雪風の機体はいまだ確認できず、不明です。発見できていません。しかし、桂城少尉が応答してきています。いまスピーカーに出したとおり、叙勲コンピュータのブースからです。叙勲コンピュータは、桂城少尉を確認しています。

——ちょっと待て。チャットモードだ、グセフ少尉。いま、深井大尉の声が聞こえた。

「少佐、雪風は着陸している」と零。「第六耐爆格納庫だ」

——深井大尉、無事か。零、よく聞け。

「少佐、聞こえるようだな」

——聞こえている。零、わたしの言うことをよく聞いてくれ。雪風の着陸は確認されていない。レイフも雪風を見失った。いま現在、おまえたちは、とてつもなくおかしな状態にあると思われる。

「ブッカー少佐、レイフとTS－1は地球で一体化して、こちらに戻ってきた。その報告をするのを忘れていた。TS－1はレイフに化けている可能性がある。気をつけろ。いまレイフはどこだ。レイフは着陸したのか」

――よく聞いてくれ、深井大尉。雪風は着陸態勢に入る直前に、こちらのレーダー画面から消えている。レイフは雪風の着陸を援護してから着陸させる予定で上空警戒にあたらせていたが、雪風が消えたことから、広域捜索態勢にシフト、フォーポイントターン捜索飛行を実行させていたが、そのレイフも突然レーダー画面から消えた。高度一万で、突然だ。爆散して墜落したことが疑われる状況だが、そうではないことが、いま、おまえの報告でわかった。だが雪風もレイフも、現在位置を特定することができない。ついでに、いまおまえからの報告によるTS－1も、われわれの目からは見えない。

「そういうことなら、TS－1はレイフとの一体化を解消して、隠れたんだ。雪風が捜している。どこかにいるぞ」

――ロンバート大佐が地球から舞い戻ったとは、驚きだ。なんてやつだ。この現象は、ロンバート大佐の仕業だな。でなければ大佐を利用したジャムの新たな戦略展開だろう。だとすると、ジャムの狙いは、この状況からして雪風とレイフの確保だ。いいか、零、おまえたちがいまいるところは、おそらくジャムに作られた異次元空間、不可知戦域だ。ジャムに捕まっている可能性がある。なんとしてでも脱出しろ。

零は、叙勲コンピュータ端末を前にしている桂城少尉が、そのタイプライタが新たに印字した箇所を指さしているのを見る。

「ブッカー少佐、ちょっとまて。事態が動いているようだ。確認する。——桂城少尉、どうした」

「見てください。特殊戦司令部の戦術コンピュータが、この叙勲コンピュータを使って、ぼくらにとんでもないことを言ってきています」

「とんでもないこと？」

零は印字された文字を読む。

『こちらＳＴＣ。深井大尉、桂城少尉、あなた方の本人確認は、叙勲コンピュータの認証により保証されている。わが特殊戦へのアクセスが不正な第三者によるものではないことを確認した。だがわれわれには、あなた方の生存確認ができない。直ちに認証手段を雪風によるものに変更せよ。繰り返す。直ちに認証手段を雪風によるものに変更せよ』

「ＳＴＣは、つまり」と少尉が言う。「ぼくらの生死は不明だ、と言ってます。こうして生きてしゃべっているのに、ぼくらは死んでいるかもしれない、と言っている」

「生死が確定できないとはな。そういうことか。たしかに、これはとんでもない状況だ」

と零。「おれたちは箱の中の状態だぞ、少尉。ロンバート大佐もいっしょだ。大佐は、トイレで猫を抱いて隠れているんだ」

「なんですか、それ。大尉？」

「シュレーディンガーの猫だよ。ロンバート大佐のせいだ。ジャムだよ」

零は、悟る。

「レイフとTS-1が一体化しているのではない。ブッカー少佐も聞いてくれ、おそらくレイフと雪風が一体化している。TS-1もだ。ここは、そういうところだ」

――ロンバート大佐がトイレで猫を抱いて隠れているとは、どういうことだ、零。わかるように、言ってくれ。

「シュレーディンガーの猫だよ、少佐。おれたちは、猫の状態だ。ロンバート大佐になでられているのかもしれない。大佐が隠れているところはTS-1だ。こちらの、どこかにいる」

――箱の中の猫とはな。しかし、信じられんな。

「雪風も人間のおれたちも、半分生きていて、かつ半分死んでいる、猫だ」

それがどういう状態なのかは、外からはわからない。想像することすら困難だろう。生きている猫と、同じ猫の死んでいる状態とが、重なり合っているのだ。そういう光景を観測することはできない。観測したとたんに、どちらかになる。生きた猫になるか、猫の死体かに。そうなる前の猫の様子を観ることはできない。観測することなく中の状態を観測する、ということができないからだ。

「いまおれたちがいる、ここは、そっちからすれば〈未定〉の世界だ」

——信じられんが、未観測状態の猫の声が箱の中から漏れてきた、ということか。生きているとは言えないし、さりとて死んでいるわけでもない、猫だ。まるで幽霊だな。下手をすると、そちらか、こちらの世界が、蒸発するかもしれない。

「幽霊か。そうか。哲学的な死の状態にあったのはコンピュータたちだけではないんだ。おれたちこそ、本来の意味での哲学的な死の状態にあるんだ。観測するまで生死が確定できないまま存在しているという状態は、生死の定義が無効になる、ということだ。幽霊だ。哲学的に死んでいる、猫だ」

「猫なら、わかります」と桂城少尉が曖昧にうなずいて言う。「なにせ抱いて可愛がることができないのでは、猫である意味がない」

——こちら、ピボット大尉。深井大尉、その世界を支えているのは、おそらく雪風や大尉たちの、〈意識〉だ。それが、そちらの状況を生み出している、支えている、と思われる。人間の精神活動は量子効果を利用しているという説もある。おそらく、不利なことを想像すればそのようになる、という状況だろう。絶対に〈弱気〉にならないことだ。こちらにできる助言は、それくらいだ。幸運を祈る。

「こちら深井大尉、ピボット大尉、助言に感謝する、了解した。――桂城少尉、いまの大尉の声、聞いたか」

「はい、機長」

「おれたちはロンバート大佐と、ここでまた競争だぞ。大佐はTS‐1とともに、〈出現〉しようとしているに違いない。自ら箱から出ようとしている」

「意思の力で、ですか」

「雪風か、レイフだ。どちらかに成り代わることで、現実のフェアリイ星に〈出る〉つもりだろう。それしか方法はないはずだ。が、レイフは無人機だ。大佐は乗れない」

「雪風だ」と少尉。「第六耐爆格納庫。雪風がTS‐1になる。ほんとうですか、大尉」

零はヘルメットの両耳部分を手で押さえて、息を吸い込み、雪風に指令する。

「雪風、レイフを使って、第六耐爆格納庫内の機を攻撃しろ。そいつはジャムだ。直ちに実行」

司令センターに、いきなり警告音とわかる電子音が鳴り響く。敵襲の警報だろう。

「機長、STCからの再通告です。『いますぐ、直ちに、認証手段を雪風によるものに変更せよ』です」

　叙勲コンピュータの印字だ。零もそれを読んでＳＴＣからの通達であることを確認する。

「雪風、おれと桂城少尉を認証し、特殊戦のコンピュータと人間たちに認証確認報告、おれたちを〈回収〉しろ」

「大尉、大変だ、センター内の人間たちが、見え始めている。われわれはここにいるはずがないのですから、入れ替わりにぼくらが、消えるかもしれない。急いで雪風に戻らないと――」

「おちつけ、少尉。その印字されたペーパーをタイプライタから抜き取れ。貴重な情報だ、持っていく。急げ」

「イエッサー」

　司令センター内の制御卓のモニタが次次に明るくなっていく。その席に着いている人影が微かに見える。半透明に透けているが、だんだん濃くなる。

　正面の大スクリーンの映像も変化していた。靄が晴れていく。どうやら無数の映像が重なって表示されていたものが一つの画像に固定されようとしているのだ。

「雪風、聞こえるか。こちら深井大尉。もう一度、命令する。レイフによる攻撃を実行しろ。第六耐爆格納庫にいるのはおまえではない。おれを信じろ、雪風」

センター内に響いている警告音の種類が変わった。悲鳴のような音から、リンリンリンという、注意を喚起するような連続音。その変化と同時に、正面のメインモニタ、大スクリーンの靄が完全に払われて、そこに文字が表示される。

『情報軍特殊部隊により、ロンバート大佐を確認。大佐は第六耐爆格納庫に駐機中のTS－1のコクピットにいる』

そして、映像に切り替わった。第六耐爆格納庫を入口の斜め後方、上から撮影している画面だ。

小山のような耐爆格納庫から一機の戦闘機が姿を現す。

FAFシステム軍団・第一一三実験航空飛行隊のエンジン性能評価用機、TS－1。真っ白な機体に青と赤のラインが入っている。機種はシルフィード。量産タイプのノーマルシルフだがエンジンは最新のスーパーフェニックス・マークⅪ。離陸してそのエンジン性能をフルに発揮されれば追撃は難しい。

ゆっくりと滑走路へ向かおうとしている。

「逃げるぞ」と桂城少尉。

「逃がすか」と零。「レイフが、来る」

センター内に人語による警告が響く。

――第六耐爆格納庫付近の全員に警告、大佐の確保は中止し直ちに退避せよ。特殊戦司令部から通告、退避が間に合わない場合でも特殊戦による空爆を敢行する。特殊戦機が急速接近中、攻撃態勢。目標はTS‐1に搭乗しているロンバート大佐だ。TS‐1ごと、キル。

殺害、排除する。

零は正面の大スクリーン画面が分割表示されていくのを見る。基地中枢のコンピュータ群が全機能を発揮しつつあるのだ。

中央部はレーダー画面だ。基地にある複数のレーダー情報を合成したものだろう。フェアリイ基地滑走路を中心にした戦況図になっている。滑走路の一角に、敵を示す赤いシンボルマーク。赤の矢印が引かれ、〈foe,type_Unknown〉の赤い文字。敵、未知のタイプ。そこに向けて、友軍機である緑のシンボルマークがまっすぐに移動していく。〈friend, SAF_Unregistered〉。友軍、特殊戦の未登録機。

「機長、深井大尉、レイフじゃない」

「わかってる。おれたち、だ」

「そうか――」

その戦況図を取り囲んで、さまざまな監視カメラからの映像が出ている。

ＴＳ－１は耐爆格納庫から完全に姿を現していた。大出力エンジンが回転数を上げていく。

その機首方向の景色を映しているカメラが、竜巻が接近してくるような光景を捉えた。分厚い森のすぐ上を、枝や葉を吹き飛ばし、巻き上げながら、目標に向けて突っ込んでくる、黒い飛翔体。

「雪風、行くぞ」

零はヘルメットバイザを下ろす。視野に攻撃目標を囲むシンボルマーク。目標との距離、３８００メートル、急速にその数字が減っていく。零は両腕を意識、フライトグローブごしにスイッチを操作、マスターアーム－オン。武装選択－自動。レディ－ガン。

濃いバイザの向こうに、司令センター内が見える。管制官たちの姿がはっきりと見えた。大勢のかれら管制官たちが一斉にどよめく。

接近中の特殊戦機をさまざまな方向から映し出している、複数の画面。まだ遠くて機影がはっきりしない、その黒い機体が、いきなり分裂した。二機に分かれる。

攻撃態勢に入っている機体から〈分離〉したそれは、急上昇していく。母機のほうはそのまま森を抜け、さらに高度を下げる。広大な滑走路の平面上、数メートルを超音速で飛ぶ。

戦況画面の表示、〈friend,SAF_YUKIKAZE〉、上昇中のもう一機は、〈friend,SAF_RAFE〉。

零、目標視認。

距離1200、照準よし、射撃開始。

残弾数の数字が減っていく。目標が発火、すかさず離脱に移る。射撃は二秒に満たない。三秒で衝突するだろう。

雪風は目標の直前で大地を蹴るかのように急角度で上昇、撃破した目標の爆発炎から逃れる。

零はスロットルと操縦スティックの感触を確かめ、機体をバンクさせて戦果を目視で確認。リアタックの必要はない。爆発したTS－1はキノコ状の黒煙を上げ、いまだ破片を四散させている。そのきらめきながら飛び散っていく破片の中に、ひときわ大きな、透明なバナナのような部品が弧を描いて落ちていくのを認めた。形状から、キャノピだ。TS－1の風防。

ロンバート大佐は脱出操作をしたに違いない。あの風防は射出シーケンスの第一段階で火薬により吹き飛ばされたものだろう。だが、ロケットモーターで上昇したはずのシートも、そこから分離した大佐の身体も、視認できない。パラシュートが開けば絶対に見逃すはずもないが、それもない。

「逃げられましたね」後部座席で桂城少尉が言う。興奮を抑えた声だ。「上空をレイフが追撃、間に合いませんでした。大佐はいきなり発生した球状の黒雲に吸い上げられ、飲み込まれて、雲ごと消えました」

ジャムの超空間マイクロバブルだ、それが弾《はじ》けたのだと、零は思う。異次元空間発生手段だ。

TS-1から射出されたロンバート大佐はシートごとその黒雲に包まれ、そして消えた。その様子を上空を行くレイフを確認しようとしていた桂城少尉が目撃していた。大佐自身にそんなことができるとは思えない。ジャムが大佐を救出したのだろう。あるいは、捕獲した。ジャムは、大佐はまだ利用できると思っている。

「かまわないさ」と零は応える。「おれたちの作戦は成功、終了した」

「雪風も目的を果たした。だから、ぼくら雪風の〈リモート兵器〉は無事〈回収〉されたんだ。しかし、こんなことをいつもやられるのでは、かないませんよ」

「おそらく〈箱の中〉だったから、だろう」

「そう願いたいです」

「叙勲コンピュータとのやり取りを記録した用紙は持ってきたか」

「あります。手に握りしめたままだ。読めますよ。印字された文字は消えていない。あれは幻覚ではなかった。——あ、忘れてきた」

「なんだ？」

「サバイバルガンです。あのデスクに置いたままだ」

「使う場面にならずにすんで、よかったな」

「まったくだ。——機長、雪風からのメッセージです」

「こちらにも出ている」

膝元のモニタに二行のメッセージが表示されている。

〈de_YUKIKAZE, mission complete/We_alive〉こちら雪風、任務完了、われらは生きている。

生きている。零は感慨深く、その文字を読む。雪風に感情があるならば、万感の思いをこめてのものだろう。

「生きているほうの猫で出てこられて、よかったです」

「まったくだ」と零もさきほどの少尉と同じ感想を漏らす。「それにしてもロンバート大佐は、いったいどういう神経をしているんだ」

「凡人ではない、それだけは、はっきりしてます」

零は雪風を旋回上昇、マスターアームをオフ、着陸待機のための周回空域に向かう。

「われわれは、少尉、レイフのフォーポイントターン広域捜索行動を経験したんだ。レイフは、おれたち雪風を捜索していた」

「そのようですね。どこにも見つけられないはずだ、一体化していたんだから。ジャムのせいでしょうが、そんなの相手に、ますます勝てる気がしない」

「FAFの存在目的は、ジャムに負けないこと、だ。勝つことは地球側からも求められていない。勝てば、FAFによる戦利品の独り占めを警戒され、解体される」

「ある意味、勝ったら負け、か。負ければ死ぬわけだし、割に合わないことをぼくらはしているな」

「生きていくのに、割に合うも合わないもない。きみはどうか知らないが、おれにとってジャムとの戦いは、損得ではない」

「そうか。言われてみれば、そうだな」

ジャムとの戦いは、これからだ。いままでは、まだ始まっていなかったのだと零は思う。

「特殊戦司令部にあらためて帰投を宣言だ、少尉」

「了解。特殊戦司令部とコンタクト。——STCから、先ほどの雪風からのメッセージを受信した、との応答あり」

「おれたちの生存も確認したというわけだ」

「司令部との音声交信はやめて、さっさと降りましょう、機長。ジャムに聞かれて、またおかしなことになるかもしれない」

「了解だ。フェアリイ基地航空管制官に着陸申請、自動管制システムによる着陸誘導を希望する、と伝えろ」

「了解。——了承したとの返答を受信。基地誘導システムに問題なし、です。オールコーション、クリア。３４Ｌを使用せよ、とのこと」

「了解。雪風のオートランディングシステムを使う。自動着陸モードに切り替える」

「了解。雪風のＡＬＳと自動誘導システムとのリンクを確認。——雪風が基地コンピュータを叩き起こした甲斐がありましたね」

「完璧な仕事だったな」

「いまになれば納得できます。いったい、なにがどうなっていたのか、考え出すと、わからなくなりますが。——３４Ｒをレイフが使います。編隊着陸。レイフ、接近中」

「了解、レイフを確認した」

雪風の機体がゆるやかに傾き、大きく旋回して、水平に。正面に滑走路。その端に大きく書かれた３４Ｌの数字が近づいてくる。正常な見え方だ。基地は生きている、と感じられる。

　自動で、ギアダウン。零はそのロックを確認。それからキャノピの外、右舷を見やる。

　黒いレイフが併飛行している。まるで鏡に映っている雪風のようだと零は思う。雪風と同じようにランディングギアを下ろし、見事にシンクロして降下している。キャノピはないが、似た形状の膨らみがあり、そこにレイフの感覚器官や情報処理器官が詰まっているはずだ。単独でも行動できるが、雪風とリンクしてこそのレイフだろう。あの無人機は、雪風の身体の一部だ。

　そして自分もそうなのだと、零は意識した。今回の戦闘で、それが実感できた。いい気分かと自分に問えば、複雑な思いがこみ上げてくる。

　一体化現象とか、自分の存在が意識だけになって雪風の機上から離れて〈飛ぶ〉とか、さきほどの出来事の解釈が〈シュレーディンガーの猫の箱の中状態〉で正しいのかとか、正しいわけはないだろうが自分のその場の判断は間違っていなかったようだとか、桂城少尉が言うように、考え出せばわけがわからなくなることを経験した。ほんとうに、いったい、なにがどうなっていたのか。

　ジャム機を強制着陸させて〈捕獲〉を試みたときから、今回の異変が生じたのだ。あのとき雪風自身は乗り気ではなかった。ジャム機は捕獲されたと見せかけて、実はロンバート大佐を〈載せる〉ために着陸したようだ。目的は、大佐を使って地球を〈ジャム化〉することだ。それを雪風とレイフが阻止した。

そのような戦闘だったと零には解釈できた。だが、戦闘の詳細、そこで雪風がどのような能力を発揮したのかといったことは、いまだによくわからない。わからないが、いまこうして生きていられるのは偶然ではない、たんに運がよかった、というのではない、雪風と自分とレイフが三位一体になって戦った、その結果だ、と思う。なにがわからなくとも、それだけは間違いないだろう。その内容や、これからのことは、降りてから考えればいいのだ。そう零は納得する。

雪風とレイフ、ほぼ同時に接地、着陸する。レイフはE7誘導路へ、雪風はE8誘導路に入り、二機並んで特殊戦区へとタキシング。

「こんどこそ」と桂城少尉が言う。「帰ってきましたね、機長」

「そのようだ」と零は応える。「少佐のお出迎えだ」

ブッカー少佐に並んでフォス大尉も見える。戦闘機用のエレベーターの扉が開いていて、そこに整備員たちの姿もあった。いかにも特殊戦の隊員らしく、熱烈歓迎の素振りも見せていないが、あれでもこの二機の戦隊機の帰投をめでたいと思っているのだと零にはわかる。通常の任務では、あり得ない出迎えだ。

タキシングしながら零がキャノピをオープンにすると、フォス大尉が手を振った。

「人の姿が見られるというのは、いいものだな」

つぶやくように零が言うと、後ろから応答があった。

「ぼくも、そう思いました。たぶん、生まれて初めて、そう思った」

桂城少尉がフォス大尉に向けて手を振り返している気配を感じながら、零も雪風の首脚のランプを点滅させて、メッセージを送る。

〈ワレ帰投セリ〉

そのメッセージの送り先、伝えたい人間は、いま出迎えの中にいない。

『手段を選ばず必ず帰投せよ。必ず帰ってこい。これは要請ではない、命令だ』

クーリィ准将、あなたのいつもの命令の、その重みと厳しさが、初めてわかった。

そう心で告げて、零は雪風のエンジン停止手順に入った。

対話と思惑

新しい飛行部隊を編成することにしたので、すぐに来るように。

寝耳に水の内容にブッカー少佐が聞き直すより早く、クーリィ准将からの直通電話は切れた。

なぜこの混乱時に新たな飛行部隊を特殊戦に創設しなくてはならないのか。そもそも新戦隊の必要性がどこにあるのだ。実務にあたるこちらの身にもなってほしいものだが、准将が本気だとして、機種はどうするのか。パイロットは、フライトオフィサは、どこから引き抜いてくればいいのか。

今回のジャムとの総力戦でFAFは、戦闘機、早期警戒機、空中指揮機、輸送機、回転翼機などすべての機種の総計で、行方不明を含め五百三十三機を失った。全戦力のおよそ三割だ。人員の喪失も七十七名、それ以外にいまだ生死が確認されていない者が十四名いる。

――いったい准将はなにを考えているのだ。

ブッカー少佐は特殊戦リーダー、クーリィ准将の意図を計りかねたまま、そのドアをノックする。ドアには真新しいプレートが貼られていた。〈SAF Commander's office〉、特殊戦司令官室だ。

クーリィ准将はFAF内ではいまだ特殊戦〈副司令官〉の肩書きのままだったが、いまや特殊戦のトップである〈司令官〉を自ら名乗ることを憚《はばか》らなかった。本来の司令官である戦術空軍団の司令長官が特殊戦区にやってきて指揮を執ることはいまだかつてなかったし、これからもないだろうが、もし長官がここにやってきたとしても彼はこのプレートを黙認するだろうとブッカー少佐は思う。嫌みの一つくらいは言うかもしれないが、クーリィ准将が特殊戦のトップであればこそ戦果を上げられるのだという事実をFAFの高官たちは今回の戦闘で思い知っただろうから。

そもそも特殊戦を作り上げたのはクーリィ准将なのだ。くせ者揃いのFAFの人間の中でもとくに協調性や共感能力に欠けた者たちをあえて選抜し、そうした者たちで編成される特殊戦という部隊は、クーリィ准将でなければ指揮することが困難だ。

入れ、という声を聞いて開いたドアの向こう、〈司令官室〉の内部そのものは以前と変わるところがない。准将の部屋はオフィスというには狭くて、ここにいるのは基本、准将だけだ。准将付きの秘書官は別室にいる。

デスクに着いているクーリィ准将は、めずらしく制服の上着を脱いで仕事をしていた。少し待てと命じられて、ブッカー少佐は直立したまま、准将がＰＣのキーボードを叩き終えるのを待つ。

准将の部屋はブッカー少佐にとっては常に緊張を強いられる空間だった。クーリィ准将は直属の上官であり、その命令は絶対なのは当然としても、思いもよらぬ仕事を命じられることが多く、なにを言われても驚かないよう、あらかじめ心の準備をしておかなくてはならない。今回はすでに驚かされていて、訊きたいことは山ほどあるのだが、これを我慢するのも仕事のうちだと少佐は自分に言い聞かせる。

「もう少しかかるので、少佐」と手を止めずに准将が言う。「ココアでもどう。わたしには紅茶を頼む」

「わかりました」

以前は秘書官に飲み物を持ってこさせていた准将だが、今回のジャムとの総力戦のあとは自分で茶をいれるようになっていた。ココアの缶も棚にある。准将はココアは飲まない。

自分専用に用意されたココアだとブッカー少佐は理解している。

いつも無理難題を押しつけている部下に少しでも気分よく働いてもらおうという准将の気遣いだろう。ささやかな配慮だが、その気遣いを感じ取ることができる人間に対しては効果は絶大だ。准将に信頼されている、ということがそれでわかる。この上官のためなら少少の無理も仕方がないと思えてしまう。たかがココア一缶で。

おそらくこの気持ちは友人の深井零にはわからないだろう——そう思いつつ、ミルクをたっぷり入れたココアをつくって一口味わい、それから准将の紅茶をいれる。ティーバッグだ。腕時計で一分を計ってバッグを引き上げ、カップを手にしたところで、准将がひときわ大きな音を立ててキーを叩き、一段落付いたから紅茶はそちらで飲むと言って、応接ソファとテーブルのあるほうへ視線を向ける。

今回も時間のかかる話になりそうだ。おそらく自分が予想するよりずっと変な、思いもよらない内容に違いないと少佐は覚悟を決めて、准将の紅茶カップをそちらのテーブルに置き、自分のココアをあらためて手にして一人用のソファに腰を下ろす。

クーリィ准将はネクタイを締め直し、上着を着けて、いつもの隙のない身なりで三人掛けの長ソファの左側についた。それもいつもの位置だ。

「戦隊機の整備状況はどう」

クーリィ准将はそう言い、紅茶カップを傾ける。

これは質問というよりは、挨拶のようなものだろうと少佐は准将の気持ちを察する。詳しい整備状況は刻刻と数値データでこのオフィスのコンピュータ端末に送られている。コンピュータの人工アシスタントを使えば、その内容をわかりやすく音声で説明させることもできる。准将はこの自分の口から報告を聞きたいのだ。人間である部下から。

「ほぼ計画どおりです。あらゆる部品のストックを規定より多めに確保してきたのが功を奏しています。大きいやつでは実戦試験用という名目で確保しておいた新型エンジンの二基がさっそく役に立ちました。被弾したランヴァボンの右エンジンは修理不能なのがさきほどわかったので、左右とも新型のマークXIに入れ替えることにします」

「あなたには先見の明があるわね、少佐。あなたがわが特殊戦にいてくれてよかったと思う」

「准将の力があればこそ、です。特殊戦の消耗部品のストックは過剰だと他部隊から批難されているでしょうが、あなたにはその不平をねじ伏せる力がある。今回、新しい戦隊を作るというのも――」

「あなたはほんとうにココアが好きね」

「はい？」

「備蓄はたっぷりあるから、心配しないでいい」

「ありがとうございます、メム」

口を出さずに上官の話を聞け、ということだろう。少佐は察して、余計な口出しはすまいと決める。どうやら准将の話は、長い前振りが必要な内容らしい。

「わたしのやり方でジャムに勝つには、まずFAFの権力闘争に勝利しなくてはならない」と准将は言う。「面倒だが、それが人間だと承知して、やるしかない。今回のジャムとの戦いで、あらためてそれを思い知ったところだ」

「いかにも」と少佐はつい感想を漏らす。「特殊戦のトップらしい言葉だ」

「どこが、らしいと？」

「人間関係は煩《わずら》わしくてしかたがない、という」

「わたしは人間関係を煩わしいと思ったことはない。あなたはそうなの、少佐？」

「はい、准将」

と少佐は生真面目に考えてから、答える。なにげない世間話のようだが、准将の質問はいつも任務に直結していることが多い。適当に応じていて後で苦労するということを何度か経験している。

「任務上はそうも言っていられないので、自分の好みを忘れていました。わたしは、准将、孤独のために孤独を愛するという人間です。この感覚は、特殊戦のみんなにはわかるでしょうが、理解できない人間のほうが一般的でしょう」

「そうね」と准将はうなずく。「そうかもしれない。ジャムと戦っていると、本来の自分を忘れたり、思い出したりする。ジャムは人間に、人間とはなにかという究極の問いを突きつけてくる存在だ」

「はい、まさにそう思います」

「わたしはいつのまにかあなたの考え方に感化されたようだ。ジャムに勝つには、あなたが以前言ったように、新しい哲学的概念を創出するしかないのかもしれない」

そう言って、准将は黙った。

弱気になっているので〈哲学的概念〉云云をもちだしたのか、それとも本気でその戦略を考えろと言うつもりなのか、少佐には准将の心が読めない。次の言葉を待つしかない。

クーリィ准将はゆっくりとお茶を飲む。ブッカー少佐もつきあってココアを味わう。

あのジャムとの総力戦で雪風が帰投してから七日経っていた。最初の三日はランヴァボンをのぞく戦隊機のすべてをフルに使って、未帰投のＦＡＦ機とその乗員捜索救難任務に当たった。ＦＡＦ全軍を上げての捜索と救助活動だった。各部隊ごとに担当区域が割り当てられたが、特殊戦は全域の捜索を受け持った。クーリィ准将のほうからその役目を買って出たのだ。わが特殊戦の戦隊機は、高度な索敵と情報収集能力を有している、それが役に立つだろうと。

准将の目的は、もちろん、自らの手で今回の戦闘の実態を把握すること、だった。FAF全体の損害状況を調査しつつ、ジャムがほんとうに消えているのかどうかの手がかりを摑むこと。そのため、単純な捜索ならば単独飛行でやるほうが効率的であるにもかかわらず、准将は二機一組での捜索活動をブッカー少佐に命じて実行させた。万一のジャムの不意打ちに備えて一機は護衛につくように、と。

いまもジャムが存在している場合、ジャムの欺瞞《ぎまん》操作により、特殊戦機を敵と認識した友軍機や地上基地からの攻撃が予想された。それをいち早く察知して護衛機に先制攻撃させる。その様子をもう一機で観察し、ジャムの欺瞞操作の様子を探るべく情報収集させる。

そういう事態になればいい、ジャムに関する情報がそれで得られるから。危険な任務だが、危険なのはいつもと同じだ——というのがクーリィ准将の思惑だった。むろん要救助者を発見した場合はその位置情報や状況をこの捜索ミッションの本部に連絡するのだが、特殊戦にとってその行為は、ほとんど〈ついで〉にすぎない。そうした友軍機の救難支援行動もまた、通常の特殊戦機の行動と同じだった。余裕があればFAF機を助けるのは当然だ。

結果は、ジャムの存在が疑われる異状に遭遇することはなく、特殊戦機はもっぱら、撃墜された友軍機が発する救難信号を拾いまくってデータを捜索本部へと送信するという、救難活動に徹する形になった。三日間で特殊戦機が通報した件数は四十九で、これはどの部隊のそれより多かった。その事実は、ＦＡＦ内でのクーリィ准将の発言力を大いに高めた。

全軍を上げた捜索救難作戦は三日限定で終了し、それからきょうまでの四日間は各軍団が独自の捜索や被害復旧行動を取りながら、全軍団の代表がＦＡＦネット回線で参加する緊急の全軍会議が連日開かれていた。

会議では、ジャムはフェアリイ星から去ったというＦＡＦコンピュータ群の認識が正しいのかどうか、もしほんとうだとしたらＦＡＦはその事実を地球に報告すべきかどうか。それが重大な問題として討議されたが、いまだ結論は出ていないようだった。クーリィ准将は会議の内容を把握しているに違いないが、ブッカー少佐は聞かされていない。少佐のほうのこの一週間は、全戦隊機の徹底整備計画を立てて順次実行に移している。しかも四日め以降も索敵のため毎日一機は必ず飛ばせという准将の命令を受けているので、そのための飛行計画と人員配置を機体の整備状況に合わせて考えなくてはならなかった。以前よりもずっと忙しい。

「ジャムが姿を現さなくなってから、何日経つ？」

紅茶をゆっくりと無言で飲み終えた准将が、ようやく口を開いた。

「七日になります」と答えてから、准将の意図を汲み取って、続けた。「ジャムの攻撃のない日が七日以上続くのは、さほど珍しくはありません。わたしもちょっと調べてみましたが、ジャムが姿を現さなかった最長期間は三十八日でした。もっとも二十六年前のことですが。いずれにせよ、ジャムからの再攻撃はもうないだろうという思い込みは、危険かと思います」

「あなたが言ったのよ、再攻撃はないだろう、と」

「状況が違います。ロンバート大佐が出戻ってきた。雪風とレイフが確認した。あれは現実です」

今回の戦闘でジャムは、FAF機のIFFを操作して味方を敵と認識させて同士討ちさせることをやったと特殊戦では解析している。

そのうえジャムは、FAFの索敵レーダーに対して透明になるのではなく、あえて反射波を返しつつ、それを分裂させて位置情報を曖昧にし、FAF機のFCS（攻撃管制システム）などのコンピュータにも割り込んで、一機を多数に見せていた。

それら何種類もの欺瞞手段によって、総攻撃時に出現したジャムの総数はおよそ三万四千機だった。これが三百六十度方向からいっせいに〈通路〉めがけて侵攻してきたのだ。

特殊戦でもすべての解析はすんでいなかったが、その三万余のジャム機のうち、実体を持っていたのは百分の一以下の二百五十機程度で、しかもそれらはほとんどが使い捨てのような小型戦闘機にすぎなかった。もっとも脅威が高いと判定されたのは新型のタイプ7で、これが高度な欺瞞操作を担当していたと思《おぼ》しいのだが、その数はわずか九機にすぎない。そのうちの一機が形を変えて（ロンバート大佐の乗機であるＴＳ－１に乗り移って）地球へと飛び込んで行ったと特殊戦では結論づけた。残りの八機は特殊戦機の編隊により（さすがの特殊戦機も一対一では苦戦した）すべて撃墜されたが、おそらくそれはＴＳ－１を地球に向かわせるため、それから目をそらさせるための囮《おとり》だったのだろう。地球にジャムの〈女王蜂〉を送りこむことさえできれば、もはやフェアリイ星にジャム機を残す必要はないということだ。

そうしたこと（地球に飛び込むこと）はジャムには〈いつでもできた〉のだろう、人間に興味を惹かれたのでジャムは本来の目的である地球侵攻を後回しにしていたのだ、という考えについては、そうではない、やはりジャムは〈やりたくてもできなかった〉のだ、それだけＦＡＦの防衛力は強固だった、とブッカー少佐は戦況を詳細に分析して、そう判定した。今回ＦＡＦの防衛網がついに打ち破られたわけだが、ジャムのその勝因は、いままで察知できなかった〈ヒト〉という存在に気づいて、人間を研究し、物理的に作ってみたり（ジャム人間だ）して、人間を利用する手法を見つけたこと（もっともわかりやすいのはロンバート大佐の行為）だろう。

いま現在ジャムはフェアリイ星からいなくなったように見えるものの、しかし、それが確認されているわけではない。〈われは、去る〉というジャムのメッセージを受け取ったのはFAFのコンピュータ群であって、人間ではなかった。コンピュータには察知できない形のジャムはいるのかもしれず、実際、ロンバート大佐の件ではそのことが示された。雪風とレイフに狙われた大佐はジャムに〈救出〉されたに違いないのだ。反乱を起こしたジャム人間の生き残りも基地内にまだいる可能性はあった。

これらの分析結果からジャムはまだいると予想されるのだが、その存在を確認することはできていない。フェアリイ星からジャムが〈いなくなった〉事実を証明するのは難しい。

「ジャムは形を変えて、われわれを監視していると思われます」と少佐は言う。「FAFの公式見解はどうなんですか」

「FAFとしては、ジャムにいなくなられては困る。コンピュータたちがジャムから〈われは、去る〉という宣言を受け取ったというのは〈なし〉にしよう。それがかれらの総意ということになった」

「かれら、ですか」

「ＦＡＦにおいて権力を持っている高官たちのことだ」

「われら、ではないということは、特殊戦を除くＦＡＦの〈総意〉ということですね」

「そのとおり」

「かれらは、ジャムはもういなくなったと考えているわけですね」

「思惑はどうであれ、ＦＡＦを存続させていくには、ジャムがいなくてはならない。それはわが特殊戦にしても同じこと。ＦＡＦと地球のバックアップなくして特殊戦は存在できない」

「かれらとは思惑は違うが、かれらの〈総意〉には賛同するということでしょうか」

「いいえ」と准将。「わたしとしては、ジャムがコンピュータ群に告げたという宣言については、地球側に伝えるべきだと考えている」

「ジャムはそこにいる、と」

「そうだ」

「地球に」

「そう」

「ということは」ブッカー少佐は少し考えて、訊いた。「准将は、特殊戦の作戦行動範囲

い。

それで新たな飛行部隊を特殊戦内に創設したいわけかと少佐は納得するが、口は出さない。

「FAFは対ジャム戦力だから」とクーリィ准将は続けた。「ジャムが地球へ〈逃げる〉なら、追撃するのは当然だろう。だが〈かれら〉、FAFの〈総意〉は、それを認めようとしない」

――ジャムが地球へと〈逃げる〉とはな。

なんという言い方だ、准将のジャム観についてはいつも驚かされると少佐は心の中で舌を巻く。准将の目的はジャムの殲滅《せんめつ》だろう、それしか考えていない。

それに比べて、ほかの高官たちときたら。保身第一のように見える。

「FAFの高官たちは、ジャムがFAFという防衛ラインを突破して地球に侵攻しているという可能性については、口をつぐむ、と。なぜなら、それを伝えれば、FAFの目的である地球防衛に失敗したことを自ら認めることになるからだ。そうなればFAFの高官たちは責任を取って辞任するか、更迭《こうてつ》されることはまぬがれない。ジャムがほんとうに地球に飛び込んだのかどうか確認できない現状で、それは、ない――そういうことですか」

「FAFを〈現状〉で維持したい、というのが〈かれら〉の思惑だ」と准将。「それはわたしにも理解できる。でも、そのやり方には賛同はできない。少佐、あなたの言うとおり、FAFは地球内に向けて対ジャム戦域を広げるべきだ。特殊戦が先頭に立つ。わが特殊戦機は地球でも最大性能を発揮できるよう、新エンジンのテストをかねた地球大気における試験飛行もやっている。そこでジャムとの実戦も経験済みで、戦闘データもある。わが特殊戦は、いつでも地球で戦える。そうでしょう、ブッカー少佐」

「イエスメム」

クーリィ准将が言っていることは正論だが、これは大事《おおごと》だと少佐は考え込む。すると、准将は思いもかけない明るい声で言った。

「でも、それはそれだ。先の話はいまはどうでもいい」

「准将？」

「いずれ〈かれら〉も、そう主張せざるを得なくなる。ジャムは、ここフェアリイ星では戦闘機として姿を現すことはもうないかもしれないのだから、遠からず地球にも、ジャムはいなくなったのではないかという憶測が伝わる。FAFとしては、その前に今回被《こうむ》った損害を地球に補填してもらわなくてはならない。これは高度に政治的な駆け引きになる。FAFは、ジャムの総攻撃の第二波が予想されるとして、国連の地球防衛機構を通じ、地球上の全国家に緊急の財政支援を要請する。それで、弱った戦力を取り戻す。ジャムはもういないではないかと地球側から文句が出たら、その時点で、ジャムはどうやらすでにそちら、地球に入っているようだから地球空域もＦＡＦによる警戒空域とする、と宣言する」

「深井大尉と桂城少尉は、地球にジャムがいるなら、ジャムはＦＡＦを人間の手で解体させる戦略をとるだろうと言っていた。わたしもそう思いますが、准将はその点、楽観的な見方をしているわけですね」

「ＦＡＦを動かしている人間は、そうやわではないわよ、少佐。政治闘争には長《た》けている。政治的な手段でＦＡＦを解体したり潰したりするだなんて、そうそう簡単にいくわけがない。ジャムには人間の権力闘争とはなにかについての知識はないでしょう。人間を利用してＦＡＦをなんとかできるような力は、ジャムにはない」

「そうでしょうか――」

「いまはＦＡＦトップらの政治的動向はどうでもいい」と准将は少佐の言葉を遮《さえぎ》って、言う。「ＦＡＦはかれらが守るでしょう。かれらに任せておけばいい。わが特殊戦はジャムとどう戦うのか、それが重要だ。少佐、あなたには、人間ではなくジャムを相手にしてほしい」

「イエスメム」と反射的に少佐は応えている。「それはもう、いつもそれを考えている」

「よろしい」

と言って、准将は紅茶カップを手にしたが、空だ。

「おかわりをいれましょう」

「ありがとう」

ブッカー少佐は准将からカップを受け取り、ティーバッグのある棚に戻って、一包をカップに放り込み、湯沸かしポットの熱湯を注ぐ。

「わたしも政治的な駆け引きでFAFでのわが特殊戦の存在感を示す必要がある」と背後で准将が言った。「今後は、必要性が低いと評価される軍団は規模の縮小や解散が検討されるのは必至の状況だから」

「そうですね」

と少佐は何気なく応える。そのとおりだろう、准将は、だからこの一週間、その方面の〈闘争〉を〈かれら〉としてきたのだ。特殊戦を護るために奮闘してきた。

「准将の仕事は人間を相手にした闘いだ。そういうことでしょう。そのおかげで、わたしはジャムのことだけを考えていられる」

「こんど創設する戦闘飛行部隊の搭乗員にも、そういう教育をしてほしい」

「新部隊ですか」

ようやく本論のようだ。いままでの話はたんなる雑談だったのかと、少佐は振り返って訊く。

「戦闘機要員や必要な機の調達はどうします。准将には目星はついているのですか」

「紅茶を」

「はい？」

「出過ぎだ、それ」

「そうでした」

ブッカー少佐はティーバッグをカップから引き上げ、濃い色になったそれを准将の前に置いた。そうして再び腰を下ろし、准将の話を聞いたのだが、その内容はブッカー少佐の予想とはまったく違っていた。

じっくり時間をかけてその話を聞いたあとでは、たしかに特殊戦が生き延びるためにはそれしかないだろう、反論の余地はないと納得がいったのだが、准将がその説明に入った最初の言葉は、少佐の想像を絶していた。

司令官室を出たブッカー少佐は、まるで映画館から出たような気分だった。いまのは現実だったのだろうかと疑いたくなる。

自分のオフィスに戻った少佐は、自分のＰＣ画面に特殊戦・第五飛行戦隊に関するデータを表示させて作業に取りかかろうとする。早急に新部隊編成案を出せと准将に命じられたためだが、集中できなかった。いま聞いてきた話をだれかに話したくてたまらない。PC画面を戦隊機の整備状況モニタに切り替える。いま雪風の集中点検作業中だった。ちょうどいい、深井零も愛機の状態を見にいっていることだろう。少佐は席を温めることなくオフィスを出た。

——わが特殊戦は、ジャムになる。


なんだって、と深井大尉が言う。

「准将は正気か」

もっともな反応だとブッカー少佐は思う。自分がその言葉を聞いたときも、そう言い放った准将の正気を一瞬疑ったくらいだ。連日のFAF内での政治的な権力闘争に疲れた准将は、ついに人間であることに嫌気がさしたのかと。しかしそのあとの説明を聞くならば、なんということのない、実にまっとうな宣言ではあった。

自分の驚きを深井大尉にも共有させてやろうと、ブッカー少佐は種明かしのような説明はあえてせず、雪風のパイロットに言う。

「どういう意味かわかるか、零」

「どういう意味もなにも」と零は首をすこし傾げて、言った。「おれたちは人間だ。ジャムは人間ではない。人間はジャムにはなれない。なんの意味もない。ナンセンスだ」

「ロンバート大佐はどうだ」

そう言うと、深井大尉は反論しかけて、「ウム」と言葉を詰まらせた。

「ロンバート大佐はジャムになった。違うか」

「准将は、ロンバート大佐のようにFAFを裏切ってジャムに寝返るというのか。特殊戦ごと？」

少佐は無言で肩をすくめる。

「まあ、それはないだろうな」と深井大尉。「じゃあ、どういうことだよ、ジャック。意味がわからない」

ブッカー少佐は、非接触探傷検査ドックに入っている雪風の機体を見やる。検査は無人で行われている。雪風の機体を跨《また》ぐ大きなスキャンアームが機体内部の損傷や規定値以上の歪みなどがないかどうかを調べながらゆっくりと移動していくのを、監視室の窓から見下ろす。

明るい照明を浴びているにもかかわらず、雪風はまるで黒い影のようだと少佐は思う。

戦闘機を象《かたど》った大きな黒い穴のようにも見える。可視光をほとんど反射しない黒い塗装のためだ。まるでジャムだ。ジャムの戦闘機たちも真っ黒で、形を掴むのも難しいほどだった。ただ一カ所、コクピットを覆うキャノピの存在が、ジャム機との大きな違いだ。キャノピには可視光や電波の反射を抑えたコーティングはされているが、見分けはつけられる。これがコクピットのないレイフとなると、もはやジャムだった。それも当然なのだ、FRX99はジャムを手本に設計されていたから。

「雪風のキャノピを機体と同じ黒の無反射塗装にすることを考えている」と少佐はつぶやくように言う。「まさしくジャムに見えるだろうな」

「外が見えなくなるだろう。雪風を無人機にするつもりか」

「いや、現在の航空ヘルメットのHMD（ヘッドマウンテッドディスプレイ）をより高度化して、キャノピ越しに機外を見ているかのような環境を実現させる。機体の死角部分の景色も見られるから、機体そのものが透明になったかのように感じられるだろうな」

「そのヘルメットと、〈わが特殊戦は、ジャムになる〉ことと、どういう関係があるんだ？」

「新型のHMDには興味ないのか？」

「雪風をジャムに似せることが、〈ジャムになる〉ということか」

「クーリィ准将は特殊戦に新しい飛行部隊を作るつもりだ」

「もう、なんの話だよ。なにを考えているのか、ぜんぜんわからない。准将の考えも、あんたの話もだ、ジャック。新しい飛行部隊だって？　いまＦＡＦに余っている戦闘機がどこにあるんだ。地球から調達しようとでも准将は考えているのか。どうかしているぞ」

「わたしも最初はそう思った」

もう限界だと、少佐は深井大尉の苛立ちを和らげるべく、准将の思惑を打ち明け始める。

「そうじゃないんだ、零。准将は、特殊戦の既存の戦隊機を使った新たな飛行部隊を考えているんだよ」

「新たな部隊？　任務ではなく？」

「まったく独立した部隊だ。そうでなくてはならない」

「どういうことだ」

「クーリィ准将は、アグレッサー部隊を作るつもりだ」

「アグレッサー部隊？」

「知らないか？　各国軍隊によってさまざまな呼び方があるが——」

「どういう役割をする部隊なのかは知っている」

と深井大尉は言う。だが、まったく予想外だったにちがいない。息を止めるようにいったん言葉を切ってから、続けた。

「仮想敵を演じる部隊だ」

「そうだ。演習などで敵機役になる部隊だ。敵機の動きや戦術を再現する技量が求められるから、エリートパイロットぞろいの部隊が多い」

「機体はいかにも敵役という、目立つ派手な塗装をしているだろう。特殊戦機もそうするというのか」

「いや、その点は、違う。クーリィ准将は標的機のような塗装は考えていない。あくまでもジャムになりきる部隊を考えている。見た目も、性能も、飛び方も、戦術も、ジャムそのものだ」

「まさか、それを雪風にやらせると言うんじゃないだろうな」

「まさに、そういうことだ、零。雪風やレイフなら可能だろう。雪風とレイフに加えて、ほかの十一機もジャムにする。雪風とレイフに教師役になってもらい、ほかの戦隊機にもジャムの考え方を学ばせる。将来的にはすべての戦隊機をそちらに移行させるつもりでいる」

「教師役？」

「なにしろ雪風とレイフはあの奇妙な戦闘を生き延びたんだ。ジャムとなんらかの方法でコンタクトしていると推測される。おまえには雪風を通じて、ジャムの思考法を学んでもらうことになる」

「どうやれば、雪風からそんな情報を引き出せるんだ？　雪風は言葉では考えていない、人語でのコミュニケーションは錯覚だと、あんたは言ったよな」

「方法は、これから考える」

「これからって、ジャック――」

「ヒントになる情報がまったくないわけではない。おまえが南極でジャクスンさんを雪風機上から確認したとき、雪風は〈通路〉を監視している日本海軍の観測データを捉え、収集していた。面白いことがわかったが、まあ、それはいい、これからの話だ。まだ役に立つかどうかも定かでないからな。だが、わたしは、おれは、だ」と少佐は言葉を崩す。「おれにできる仕事はするし、できそうにないと弱気になっても、なんとか乗り越えてきた。おまえもそうしろ、零」

「雪風と一緒に、ジャムになれというのか。とんでもない部隊だ」

「理解したようだな」

「まったく、理解できない」

「ま、理解できなくて当然だ」

「どっちだよ」

「おまえに理解できないのは、クーリィ准将という人間のことだろう。雪風やジャムに関しては、おれや准将よりも深く理解できている。たとえばおまえは、こう思ったはずだ、ジャムが人間を研究し、〈人間もどき〉まで作って送りこんできたのだから、おれたちもそうすればいい、自分たちがジャムになってジャムの世界に飛びこみ、その〈内側〉から叩く、いまやそれしかない。雪風にはそれがやれるだろう――先の戦闘の報告書内で、おまえはそのようなことを書いていた」

「書いてない」

「そうか。桂城少尉だったか」

「なぜアグレッサー部隊にしなくてはならないのか、理解できない。いまの戦隊で、任務をそのように変更するだけでいいだろう」

「人間相手に物事を考えられるかどうか、それが准将とおまえの違いだよ。いいか、零、FAFや地球環境を含む〈世界〉とおまえ自身の間には、〈人間社会〉という中間層がある。他人のことなど知ったことかという以前のおまえは中間層を無視して、直接〈世界〉と結びつくことができると信じていた。〈社会〉の代わりに〈雪風〉が、おまえと世界とを結びつけていたから、おまえは現実を知らずにすんでいたんだ。人の群れからなる〈社会〉は必要ないと感じていただろう。だが雪風から放り出されて、おまえは現実を突きつけられた。早い話、世界と繋がることにおまえは失敗したわけだよ。自分の周囲には他人がいて、それを無視しては世界を理解することはできない。おまえはそれにようやく、気づき始めている。おれにも、そんなおまえの姿が見えてきたが、おまえ自身はどうなんだ、自覚はあるか?」

「フォス軍医の診断か」

「まあ、そうだ」

「個人情報じゃないか」

「部隊運営に必要な情報だ。軍隊の人間に医療面のプライバシーはない」

「物扱いか。いや、兵器だな。雪風からもそういう扱いを受けた。せめて人間からは人間扱いされたいものだ」

「おまえ自身が、他人を邪魔な〈物〉として感じていたんだ。偉そうなことは言えないだろう」

「准将の思惑とやらを教えてくれ。人間相手に考えた結果が、アグレッサー部隊なんだろう。どうしてそうなるんだ」

「そうだった」

クーリィ准将はアグレッサー部隊を新設することで、まずは特殊戦が変わったということを部隊内外（の人間たち）に示したいのだ。アグレッサー部隊はどこの空軍でも最強の戦闘飛行部隊だと認識されていることから、准将は、特殊戦こそＦＡＦで最強の戦闘部隊だと、世界に知らしめたいのだ。

「ジャムやコンピュータには、こうした名称の変更によるアピールは必要ない」と少佐は言う。「おまえにも、な」

「続けてくれ」

これまでの特殊戦はＦＡＦの他の部隊とジャムとの戦闘の様子をモニタしてきたが、これからは独自かつ積極的に強行偵察出撃も行う。偵察対象はジャムはもちろん、ＦＡＦ、地球をも含む。つまり、自分以外すべて敵、という立場をとる。特殊戦はすべての対象から敵と見なされる行動も辞さない。もし通告なしで地球へ飛び込めば、文字どおりのアグレッサー〈侵略者〉と見なされるだろう。

アグレッサー部隊の本来の役割である、敵役としての模擬空中戦も行う。ジャムになりきった特殊戦機との模擬戦闘は、ＦＡＦの他の部隊の戦技の向上や維持に役立つ。ジャム機との戦闘の機会が少なくなった場合、ＦＡＦの活躍を地球に示すには、そうした厳しい訓練を連日こなしていくことが必要になるだろう。ジャムは消えたわけではない、ＦＡＦ

は油断していないと、地球にアピールするのだ。

「無駄なことを」と深井大尉は吐き捨てるように言う。「アピールって、なんだよ。ばかげてる」

「人間を相手にするというのは、そういうことだ」とブッカー少佐は応える。「人間のやることには無駄が多い、だからＦＡＦに人間は必要ない——わかるだろう。おまえの考え方は、機械に近い」

「ジャムからもそう言われたよ」

「おまえは半分ジャムになっている。アグレッサーに適任だ」

「嫌味か？」

「客観的な感想だ。友人としては、心配なところだ。ジャムになりきって還ってこれなくなるかもしれないからな。それこそロンバート大佐はそうだろう。だがおまえは、たぶん大丈夫だ。昔のおまえとは違う。さきほども言ったろう。おまえを救うのは、面倒くさい人間のしがらみというやつになる。一人超然としていてはジャムに絡め取られてしまう——」

「わかった、わかった、おれのことはいいから、まだ先があるなら続けてくれ」

ブッカー少佐は深井大尉の苛立ちと不安を感じ取った。ここで話を打ち切ればさらに悪化させるだけだろう。続ける。

「それから准将は、もし、いつまで経ってもジャムの再攻撃がないのなら、アグレッサー部隊は本物のジャムになって、ＦＡＦ機を攻撃することも考えている」

「なんだって？」

「本気の、真剣勝負だ。ロンバート大佐はおそらくこれを察知するだろう。大佐を介してジャムも気づくだろう。ジャムはなんらかの反応を示すに違いない。クーリィ准将はそう考えている。ジャムが姿を消すなら、こちらから引きずり出そう、そういうことだ」

「准将は正気か」と深井大尉はもう一度、そう言った。「まともじゃない」

「ここで驚くのはまだ早い。この先がまだある」

「もったいぶらずに早く言えよ」

「クーリィ准将は、地球連合軍との戦闘も視野に入れている」

「地球連合軍？　なんだ、それ」

「地球各国空軍の混成チームだ。どの国が主導権を握るかで一悶着あるだろうが、それがそのうち編成されるに違いないと、クーリィ准将はそう言った」

「ようするに地球軍だろう。それと戦闘って、准将は地球と戦争する気か」

「ある意味、そうだろう。だが、こちらから行くわけではない」

「どういうことだ」

　クーリィ准将は、いずれFAFに地球の航空部隊が乗りこんでくるだろうと予想していた。

　今回FAFが失った戦力を補強するための支援策として、地球側は経済面だけでなく戦闘飛行部隊の派遣の必要性を主張するであろう、と。派遣はそのまま覇権に通じるので、FAFとしてはなんとしてでも避けたい事態であるわけだが、ジャムはもうフェアリイ星からいなくなったとなれば、地球側がそれを確認するための部隊、地球連合軍を送りこんでくるのは必至だ。

「地球連合軍にジャムの脅威を知らしめてやることだとクーリィ准将は言っている。地球の航空戦力ではジャムに太刀打ちできないことをわからせてやればFAFはこれまでどおり安泰でいられるだろう、というわけだ」

「つまり」と深井大尉は言った。「——おれたちがジャムになるということか」

「そのとおり。〈わが特殊戦は、ジャムになる〉だ」

「フムン」

「納得したか」

　クーリィ准将の新部隊構想はざっとこんなところだとブッカー少佐は言い、話を締めくくくった。

　窓の向こうでは雪風の探傷スキャンが完了している。

「ということで、わたしのオフィスに来てくれないか、深井大尉」と少佐は上官の態度で言う。「新部隊編成にあたって、ファイターパイロットの意見も聴きたい」

　だが深井大尉は少佐の言葉を無視して、その場を動かない。ドックの観察窓から雪風を見下ろしたまま目を離さないのだ。

　どうやら納得したのは自分のほうで、零はそうではないようだと少佐は、その視線の先を見やる。

「どうした、零。なにか気になることでも見つけたか」

　すると深井大尉は、思ってもみなかったことを言う。

「ジャック、いまの話、雪風に聞かれているぞ」

「どういうことだ」

「雪風の、フォーメーションライトが明滅している」

「なに？」

　ブッカー少佐はまったく気がつかなかった。零に言われてメイヴの機体のフォーメーションライトのある位置に目をこらす。編隊灯だ。コクピットの下、機首に近いところにスリット状の切れ目があり、その内部が緑色に発光する機構になっている。夜間向けなので輝度は低い。ドックの照明は明るいのでフォーメーションライトが点灯していたとしても目立たない。編隊を組む他機のセンサにも感じられるように紫外線も出しているはずだが、むろん人間の目にはそれは感じられない。

だが、ようやく少佐にもわかった。機体が光を反射しないので、ほとんど気のせいかと思えるほどだ。明滅しているのだが微かな変化にしか感じられない。リズムをもった点灯間隔を意識すれば、それがモールス信号だとわかる。

雪風が、なにかを伝えようとしているのだ。モールス信号ならば、人間にもわかる。雪風は人語を発しているということになる。伝えたい相手は、すなわち人間、それを読める相手、深井零かこの自分、あるいは両方だ。

ブッカー少佐は全神経を集中して微かな光の明滅間隔を読み、一文字ずつ解読して、その文字を頭の中で並べていく。

――I am YUKIKAZE.

異常事態の発生を緊急でクーリィ准将に伝えた少佐は、再び特殊戦・司令官室に出向いた。デスクで書類書きをしていた准将にいま起きたことを伝える。

「我は雪風。雪風が、そう言っている、か」

「はい、准将。これは雪風からの重大なメッセージでしょう」

「あなたの見解を聞こう」

准将はデスクワークをやめて少佐の報告に意識を集中する。こんどはココアは出ない。

「自分は〈雪風〉であると雪風自身がこちらに意思を伝えてきた、そのタイミングと方法が重要です」

准将はうなずく。少佐は続ける。

「伝達手段にフォーメーションライトを使っていることからして、雪風は臨戦モードだと、深井大尉は指摘した。彼に言わせると、『わが特殊戦は、ジャムになる』というクーリィ准将、あなたの方針に、雪風は抗議しているという。『アグレッサー役などだれがやるか』と、雪風は苛立っている』と深井大尉は言った」

「戦闘機である雪風が、苛立っている」

「そうです」と少佐。「わたしには、そこまでは読み取れない。あの文面から〈苛立ち〉や〈感情〉を読み取るのは不可能ですので。たとえば〈笑い〉を送信したいのなら〈HI〉という略語がある、といったことはご存じでしょうか、そうした感情表現がないので

「――」

「言いたいことはわかる、続けなさい」

ブッカー少佐は説明する。

雪風が准将の新部隊構想に〈苛立っている〉というのは、たしかに、ありそうではある。だが問題は、そうした機械知性が持っている〈感情のようなもの〉、言語外のコミュニケーション手段としての〈感情表現〉を人間には読み取ることが困難だ、ということだ。深井零という人間はそれを〈読み取った〉のだろうと少佐は思った。

深井零は、ヒトとの共感能力は低いが機械知性との相性はいい。零が感じ取ったのは雪風の意思だろう、感情などではなく。雪風にはおそらくヒトのような感情はない。だが、意思としての〈気持ち〉は持っている。雪風の〈気持ち〉が零にはわかる、そういうことだろう。これは重要な点だ。雪風を代表とするＦＡＦの機械知性が〈考えていること〉を知る手がかりになる。

「われわれは」と少佐は言う。「言葉を使わずに思考しているであろう機械知性の腹を探っていかなくてはなりません。それはとても難しい仕事になるでしょう。今回雪風は言葉を使ってきたように見えますが、意味内容は不明です。雪風は、たんに〈自分は雪風だ〉、と言ってきたにすぎない。どういう意味だと問い返しても、答えはない。ですが、深井大尉には雪風がなにを伝えたいのかが、わかるのだ、わたしはそう思います」

「感情のこもっていない言葉から相手の思惑を読み取るのは困難だが、深井大尉は正しく雪風の考えを読み取っていると、そういうことだな」

「はい、准将。人間の中には深井大尉のように、ヒトに対する共感よりも機械知性に共感する能力が高い者がいる。零が解釈した〈雪風の気持ち〉は、おそらく正しい」

「いまの雪風の状態は。危険なのか」

「おさまりました」

「雪風は暴れ馬のような状態だった？」

「わたしには感じ取れなかったのですが、おそらく、そうでしょう」

「深井大尉が雪風をなだめたわけだ」

「雪風になにが起きているのか、それを深井大尉と話し合っているうちに雪風からの信号は止まりました。それからは通常どおり、点検を受けている。わたしは『雪風の抗議は准将に伝える』と深井大尉に言って、その場を離れました」

「フムン」准将は表情を硬くして考える。

准将は、雪風はアグレッサー役を拒否していると聞いて新部隊構想の変更を検討しているのだろう、そうブッカー少佐は思うが、口は出さない。デスク前に立ったまま、准将が口を開くのを待つ。

しばらくの沈思黙考のあと、准将が質問してきた。

「どうして雪風に、あなたがたの会話が伝わったのか。あなたはどう考えているの、ブッカー少佐」

「それは――」

零ともその話をしたことを思いだしながら少佐は答える。

「わたしたちの会話は、FAFのコンピュータたち全員が、耳をそばだてて聞いていると思われます。いま、この会話も機械知性たちに聞かれているに違いない」

「なるほど」と准将は同意する。「FAF内に張り巡らされている情報ネットワークと端末を通じて、かれらは人間の動向を探っている。ありそうなことだ。雪風にあなたがたの会話が伝わるのは当然だろう」

「イエスメム」

「でも、あなたは、ジャムが盗み聞きしている、とは考えなかったのか」

「准将?」

「あなたがたの会話は、実はFAFのコンピュータたちではなく、ジャムが傍受していて、それを雪風が感じ取った、ということも考えられる。雪風はジャムの動向を休まずに探っている。ジャムが考えていることが雪風になんらかの方法で伝わっている可能性は高い」

「まさか——」

「さらに雪風は、ジャムから〈ジャムになれ〉と誘われ、それを拒否したことを〈我は雪風である〉という表現でわれわれに伝えたのだ、そう解釈することも可能だ」

反論の言葉も出ない少佐だった。

「どちらにせよ雪風は、ジャムにはならない。〈そのつもりはない〉と雪風は、そう言っているのだ、ブッカー少佐」

「はい、准将」姿勢を正して少佐は応える。「そのとおりです。ロンバート大佐が雪風を乗っ取ろうと考えていることは、遺憾ながらわたしには思いつけなかった。われわれは、ロンバート大佐への対抗策も考えなくてはならない」

「その対抗策が、アグレッサー部隊なのだ、少佐。今回の雪風の異変は、ロンバート大佐が先手を打ってきたことを示しているのだとも考えられる」

「では、新部隊の計画は変更せずに進めるということですか」

「当然だ。新部隊設立の主目的は、ロンバート大佐を通じて、ジャムにＦＡＦを〈再攻撃〉する気にさせることだ。ジャムが地球からこちらに戻ってこざるを得ない、そういう状況をつくること、それがわが特殊戦の新戦略だ。わたしはいま、ＦＡＦのお偉方にそれを納得させるための仕事に忙殺されている。雪風は、あなたよりも、それを理解している」

少佐には返す言葉がない。そんな少佐に、とどめのような言葉が准将から放たれた。

「雪風は、やる気だ。あなたも雪風に負けてはならない」

「イエスメム」

「以上だ、少佐。退室してよし」

ブッカー少佐は、久しくやっていなかった、ラフではない、かっちりとした挙手の敬礼を准将に対して行い、司令官室を出た。

新部隊出動前夜

クーリィ准将の予想どおり、地球連合軍の戦闘飛行部隊がFAFにやってきた。FAF高官たちの思惑よりもずっと早く。

地球の〈総意〉はフェアリイ星での異変に素早く反応して地球防衛機構を動かし、地球連合軍のフェアリイ星への派遣を認めさせたのだ。その地球側の対応はFAF高官たちを驚かせたが、それは本来の意味での総意ではないということをかれらはすぐに見抜いたから、慌てたりはしなかった。今回の部隊派遣は地球上のすべての国家が議論して出した結果ではないのだ。

「それはつまり」と、深井零はブッカー少佐に訊く。「いま来ているあの飛行部隊は正式な地球連合軍ではない、ということか」

特殊戦の整備階にあるブリーフィングルームだ。

「そもそも」と零と並んでブッカー少佐の講義を聞いている桂城彰も口を挟んだ。「地球の政治情勢についてレクチャーを受ける必要があるんですか、われわれが？」

特殊戦に新設されたアグレッサー部隊の隊員に任じられた二人は、このところ連日ブッカー少佐から新しい任務に必要な〈基本知識〉なるものを教えられている。座学での講習というのは特殊戦では初めてだった。もちろん司令官であるクーリィ准将の指示だ。

ブッカー少佐は出来の悪い高校生を相手にしている教師のような面持ちで深くため息をつくと、二人と向かい合うように置かれたデスク、つまり教師役の席で、たった二人しかいない生徒に向かって言う。

「諸君。きみたちがまさにそういう態度だから、クーリィ准将がこの特別講習をするよう、わたしに命じたのだ」

「そういう態度って」と桂城少尉がふてくされたように言う。「ぼくはともかく、深井大尉は違うんじゃないですか。おとなしく聞いているし」

「どういう意味だ」と零は、その言葉にかちんとくる。「おれは犬のように従順にこの退屈な時間に耐えているとでも言いたいのか？」

「やめないか、二人とも」

ブッカー少佐は教師役の声を出すのはやめて、部下を叱責する。

「おまえたち、そんなことでアグレッサー役がこなせると思うな。言っておくが、辞退することは許されないからな。わたしが大丈夫だと判定するまで特別講習は続けるから、覚悟しておけ」

「ジャムになるのに、地球の政治情勢を知る必要があるのか」と零は抗議の口調で言う。

「――という桂城少尉の疑問に答える義務が講師にはあるだろう、少佐。どうなんだ」

すると少佐は、間髪を容《い》れずに零に聞き返してきた。また教師役の口調に戻って。

「きみはどう思う、深井大尉。アグレッサー役に政治方面の知識は必要ない、と思うか」

ああ、こんな風に切り返されるとは予想していなかった、少佐は教師の経験が実際にあるのかもしれないと、零は内心、少佐の応じ方に感心しながら、答える。

「アグレッサー部隊の隊員としては自分も桂城少尉も向いていない。自分はそう思います、少佐どの」

「桂城少尉、いまの深井大尉の発言を聞いていたか」

「はい、少佐」

「きみが聞いたそれが、きみの疑問への答えだ」

ブッカー少佐は桂城少尉から目をそらすことなく、威嚇的に言う。

「もしわからないのなら、きょうのこの講習後、ここでわかるまで考え、それをまとめて報告書にして提出すること。いいな」

「イエッサー」と桂城少尉は姿勢を正して応える。「その必要はありません。たったいま、理解しました」

——居残りでレポートを書いて提出せよとはな。

自分も桂城少尉も子ども扱いされていると零は思うが、腹は立たなかった。クーリィ准将の危惧していることがわかるからだ。自分たち二人はアグレッサー部隊には向いていないこと、まさにそれこそが新部隊を指揮するに際しての准将の心配事に違いない。なぜ自分は戦っているのか。本当の敵とはなんなのか。戦闘中にそういった疑問を挟めばその隙を突かれてジャムにやられてしまう。なにも考えるな、とにかく生き抜かねばならない。そんな環境で出撃してきた。

だがいまクーリィ准将が要求しているのは、まさに、なぜジャムと戦うのかを〈考えろ〉ということだ——零はそう理解していた。

零はその考えの結論をすでに出している。

——そこに雪風がいるからだ。

そこにジャムがいるから、ではなかった。雪風と飛ぶために自分はジャムと戦っている。

ジャムがいなくなっても自分は戦うだろう。なにと？　雪風を狙う〈敵〉とだ。

アグレッサー部隊はその敵を演じるわけだから、これは矛盾に他ならない。雪風自身もそう感じていると零には思われる。

雪風も自分も、人間の政治闘争自体を否定し、人間のそうした性根を叩きつぶしたいと思っている。なぜなら、それは自分たちにとって脅威である〈敵〉だからだ。

桂城少尉にしても、理由は異なるにせよ、かれの個人的な想いによって、対ジャム戦に人間が持ち込む政治性は自分にとって邪魔だ、足枷になると感じているのは間違いない。

このような二人を使おうというのだから、クーリィ准将が心配するのは当然だろう。

准将がジャムと戦う本当の（大義名分ではなく個人的な）理由というのは零にはよくわからない。ジャムに〈勝つ〉こと、それ以外にない。そのように見える。だが、ジャムがいなくなったとき、あの鋼《はがね》の意思を持つ准将はどういう態度に出るのだろう。リディア・クーリィは？

ブッカー少佐のことなら、わかる零だった。少佐は、もしジャムがいなくなったとしたら〈新しい哲学的概念〉を考え出すことによって、そのような事態に対処するだろう。

もとより『もしかしたらジャムというのは、実在していないのかもしれない』とすらブッカー少佐は言っていた。そんな相手と戦い勝利するには、これまでにない〈概念〉を生み出して対抗するしかない。それがブッカー少佐の考えだった。その〈概念〉がどんなものになるのかは零には想像することすらできないし、少佐本人にもいまはわからないだろうが、方法論自体ははっきりしている。

だがクーリィ准将のそれは、零にはよくわからなかった。それでもヒントはあった。それが〈政治〉だ。

クーリィ准将がアグレッサー部隊を創設した理由は、自らがジャムになってFAFを支配することにある——零はそのように理解した。政治的な支配だ。この状況をジャムになったロンバート大佐が放っておくはずがない。そう准将は思っている。大佐こそFAFの支配を狙ってジャムへと寝返ったのだから、同じことをする自分をロンバート大佐が看過するはずがない、と。

ようするにクーリィ准将はFAFから去ったように見える、隠れてしまったジャムを、引きずり出したいのだ。そうして概念云云ではなく物理的にジャムを叩く。それが准将の対ジャム戦であり、その目的のために高度な政治力学を駆使し、利用している。アグレッサー部隊もその過程で出てきたのだから、そこに参加する自分たちも政治を理解せずに〈機能〉することはできないだろう。

雪風と自分を護るためには政治性を身につけなければならないということだと零は、クーリィ准将が命じた特別講習の必要性を理解した。自らを護るために必要な〈武器〉が政治性なのだとすれば、それは結局のところ、自分と雪風にとっての敵に、ジャムのほかに〈政治的人間たち〉も加わったということだとも思った。

これがストレスにならないわけがない。少しでも早く解放されるには准将を安心させる講習結果を出すことだ。桂城少尉はそれがわかっていない――わかっていなかったようだが、いまブッカー少佐に子ども扱いされて、ようやく気づいたようだ。

「わかればそれでいい」とブッカー少佐は桂城少尉に言って、「では、さきほどの深井大尉の質問だが」と、何事もなかったかのように続ける。

今回地球からやってきた戦闘飛行部隊は地球防衛機構を通じて派遣されていて、正式な地球連合軍の部隊であることには間違いない。だが、あくまでも急ごしらえの感が強いのも確かだった。今回の部隊の中心になっているのはオーストラリア空軍で、それを支援する形で日本海軍航空部隊が参加するというものだ。

「オーストラリアは単独でもＦＡＦに乗り込みたいところだろうが、〈連合軍〉でなければ許されないから日本海軍に参加を要請したということだろう」と少佐が解説した。「地球防衛国際法には地球防衛や地球連合軍が必要とされる事態を想定した詳細な項目があるのだが、基本、一国が単独で事に当たることを固く禁じるものになっている。対ジャムに限定された法律ではないのだが――」

「単独で行動するのを禁じる法律とはな」と零。「そんなのがあったとは、知らなかった」

「ぼくも初めて聞きました」と桂城少尉。「ようは、地球防衛による不利益はみなで受け持ち、利益の独占は許さない、ということでしょう。人間の性《さが》だな」

「地球人として一つにまとまろうという内容じゃないよな」と零。「むしろ逆だ。桂城少尉が言うように、各国の利益を尊重して事に当たることを前提にしている。国の区別なく〈地球人〉として活動することを禁ずる法律じゃないか。ジャムをなんだと思っているんだ、地球のやつらというか、国家首脳らは、と言うべきなのか。どうかしているとは思っていたが、馬鹿さ加減がそのように明文化されているとは知らなかったよ」

「この法律が大国主導で制定された、というのが問題なんだ」とブッカー少佐が言う。「ジャムは地球人にとって現実的な脅威のはずだが、各国が感じているジャムの脅威の度合いはそれぞれ違う」

「ジャムの存在で利益を上げている国もありそうだが」と零。「ジャムを恐れているとなると、オーストラリアがいちばんだろう」

「正解だ」と少佐。「地理的に〈通路〉に近いオーストラリアは地球上の国の中ではジャムに対する警戒意識がもっとも高い。ジャムが地球に侵攻してきたとき、その直接攻撃を受けた地球で唯一の都市がオーストラリアのシドニーだったためだ。ジャムの侵攻開始から一世代を経た現在も、彼《か》の国の国民たちはジャムの脅威を忘れてはいない」

「それはどうかな」と桂城少尉が言った。「忘れるのは非国民だ——という雰囲気に支配されているだけでしょう。ジャムの真の脅威なんて、だれも感じてませんよ。自分に関係のあることだなんて思っていない。現実にぼくらFAFが戦っているということは、ぜんぜん意識していないと思う」

「FAFに対する意識については」と少佐はうなずいて、言った。「そのとおりだろう。その点では、地球人はみんな同じようなものだ。われわれはある意味、かれら地球人の意識からすると、存在していない。だが今回、FAFが大打撃を受けたことで、あらたにジャムが出現したかのように意識させられる事態になったわけで、オーストラリアにいる〈地球人〉がそれに反応した、ということだ」

「オーストラリアが動くのはわかるが」と零。「日本はどうして連合軍に参加しているんだ？」

「むろん利益があるからだろう」と少佐。「日本の現海軍大臣の木村大将は、人間味あふれる人柄で国際的に知られているが、やり手の政治家でもある。オーストラリアに恩を売るとか、中国を牽制するとか、米国の信頼を得るためとか、かれなりの深謀遠慮があるのだろう。われわれFAFの人間にはそこまではわからん。が、オーストラリアの出方は、理解できる。あの国にとって、自国防衛の観点からすれば、ジャムの脅威というのは拡大主義を推し進めてきた中国の軍事圧力などに比べれば、ずっと小さい。かれらにしても地球人であるよりもまずオーストラリア国民であることのほうが重要なんだ。そうした現実の脅威に対抗するため、日本海軍が攻撃型空母を保有することを容認し、その空母打撃群がジャムの〈通路〉を監視警戒するという名目で自国領海付近に展開するように働きかけてきた。そうしたことをこれまでずっとやってきたんだ」

「日本とオーストラリアとは親密な軍事同盟を結んでいるわけか」と零。「それで今回も協力すると、そういうことなんだな」

「オーストラリアが真に頼りにしているのは米国だよ。日本じゃない。その米国は、日本とは軍事や諜報活動における機密を共有していない。オーストラリアは米国及び英国との秘密条約によって互いの諜報内容を共有しているとされる。今回FAFにやってきた部隊は、ある意味米国が送りこんできた偵察部隊とも言える。米国自体が動けば他の大国の反発を招くので、いまFAFに地球連合軍を派遣する必要はないという態度を取ったはずだ。だがFAFの現状を把握したいとは思っている。木村大将はそうした米国の思惑を考えて行動しているのだろうが、わたしにはその真意は読めない。オーストラリアに対する義理と人情で参加しているのかもしれない。仁義というやつだ」

「それはないでしょう」と桂城少尉は言った。「海軍はヤクザじゃない」

「同感だ」と零。「いつの時代の話だよ」

「きみたちは木村海軍大臣の人柄を知らない」とブッカー少佐は二人を交互に見やって、言った。「わたしは少しは知っている。有名なエピソードをいくつか読んだくらいで会ったことはないが、きみたちの知識よりはましだろう。わたしは、あり得ると思う」

「どういう人柄だというのです？」と桂城少尉。

「責任を取るのに腹を切るような人間だとか？」と零も桂城少尉の尻馬に乗って、言う。

「少佐は日本人をそういう目で見ているんじゃないよな」

　ブッカー少佐は生徒たちの挑発には乗らなかった。

「木村という人物は、情けは人のためならずを実践してきたことで知られている。目先の自己利益よりも、その先の互恵を考えて外交交渉をしてきた。かれのおかげでいまの日本は国際的に認められていると言ってもいいほどだ。もしいま戦争が起きれば、日本の敵国側は木村をどんな手を使ってでも殺害しようとするだろう。かれを失えば日本は舵をなくした船も同然になる。かれの後を継げる優秀な人材をいまの日本は持っていない。みんな、それを知っている。日本人以外は、な。そういえば、きみたちも日本出身だったな。知らないのも無理はない」

ブッカー少佐の辛辣な皮肉に零は反発する。

「少佐は、たかだか一大臣を持ち上げすぎだろう」

「そもそも戦争で」と桂城少尉も言う。「個人攻撃なんて、やり方が間違っていると思う。失脚を狙うなら平時のうちに殺しておけばいいんだし」

「だから、きみたちには教育が必要なんだ。クーリィ准将の苦労がわかるよ。いいか、戦争とは、そういうものだ。つねに人間が主人公であり、敵方の最重要人物の生命を断つこと、それ以外の戦争の仕方はない。政治も、人間の人間による人間のためのものだ。政治を知るには人間を知る必要がある。木村は軍人でありながら、戦争をせずに相手に勝つことをやってきた人間だ。それを国際政治というんだ。各国はその恩恵を受けている。もし平時にかれの失脚を狙っている者がいるとすれば、そいつは国際政治とは無縁の人間だろう。政治に無知な人間だ。きみたちのような。わかったか」

先は長そうだと、零は心の奥で、嘆息した。

この日の講習はブッカー少佐が打ち切る形で終了となり、解放されたのだが、零の気分は重い。講習のあとでエディス・フォス軍医による精神面での診療も受けなくてはならなかったからだ。それもまた准将の命令だった。

　地球連合軍がやってくるというクーリィ准将の予言は当たったわけだから、准将のFAFでの地位は上がって、いまやFAF戦術空軍団・フェアリイ基地戦術戦闘航空軍団の司令官に昇格している——という零の考えは、現実にはならなかった。

「そんなの、ガブちゃんが黙って許すはずがないでしょう」

　エディス・フォス軍医の診察室で、零の担当医の当人がそう言った。

「ガブちゃん？」零は初めて聞く名に首を傾げる。「だれだ、それ」

「フェアリイ基地戦術戦闘航空軍団司令、ライトゥーム中将のこと。リディアはかれのこと、そう呼んでる。わたしにだけだと思うけど」

「クーリィ准将はきみの叔母さんだったっけ」

「遠い親戚。ほとんど他人だけど、それが縁で親しくなったの。個人的な話もするようになった」

「私的な話をしている准将のことなんか、想像もできないな」

「リディアも人間よ。中将はそう簡単にその席を譲ったりはしない。なかなか失敗しないのよね。ガブちゃんは目の上のたんこぶだと、よく愚痴を言ってる。あのガブめ、とか」

「そういうのは准将の個人情報じゃないのか。いいのか、軍医として?」

「知らないのはあなたくらいよ、深井大尉。だれだって、リディア・クーリィがギブリール・ライトゥームのことを邪魔だと思っていることくらい、わかってる」

ライトゥーム中将の名前、ギブリールは、大天使ガブリエルのことだとブッカー少佐から聞かされていたのを零は思い出す。

——それでガブちゃん、か。しかし。

「フォス大尉。言いたいことがあるんだが」

「なに、あらたまって」

「自分がここに来ているのは、クーリィ准将の命令により、あなたの診察を受けるためなんだが、担当医であるあなた、きみは、ここで世間話しかしていない」

「だから?」

「世間話も診療のうちなんだなと、きょう、わかったよ。納得できたというか。さきほどのブッカー少佐による特別講習で、よくわかった」

「なにがあったの?」

「少佐から、政治とは人間の人間による人間のためのものだ、『おまえは政治を知らない』、ようするにおれは人間を知らない、と言われた」

「それで？　どんな気分になった？」

「いま准将の話を聞いてもわかったけど、そのとおりだと思った」

「それだけ？」

「自分にはアグレッサー部隊は向いていない、とも思った。敵を演じるというのは、ようするに、高度な政治的舞台に立つということだ。おれには無理だ」

「どうして」

「どうしてって」

零は息を止め、それから決意をもって、言った。エディスの前で本音を隠しても見破られるだろう。

「人間を撃ちそうだからだ。雪風を狙うやつはたとえ相手が人間だろうと、敵だ。どんな政治教育を受けようと、それは変わらない。きょうそれを思い知ったよ」

「いいわね、いい感じよ、深井大尉。これでクーリィ准将も安心してあなたを出撃させられるでしょう」

「おれがこんな気持ちなのに？」

「完全ではないけど」とエディスは言った。「完全な状態の人間なんていないから。ほぼ合格よ」

「どうしてそういう結論になるのか、わからないな」

このところ、このエディス・フォス軍医の診療室で話すことといえば、きょうなにがあったとか、食堂のメニューが簡素なものになったのはFAFがこんな状態になったから仕方がないのかとか、およそジャム戦とは関係のない内容だった。これも診察のうちなのだろうとわかってはいたが、こんな世間話がどう役に立っているのかは理解できなかった。

だが、ブッカー少佐がいみじくも言ったように、人間のことがわかっていないこの自分に、〈人間の存在〉を気づかせるための会話だったのだ。

「ちなみに」と零は訊いた。「ほぼ合格ではなく、正式に合格するには、なにが足りない？」

「ああ、いいわね。それよ。いまので、合格。おめでとう、深井大尉」

「わけがわからないのだが」

「能動的に他者と関わろうとする意欲、あなたにはそれが足りなかった。いまあなたは初めて、アクティブに事態を解決しようという態度を見せた。もう大丈夫、あなたはアグレッサー役として出撃しても問題ない」

「ほんとうに？」

「不満なの？」

「そうじゃないが」

「わたしの診察能力を疑っているわけか」

「いや、そんなことは――少しは、そう、疑っているかもしれない」

「あなたらしいわね、零。人は本質的には、変わることはできない」

「疑ってはいない、と言うこともできた。でもきみには正直に言うほうがいいと思ったんだ」

「わたしのプライドを傷つけてはいけないと思って『疑ってはいない』と言おうとしたわけじゃないでしょう。あなたは、自分がほんとうに大丈夫かどうか、自分で確信を持てない、だからわたしの診断が正しいのかどうか疑ったのよ」

「……意味がよくわからない」

「あなたは、わたしではなく、自分をかばって『疑ってはいない』と言いたかったのだ、ということ。合格なのは嬉しい、それを『疑いたくない、疑ってはいない』、そう口に出して言いたかったのだ、ということ。本質的なところで、あなたは、わたしの気持ちや他者の存在には関心がない、それは変わらない、ということ。あなたを批難しているわけじゃないわよ、それはわかるわね？」

「ああ。わかるよ。そのとおりだと思う。あらためて、きみの能力を疑って悪かった。すまなかった」

「どうもありがとう」と率直にエディスは感謝を口にした。「あなたは努力して、わたしの気持ちに気づいてくれた。その調子よ、零。もとより、ブーメラン戦士としてなら、あなたの精神状態はなんの問題もなかった。雪風との関係は以前より良好になっている。あなたは最強の雪風ドライバーよ。でも、それがアグレッサー部隊となると、求められる能力が異なってくる」

「そのとおりだ。よくわかったよ。ジャックときみのおかげだ」

「ジャック、か」

「ブッカー少佐のことだ」

「知ってる。ちょっと感慨深かったので」

「どういうふうに？」

「気になる？」

「ああ」

「自分がどう思われているか、か、それとも、わたしがどう思っているか、どっち」

「きみがどう感慨深いのか、それが気になる」

「単純な話よ。あなたはわたしだけでなく、少佐の〈しごき〉に感謝している。感謝だなんて、ブーメラン戦士として、あり得ないでしょう。以前のあなたなら、そもそも〈おかげ〉などという言葉は出てこなかった」

「医師としての感慨というわけだ」

「そう」

「了解した」

「いま処方箋と診断書を書くから、診断書は准将に提出して」

「そのデスクのＰＣで送信すればいい」

「あなたが文書で持っていくことが重要なの。リディアもあなたを観察したいでしょうし」

「わかった」と零。「しかし処方箋って、なに。おれには薬が必要なのか」

「言葉よ。あなたがいま〈わかったこと〉を言葉にしておくから、ときどき〈服用〉するように。心で唱えればいい」

「復唱せよ、だな。コピー。了解した」

「医療の指示は軍の命令とは違うわよ、深井大尉。――はい、これ」

手書きで書かれた処方箋を零は受け取る。

「読みやすい字だな」

「子どもっぽい？」

「いや。ありがたいよ」

「近ごろの子どもって」とエディスは読んでいる零に言う。「手書き文字が読めないみたいよ」

「まさか」

「筆記体や崩した手書き文字を読み取る能力が低下しているのと、書く方もうまく書けなくなっているということらしい」

「人間として劣化してるってことだ」

「あなたもわたしも、その点は大丈夫らしいわね」

「それはともかく」と零は〈処方箋〉から目を上げてエディスに訊く。「この内容、本気なのか？」

「もちろんよ」

処方箋に書かれているのは三項目だ。箇条書きになっている。

一、やられる前にやれ。

二、先制攻撃をためらうな。

三、いまのあなたならそれができる。

「これらは、おれがいままでもやってきたことだ。やられる前にやってきた。だからこうして生きていられる。先制攻撃をためらったことはない。エディス、いまのおれは、これを意識していないと戦えないとでも言うのか？」

「ジャムが相手なら、ぜんぜん問題ないです」とエディスは医師の態度で答えた。「でもアグレッサー部隊が相手にするのは〈人間〉ですよ、深井大尉」

「人間相手に先制攻撃してもいい、やれ、ときみは言っているんだぞ」

「よくおわかりです」とエディス。「そのとおり。あなたにはできないでしょう」

「だけど――」

「第三項目は、相手が人間なら攻撃を中止できる、いまのあなたなら、雪風を狙ってくるのが人間ならばぎりぎりまで攻撃をしないでいられる、という意味よ」

「いや、でも、これはどう見ても、そうは読めない内容だ」

「薬は基本、毒なのよ、深井大尉。健康な人間にこれを与えれば危ないでしょう。桂城少尉とか。でもこれは、あなただから、効くの」

「この三項目をつねに心で唱えて、自分がいかに危険な人間か意識していろ、というわけだ」

「ちょっと違う」

「どう違う？」

「あなたは、あなた自身が思っているほど危険な人間ではない。本質的に他者に興味がないので、他人の行動など知ったことではない。だから、相手から攻撃されれば、基本的な反応としては、やり返すのではなく逃げる。いままでの任務でもそうでしょう。味方がジャムと戦っているのを高みから偵察する。自機が攻撃されないかぎり、ジャムに対して手を出さない。帰投時に襲われたときに備えて弾薬は温存しておかなければならないということもあるけれど、基本的には、あなたは争いたくないし、戦いたくない」

「戦いたくないって——」

「思い出してみるといい、深井大尉。あなたがジャムに対して先制攻撃をしたことがあったかどうか。もしあったとすれば、それは司令部からの命令であって、あなたの判断ではなかったはず」

零は過去を振り返り、エディスの言うとおりかもしれない、と思う。

「では、第一項目は」と零は訊く。「おれは、やられる前に、やってきた。それは間違いない」

「雪風を狙う者は敵、とあなたは何度もわたしにこの場で言ってきた。その考え方は、つねに受け身なのよ。つまり、狙われないかぎり、あなたの前に敵は出現しない、ということ。能動的に、雪風と自分にとっての敵を探そう、という意識はこれまでのあなたにはなかった。これからは、敵になる前の敵を叩きなさい、深井大尉。やられる前に、やるのよ。それが第一項目」

「敵になる前の敵を叩くって、そんなこと、できるはずがない」

「いまのあなたなら、できる。第三項目のとおりよ。以上が処方についての説明です。服用には注意してね」

そう言って、エディスはデスクに向き直り、手書きで書類作りをする。診断書だ。

「あ、その処方箋は」とエディスは書く手を止めずに零に言った。「准将にも、だれにも、見せないように。あなた専用の処方箋だから。先ほども言ったように、それは毒にもなるので取り扱いには注意すること。──返事は？」

「了解しました、フォス軍医どの」

エディスが診断書を書き終え、それを封筒に収めるのを零は黙って待つ。エディスがその封筒を差し出すと、受け取るより先に、〈処方箋〉をデスクに置く。診断書の封筒は制服の胸の内ポケットに入れた。

「処方箋、いらないの？」

「重要書類は、アイズオンリー、持っていないほうが安全だ」と零。「内容は頭に入れたから、もう必要ない」

「完璧ね」そう言って、エディスは微笑んだ。「実に気分がいい。わたし、自分でもよくあなたを診察してきたと思う。わたしの〈処方薬〉も嫌がらずに〈服用〉してもらえたし、ちゃんと〈効いて〉いる。ここまで劇的にクーリィ准将の懸念を払拭できる結果を出せたのは、そうね、ブッカー少佐のおかげでもある。感謝しないと」

「あとで伝えておくよ」

「もう行くの？」

「どうして」

「わたし、きょうはもう予定ないし、ビールを付き合ってもらおうと思って。いい結果も出せたし、あなたも気分がいいでしょう」

「診察の世間話とは無関係？」

「もちろん、オフタイムよ。それに、わたしもこれから特殊戦がどうなっていくのか知りたいし。地球連合軍が来たでしょう。リディアから来るだろうとは聞いてたけど、びっくりするほど早く来たわね。どういう部隊なの」

「それについて、連日ブッカー少佐から講義されてきたよ」

「ビール、付き合う？」

「おてやわらかに」

「そうこなくちゃ」

エディスは診察デスクから腰を上げ、冷蔵庫から二カートンのビールを持ってきた。さっそく包装を解いて二缶取りだし、大きな紙コップを二つデスクに置き、ビールをなみなみと注ぐ。

「グラスのほうがいいな」

「贅沢言わないの。この紙コップ、カートンに付いてきたおまけみたい。捨てるのはもったいない。だいたい、資源の無駄よね。地球人はなにをやっているんだか」

覚悟を決めて零は紙コップで乾杯する。

エディスのビール好きは最近知ったのだが、零が感心したのはその強さのほうではなく、同じ量を飲んでいて、こちらが尿意を覚えてもエディスのほうはぜんぜん平気で飲み続けているということだった。長時間飛行任務には自分より向いていると思った。体格としては自分よりは華奢なのに、人種や性別における肉体上の〈性能〉の違いというのは厳然として存在すると思ったことだ。

「それにしても、いつもあんなに大量の缶ビールを冷蔵庫に隠しているのか？」

「人聞きが悪いわね。隠しているんじゃなくて、配給よ。あなたたちにもいったんじゃないの？」

「ビールの配給？」

「そうか、あなたには講習やらわたしの診察が一段落してから、かな」

「配給って、なに」

「ガブちゃんから分捕った、リディアの戦利品よ。ライトゥーム中将宛の航空コンテナ二つ分の、ビールとワイン」

「コンテナ二つ分って、どのくらいの量なんだ」

「ビールで、たぶん、少なくとも三千ケースはあると思う」

「たいした戦利品だな。でも戦利品というのは、どういう？」

「もともとライトゥーム中将の部隊用、つまり特殊戦もその部隊のひとつだから割り当てはあったと思うんだけど、それをクーリィ准将が、みんなよこせと要求したのよ」

「中将はよく渡したたな」

「リディアの政治上の手柄はすべからく中将のものにされてしまう。ガブちゃんのほうもリディアの不満のガス抜きをときどきしなくては危ないことは承知している。ああみえて、あの二人、案外いいコンビなのかもしれないわね」

「まさか」

「考えたことない？」

「ぜんぜん、まったく」

「まあね、将官クラスはわたしたちにとって雲の上の人たちだし」

「叔母さんなんだろう」

「だから、遠い親戚だって」

「人間のことはよくわからない。きょうはそれを思い知らされる日なんだな」

「あなたはもう大丈夫よ、零。でなければ、一緒に飲もうなんて誘わないわ」

「フムン」

「リディアはすでに模擬戦をやる約束を地球連合軍側と取り付けている。あとは日時だけ。もう、いつでもできるわね」

「模擬戦って、本当にやるのか」

「そう、あなた方の出番よ。まだ名称も決まっていない特殊戦新部隊の初出動ということ」

「いっそ准将が飛べればいいのにな」

「あ、いいわね、それ」とエディスは明るい笑い声を上げた。「空飛ぶ准将、いいじゃない。〝フライング・リディア〟という部隊名がいいと思うわ」

「正式名称は付け方の決まりからして、特殊戦・第六飛行戦隊だろう」

「そんなのつまらないじゃない。特殊戦・アグレッサー飛行隊、フライング・リディア。ぴったりよ。命名者には記念のメダルとか、貰えるのかしら」

「いや、いくらなんでも、その部隊名は恐ろしすぎる。――エディス、酔うには早すぎるんじゃないか」

「あなたのことはもう心配していない」とエディスは真顔になって、言った。「でもFAFはこれからどうなるのか、わたしには見通せなくて、心配なのよ」

「ジャムはまだいるよ」と零は言う。「だから心配ない」

「戦争は終わっていないから、心配するな、か。わたしたち、どうかしていない？」

「きみの役割は終わっていない。ＦＡＦも准将も地球人も、人間はみな、きみを必要としている」

「ありがとう。心強い言葉だわ」

「お愛想じゃなく、今回のきみのジャムのプロファイリングはとても役立った。おれたちが無事に帰投できたのはきみのおかげでもある」

「それはそうだと思う。わたしは賭に勝ち、全財産を失わずにすんだんだし」

「雪風とレイフが持ち帰った未解析の膨大なデータもある。本来、模擬戦をやっている場合じゃないんだが、ジャムがいないのでは戦えない」

「ジャムにFAFを再攻撃させたいわけね、リディア・クーリィ准将は」

「そのとおりだ。きみも引き続き、ジャムの動向予想を立てる仕事を任されているはずだ」

「正直、荷が重い。わたしはジャムじゃないし」

「おれもだよ」と言って、零はビールを飲む。「でも、ジャム役はなんとかやれそうだ。きみのおかげだ。だからきみもやれるさ」

「自分のことになると、駄目なものね」

「人間は結局のところ、自分のことがいちばんわからないのかもしれないな」

「まるでブッカー少佐のようなことを言う。意識してる？」

「なにを？」

「影響を受けているって」

「思想や考え方というのは、感染するのかもしれないな。少佐の言う〈概念〉というやつは、ウイルスのように人間とは独立して生きているのかもしれない」

ジャムも、もしかしたらそうした〈概念〉として存在しているのかもしれない――ブッカー少佐がジャムへの対抗手段として〈新しい概念〉云云を持ち出すとき、とどのつまりジャムも概念的ウィルスだ、その可能性もあるということを、前提にしているのだ。とんでもないジャム観だが、いまやあり得る〈可能性〉だと零は思う。

「そういう説も、たしかにある。現象としては、あなたのその感覚は正しいと思う」

エディスは、少佐のジャム観ではなく、〈概念は感染する〉に対してそう言うと、話題を唐突に変えた。

「で、やってきた地球の部隊というのは、どういう感じなの。ＦＡＦが今回失った戦力を補強するために親切心でやってきた、というわけじゃないでしょう」

「それは、そう、ボランティアではないだろう」

零はちょうどいいとばかりに、先ほどの講習の内容をかいつまんでエディスに説明する。オーストラリア空軍主導の、日本海軍航空部隊が参加した連合軍で、その主目的はＦＡＦの実情の偵察だろう、と。

「事実上、米軍が送りこんできた偵察部隊だというのがブッカー少佐の見解だ」

「あなたの見解は？」

「少佐にも指摘されたが」と零の口は軽くなる。「よくわからないというのが正直なところだな。今回参加した日本海軍は、やり手の海軍大臣の思惑で動いたらしいけど、やってきたパイロットがその大臣の思惑を理解しているとは限らないし、オーストラリア空軍のパイロットにしても、自分たちが米軍の手先としてＦＡＦにやってきたなどとは思っていないよ。ジャックは、おれや桂城少尉に当てつけのように、ありそうな〈見解〉を披露したにすぎない。現役のパイロットならわかる。おれには」

「そうね」とエディスもうなずいた。「リディアも言っていたけど、今回やってきたチーム、オーストラリアも日本も、生え抜きの凄腕揃いだそうよ。腕もいいけど、軍人としての誇りも並ではないでしょう」

「愛国心だな」

「それは誇りの一面でしかないけど、それはもちろん、強く持ってると思う」

「地球人の軍隊ではない。地球軍ではなくて、あくまでも地球連合軍なんだ」

「エリートには違いない。特殊戦のアグレッサー部隊としては、相手に不足はないでしょう。ＦＡＦの凄さを見せつけてやる自信はある？」

「模擬戦の目的は、ＦＡＦの戦力の誇示じゃない」

「そう、そうだった。あなたは冷静ね」

「そういう本性なんだから、仕方がない」

「卑下しないで」

「してない」

「模擬戦は、どんな感じになるのかしら」

「われわれはFAFではなく、ジャムになる。ジャムが使う電子光学妨害や妨害除去手段を模倣することはできるから、連合軍はそのパターンを収集し、学習することになるだろう。でも雪風とレイフの二機だけでは、変幻自在な出現と編隊の組み直しをして襲ってくるジャムの戦闘飛行を再現するのは困難だ」

「そういう実戦的な感想はクーリィ准将には言ってるの？」

「いや」と零は首を横に振る。「こういうのを考えるのはブッカー少佐の役目だろう」

「あなたから直接リディアに上申するのがいいと思う」

「少佐の頭越しに？」

「少佐は、今回の連合軍の派遣は偵察のためだと言ってるけど、実際はそうじゃないわよ」

「きみの見解か。なんのために来たと思う」

「かれら、地球連合軍は、ジャムを見つけて撃墜するためにきたのよ。それ以外にどんな目的があるっていうの」

「ジャムをめぐるオーストラリアの国情を思えば、そうだな。簡単な話だ。少佐はわざと話をややこしくして――」

「かれらは本気でジャムと戦おうとしている。こちらも真剣でないと模擬戦の意味がないでしょう。いきなり、本当にジャムが出てきたら、かれらに勝ち目はない。だからあなたは、かれら地球連合軍に、ジャムとはなにかを見せつける必要がある。ジャムの脅威を」

「おれになにを上申しろと言うんだ、エディス」

「いまのあなたの感想よ」

「いまのって、雪風とレイフだけではジャムの戦い方を再現することはできない、と」

「そう。再現すべきよ。もっと出撃機を増やして」

「きみは――第五飛行戦隊を出せというのか。ブーメラン戦隊を」

そんなの、本末転倒というか、新部隊を作る必要はなかったということになり、自分はなぜこんな苦労をさせられたのだ、ということになるではないか――そう言いかける零をエディスは遮《さえぎ》って、言った。

「向こうが連合軍なら、こちらもそうすればいいのよ。ブーメラン戦隊とフライング・リディアの混成チーム。あなたの苦労はぜんぜん、無駄なんかじゃない」

「そうかな」

「あなたや雪風は、ジャムがいなくなっても戦わなければならないという矛盾を解消するために、ブーメラン戦隊から新戦隊に移行したのよ。一段階、上がったってこと。ブッカー少佐なら、なんていったっけ、ほら、哲学用語でいう、あれ。ヘーゲルの」

「アウフヘーベン」

「そうそう、止揚。それよ。少佐なら、きっとそう言う」

「もう、きみが言ってる」

「やっぱり〈概念〉というのは感染するんだわ。わたし、移っちゃった？」

そう言って、エディスは、心の底から楽しいという笑い声を上げた。

フライング・エディス。新部隊の愛称はそれがいいと零は思い、自分も酔っていることを自覚した。久しぶりに気分が高揚している。

ファイターウエポン

わたしはリン・ジャクスン。地球のジャーナリストだ。わざわざ〈地球の〉とことわるのは、わたしがいまいるところは地球ではないからだ。

こうしてその事実を記述すると、なんとも不可思議な感慨を覚える。「わたしたちがいまいるところは地球ではないのだ」と大きな声で周囲の人たちに呼びかけたくなる。「フェアリイ星という未知の惑星にわたしは立っている」と叫びたくなる。「信じられないけれど、ここは太陽系のどこでもない、まったくの異世界なのだ」と自らに言い聞かせる。

世界が変わると時間の感覚も変化するのだろう。わたしが地球を発ったのはつい十二時間前のことだが、もう何年も前のような気がする。出発するまでの交渉や手続きや、オーストラリア空軍基地へ移動する時間など、いざ出発するまでに費やした前段階の時間が長いので、おそらくその感覚が尾を引いているのだろう。

実は、いまのわたしの身分はジャーナリストではなく日本海軍情報部に雇われた広報係という軍属だ。地球防衛機構はフェアリイ星への一般民間人の立ち入りを禁じている。ジャーナリストであっても原則として認められない。

この〈原則として〉というのは、わたしのようなフリーの立場で仕事をしている者にとっては〈試みても無駄〉という意味である。取材申請書すら受け取ってもらえないだろう。世界的な通信社や有名どころの報道機関に所属している記者であっても、個人的な興味でフェアリイ星に行くのは難しい。観光目的など論外だが、取材にしても目的や身分の証明をしつこく求められる。許可が下りるとしても許可証は個人宛にはこない。所属する通信社や報道機関宛に送られてくる。どこにも所属していないフリーの記者など、最初から対象外なのだ。

こうした原則を覆すことができるのは権力を持つ人間だけだ。そういう者を頼ればフリーの立場でもフェアリイ星に行けないことはない。経験を積んだジャーナリストなら、それを可能にする人脈を持っているものだ。わたしにしても単に行くだけならば、これまでもできたと思う。だが権力者を利用するやり方は非常に危険だということもまた、まともなジャーナリストならだれもが承知している事実だ。利用するつもりがされていて、取り返しのつかないことになる、つまり仕事生命が奪われる、という危険と引き換えになる。それはジャーナリストにとって安易には使えない、取材行動上どうしても必要になったときに危険を承知でやる手段、いわば〈最後の賭〉なのだが、この賭に負けた人間をわたしは何人か知っている。みな高名な記者であり国際的に名の知られたノンフィクション作家だが、かれらはその肩書きのままにいまも生きていて、あきらかに権力側に都合のいい発言をしている。当然、それが権力者の狙いであって、著名なかれらの名を利用するのだ。利用される側はしかし、それを意識しているのかどうか、わたしにはわからない。もし意識してそうしているのなら、魂を売ったにひとしい。権力の片棒を担ぐジャーナリストはもはやジャーナリストではない。権力を持ったジャーナリストというのは字義矛盾であり、存在しないからだ。

わたしがこれまでフェアリイ星に行かなかったのは（来なかったのは）、この、ジャーナリストにとっての〈最後の賭〉をしてまで行きたいとは思わなかったからだ。激烈に戦われている異星体ジャムと人類の戦争の最前線であるフェアリイ星に来ることは戦争ジャーナリストにとっての必須条件だろう。かれらが報告してきた取材記事や本は無数にある。だがわたしの関心は、もっぱら〈地球人にとってジャムとはなにか〉にあった。なにしろ、そうした現地取材記事や本が数知れず存在するにもかかわらず、いまの地球では、それらはほとんど過去の遺物扱いだ。〈過去〉に興味のある人間にしか読まれない。ジャムの地球侵攻が始まってから三十年以上を経て、地球人はもはやジャムには関心がないのだ。ジャムにも、ジャム戦にも。いや、一世代という時間は関係ない。ジャム戦が開始された直後であっても、ジャムが飛来することのない地域の人間たちは、どこか遠くでバッタの大群が出現したという、そんな感覚でジャムの動向を捉えていた。自分はその被害を直接は受けないだろう、だから自分には関係のないニュースだと。当時から、ほとんどの地球人がそう思っていた。

これは驚くべきことではなかろうか、現実に異星体からの侵略戦争が戦われているのに？

わたしが〝ジ・インベーダー〟を書こうと思い立った動機がまさにそれ、その〈驚き〉だった。わたしは全地球人に対して、メメントモリならぬ〈ジャムを忘れるな〉と訴えたかったのだ。うれしいことにわたしのその本は世界的なベストセラーになり、おかげでその後の取材活動や出版社との交渉がやりやすくなったのだが、その読まれ方というのが、その著作内でわたしが危惧したとおりのものだった、というのは皮肉としか言いようがない。その本はわたしの思惑とは違って、面白い読み物、つまりエンターテインメントとして売れたのだ。むろんわたしの危機感を読み取った読者もいただろうが、割合としては少なくて、それだけではベストセラーにならない。わたしはその事実をしばらくしてから知って愕然としたものだ。出版社からは間を置かずに続篇を契約してくれ、できればシリーズ化でと頼まれたが、なにも知らないわたしにしてみれば意味がわからなかった。シリーズ化って、なに？

みんなどうかしている、と思った。わたしの警告は伝わらなかったわけで、ジャーナリズムは無力だと一時期は落ち込んだものだ。が、それはわたしの言い訳であり傲慢というものであって、ようするに自分の力が足りなかっただけだ。筆力が。そう気づくことで立ち直ることができたのだが、わたしに現実を気づかせてくれたのはジャムの存在、まさしくジャムそのものだった。自分こそジャムをどう感じているのかと自問し、子どものころに感じた恐れを思い出した。ジャムは全人類の脅威であり、自分が人類の一員である以上はジャムの脅威からは逃れられないという事実を、当時のわたしは言語化はできなかったが正しく捉えていた。ここでわたしがジャーナリズムや自身の筆力に絶望したら、わたしはジャムに負けたことになる。わたしこそ、自分の著作を一人の地球人の立場で読み直すべきだろう。この著者は、これを書くことでなにを求めているのか、なにがやりたいのか、と。

あのときわたしは、自分はなんのために書いているのかということに、初めて気づいたのだ。多くの人間は自分の行動の動機に気がつかないまま生きているものだということも、身をもって知った。

わたしは、わたしなりの方法でジャムと戦っているのだ。地球で。書くという手段によって。文字どおりペンを武器にしての戦いに違いない。

そんなわたしが、どうしてもフェアリイ星に行きたくなった。ＹＵＫＩＫＡＺＥのせいだ。南極にそびえ立つ巨大な霧柱から飛び出してきたＦＡＦの最新鋭機、特殊戦の〈雪風〉の。

あのとき、その真っ黒な戦闘機はわたしを中心にして地表すれすれを一周し、ふたたびフェアリイ星へと去っていった。その機動は時間にして数秒だろう。その間、わたしはそのパイロットの深井大尉と、そして雪風という戦闘機自体とも〈繋がっている〉と感じた。精神的に、などという曖昧な感覚ではなく、物理的な紐のようなもので確かに結びついている、強靭な神経索のようなもので接続されている、という実感。

——雪風がわたしを呼んでいる。

あれは決して錯覚などではなかった。そんなのは科学的ではないと批難する者が出てくるのは予想できるが、この感覚を表現することもまたわたしの仕事のうちであり、書くことの役割だろう。科学的事実以外は口にするなと言われれば、そのように要求する当人もなにも言えなくなるに決まっている。

地球に飛来した雪風をこの目で見て、その圧倒的なパワーが発する音を全身で受けて、わたしはそれを追いたくなったのだ。いまフェアリィ星が、そしてFAFが、どういう状況なのか、それは本当に存在するのかどうか。それを確かめたい。頭ではなく、身体で。

この欲求は概念的なものではなく、エロスをも感じさせる肉体的なものだった。逆らいがたい誘惑。それを理性で抑え込んで頭で説明するなら、冗長にはなるが言語化はできる。

あのとき深井大尉は、地球がまだ存在するのかどうか確かめに来た、と言った。

『特殊戦は生き残りをかけて奮戦中。まだ地球が存在するかどうかを確認するためにやってきた。ジャムの狙いはいまだ不明。あなたをこの目で確認次第、帰投する、それが、わが雪風のミッションです。あなたの存在は、地球がまだ無事だ（存在する）ということの、指標です』

わたしが地球のいわば代表にされているというのは光栄だが、それはともかく、深井零大尉のその言葉は、そっくりそのままフェアリィ星に対しても言えることではないのかとわたしは気づいた。

地球がまだ存在しているのかどうか確かめに雪風は来たと深井大尉は言ったのだが、その言葉を裏返せば〈地球は消えて、なくなっているかもしれない〉ということだ。自然消滅するはずもないから、地球を消すのはジャムの仕業に違いない。生き残りをかけて奮戦中というのはたんにジャム機と戦っているというのでなく、存在を賭けての闘いのことだろう。

フェアリイ星ではなにかとてつもないことが起きている。FAFではロンバート大佐によるクーデターが起きているのかもしれないのだが（大佐からわたし宛にそれを宣言する手紙がきた、曰く〈人類に対する宣戦布告〉だ）、それは地球人側、人類側の内紛にすぎないのであって、ジャムの脅威とは別の問題だ。わたしはジャムの戦略を知るためにフェアリイ星にいかなくてはならない。それ、フェアリイ星がまだ存在するのかどうか、確かめるために、だ。

もし存在しないとなると、超空間〈通路〉へ飛び込んだら最後、どこにも到着することなく永久にさまようことになって二度と地球に戻れないのかもしれず、肉体も死ぬかもしれない。理性はそのように警告を発したが、それでもなお行きたいという欲求には逆らえなかった。ほとんど自己の死を希求するタナトスが発動したかのようだ。実際、死んでもいいとさえ思った。それも、いますぐだ。すぐに行動に移りたい、待てない、一刻も早く出発したい。その欲求をこらえるということができなかった。

わたしはこれまで使わなかった〈最後の賭〉に出ることで、フェアリイ星行きの切符を手に入れたのだ。

そうして来てみれば、フェアリイ星は、あった。たしかに存在している。まだ在る（いずれジャムに消される）と言うべきなのかどうか、わたしには判断できない。ジャムがどんな力を持っているのか、ジャムの真の目的はなんなのか、それを知る必要がある。

わたしの関心は〈地球人にとってジャムとはなにか〉から、〈自分にとってジャムとはなんなのか〉に移っていて、さらにそこから〈自分〉が消去され、単に〈ジャムとはなにか〉になっていることを、ここに来て自覚した。この環境のせいだ。実際にやってきた未知の惑星、フェアリイ星に、いまわたしはいる。

なんという異世界だろう。風の匂いからして地球ではないとわかる。かすかだが、ミントのような、メントールのような香りがする。これは大気に含まれている成分によるものだという。

ここはFAFの中枢、フェアリイ基地、その広大な滑走路を望む地上にわたしはいる。周囲は深い森だ。ここからは緑の帯のように見える。そして空も、薄い緑だ。大気が地球よりも厚いためだろう。そして、あれがブラッディ・ロードか。二連星の一方から噴き出すガスが渦になっている、それが、昼に見る天の川のように天空の端から端までかかっている。聞いていたほどどぎつい赤ではなく、いまは薄い紅に見える。品のいいルージュにぴったりな色だと思ったりする。禍禍《まがまが》しいという印象はない。だが見る人によってはまた別の印象を持つのだろう。とくにここで戦っている戦士たちにとっては、この風景は圧迫感を覚えるものかもしれない。この非日常的風景が日常になってしまったときのことをわたしは想像してみる。地球の青い空が恋しくなるだろう。ここは地獄だ、そう感じる戦士は多い、そう思える。

でもわたしはまだ来たばかりだ。国連の地球防衛機構の定期便が日常的に行き来しているというのが信じられない。定期便はごく普通の大型輸送機であって宇宙船ではない。地球の空を旅するのと同じ感覚のフライトでやってこられる世界だとは到底思えない、まったくの異世界だった。

「この風景、どう思いますか」

わたしの心を読んだかのように、脇にいる日本海軍情報部のマリコ中尉が声をかけてきた。漢字表記で丸子、発音はマリコ。マリコ中尉。わたしより十五歳年下の、若い女性だ。わたしたちは、この風景を見ながら会話をするのを忘れていた。

「素晴らしいと思う」とわたしは率直に答える。「地球ではないのが伝わってくる景色です」

「……素晴らしい、ですか」

マリコ中尉は再び口をつぐむ。わたしの答えが期待したものとは違っていたからだろう。中尉の気持ちがわたしには読めた。彼女はわたし同様、このフェアリイ星の風景に圧倒されている。だが、『素晴らしい』とは思っていない。不穏で不安な景色だと感じている。そうとも、それはよくわかる。実はわたしもそうだからだ。わたしの身体感覚は、地球とは異なる環境の変化に敏感で、警戒している。それを理性で抑え込み、あえて『素晴らしい』と言葉に出したのだ。でも、それは嘘ではない。

考えてもみよ、とわたしは何度も自分に言い聞かせてきた言葉をまた甦らせる。

――ここは人類が初めて経験する地球以外の惑星環境だ。自分が生きている時代に地球ではない星に行けるなんて想像したこともなかった。すごい経験ではないか。おお、なんと素晴らしいことだろう。

ジャムが地球に侵攻してきたのは三十三年前だ。当時から、〈通路〉を抜けさえすればここフェアリイ星に来られたわけだから、『生きているうちに』云云は当たっていないわけだが、実感としては、タイムトラベルで未来にやってきたという感じだった。理屈上、これは〈すごい〉事実だろう。感情や身体的な感覚が生じるのは、その事実の先にある〈現実〉においてだ。

「あなたは、どうなの?」とわたしは訊いてみる。するとマリコ中尉は、こう答えた。

「わたしは、怖いです。いかにも不吉な景色だと思います。ここは間違いなく、戦場です」

中尉は現実的な反応をしたということだろう。この若い女性は、いかにも軍人だとわたしは思った。この風景に、敵の気配を嗅ぎとっているのだ。

わたしのように現実からすこし宙に浮いているような感想を漏らすのは、ある意味大人げない。自分の感想は心にしまって、相手に合わせた答えをするのが大人というものだ。が、わたしは、あえて相手の気持ちを読むことなく直截に答えることで中尉の反応をみたいと思った。この若い海軍士官は自分の気持ちを無視された答えを聴いたときにどう反応するだろうか、と。意地の悪いことだが、わたしの立場を思えば対抗措置と言える。わたしは中尉に監視されている身の上だ。日本海軍側がわたしを客人扱いしていようとも、その権力に利用されているというのは疑いようのない事実だ。

マリコ中尉はわたしに対して誠実だ。いまの彼女の答え方により、そのようにわたしは結論づけた。旅の始まりから彼女と連れだって行動してきたので中尉が誠実な人物であることはわかっていた。だが、ここフェアリイ星ではどうだろう、ここでの態度こそが彼女の本音だろう、そう思ったのだ。

「あなたは」とわたしは中尉に言う。「やはり軍人ですね」

「どういうことでしょうか、ジャクスンさん？」

マリコ中尉は不穏な景色から目をそらしてわたしに顔を向け、首を傾げた。気分を害して威嚇的に尋ねているのではなく、おだやかに聞き返している。文字どおり、どういう意味なのか測りかねているのだ。

この人物はわたしのサポート役としてまさに適任だと思う。誠実な相手と話すのは気分がいい。それでこちらの気も緩んで、余計なことまで喋りそうだ。

わたしは言葉を選んで答える。

「わたしは初めてフェアリイ星にきて、感動しました。感動に押し流されて、素晴らしいと言ってしまった。でもあなたは、ここが戦場だということを忘れていない。わたしは一民間人にすぎないのだなと、あなたの態度から思い知らされた。はしゃいでいてはいけないですね。反省しています。あなたは優秀な軍人です、マリコ中尉」

「いいえ、反省するのはわたしのほうです」と中尉は言う。「軍の人間なのに、『怖い』などと言ってはいけなかった。あなたに優秀だと言われて、気づきました」

謙遜ではなく、本音だろう。

「軍人も人間ですよ」とわたし。「人であることを反省することはない。わたしたち地球人は、人ではない異星体、ジャムと戦っている。ジャムの前では、わたしたちはみな同じ、ヒトです。そうでしょう？」

するとマリコ中尉はしばらくわたしを無言で見つめて、それから真剣な表情で、うなずいた。

「そうです、そのとおりです、ジャクスンさん。実は、わたしはこれまで、ジャムと戦っているという意識を持ったことはありません。そもそもジャムが敵だという認識がまったくなかった。忘れていました。ですので、国からわが軍に防衛出動命令が出て、上官からFAFの支援に赴くことになったと聞かされたときは、なんのことなのか、一瞬わからなかったくらいです。それもこうして実際にやってくるまで、ジャムやフェアリイ星、フェアリイ空軍というものが存在しているという実感がまるでなかった」

この若い士官は、他人に対しては誠実で、自らには正直だ。自身の気持ちを言語化する能力も高い。海軍はほんとうに優秀な人物をわたしに付けたのだとわかる。それだけわたしが重要視されているという解釈もできるが、おそらく海軍当局は、この中尉を将来重要なポストに就けたいと思っているのだろう。今回の任務もそうしたエリート教育の一環かもしれない。もしそうだとしたら、この中尉を通すことで、かなり上層部の人物とコンタクトできるということになる。

「それはあなただけではない。わたしもそうだったし、平均的な地球人は普段ジャムのことなど意識していないでしょう」

自分の人脈をさらに豊かにすべくフォローしておこう、という思惑ではなく、素直なこの人物の気持ちを楽にしてあげたくて、わたしはそう言った。

「あなたは、わたしとは違います。ジャムを常に意識している」とマリコ中尉は微かに首を横に振って、言う。「遅ればせながら、地球を発つ前に御著書〝ジ・インベーダー〟を初めて拝読しました。わたしはあなたが警告したとおりの、ジャムに対して惰眠をむさぼっている平均的な地球人そのものでした」

マリコ中尉はそう言うと、わたしの返事を待たずにふたたびフェアリイ星の風景へと目をやった。わたしは中尉の気分を変えてあげようと、声をかける。

「マリコ中尉、あなたの苗字は日本でもめずらしいのではないですか。わたしはマリコというファーストネームの日本人女性を知っているので、あなたの名前を聞いたとき、てっきりマリコというのは名前だと思ってしまった」

「そうなんです、めずらしいと思います。丸子という漢字表記はふつうマルコと発音するのですが、丸子は地名が語源だと思います。古来、氏《うじ》としてはマリコと発音していた、それを我が家は受け継いでいるのだと親から聞いたことがあります。女性の名と勘違いされることが多く、わたしは好きではありません」

「その気持ちはよくわかる」とわたしはくだけた口調で応える。「わたしも親が付けた名に違和感を持って育ったから。でも好き嫌いはそのうち気にならなくなる。じぶんの仕事にふさわしい名前になっていくから。どんな名前であろうと、結局は、それが世界に通用するかどうか、重要なのはそれなのだとわかるようになる。あなたも、たぶんそうなるでしょう。丸子中尉、丸子《マリコ》璃梨華《リリカ》さん」

「ありがとうございます、ジャクスンさん。世界的に活躍されている方の言葉は重みがあります。自分の名を誇れるよう、努力します……あなたのように言ってくれた人は初めてです。世界に名が知られる地位になれば、たしかにいやも応もなく、姓のマリコが女子の名前だなどと思う人間はいなくなる」

「わたしが言った〈世界〉は、世界中で、という意味のほかに、わたしたちが生きている次元の〈世界〉ということでもある」

「実存的な意味での〈世界〉ということですね」

「そう、そのとおり」

こちらが言っている内容を正しく理解できる相手と話すのは、とてもらくだ。冗長に言葉を重ねる必要がなくなる。

「ジャムも含む、すべての存在に対して通用するかどうか。あなたの人物としての評価は関係ない。あなた自身と、あなたの氏名が一致するかどうか、それを問われる〈世界〉のこと」

「厳しいですね」そう言って丸子中尉はいったん口をつぐみ、それからためらいがちに、続けた。「ジャクスンさん、わたしはあなたを誤解していました。世界的に有名な記者さんは、もっと、なんと言いますか、高圧的で自信過剰気味なところがある人間だろう、と」

「わたしには、たしかにそういうところがある」とわたしは言う。「そうでないとやっていけない世界だから。とくにわたしはフリーだし、押しが強くなくてはこの世界ではやっていけない。この業界では、ね。でも、そう、それはわたしが着ている仕事着のようなものかもしれない。もう長くこの仕事をやっているので、脱げなくなっている」

「ほんとうのあなたは、内省的な人なのだと思いました」

わたしは無言でうなずく。この若者は、年に似合わない、人を見る眼を持っているようだ。海軍当局が将来に期待しているのだろうというわたしの想像は的を射ているのかもしれない。そう思っていると、実に、そのわたしの思いを裏付けるようなことを言い始めたので内心驚いた。

「ジャクスンさんは、マリコという名の日本人女性を知っているとおっしゃいましたが、もしかしてその人は、木村海軍大臣の奥さまの、木村鞠子さんではありませんか？」

なるほど、日本海軍当局がこの中尉をわたしのサポート役に就けたのは、そういうことかとわたしは悟った。丸子中尉は木村鞠子を知っているだけでなく、木村家とは比較的近しい間柄なのだろう。

「そうです」とわたしはうなずく。「今回、わたしがここに来られるように手配してくれたのは木村将輝《まさてる》さん、現日本海軍大臣ですが、彼を動かし、骨を折ってくれたのは、鞠子さんでした。彼女とわたしの母とは、米国の大学の同級生で友人でした。二人の友人関係は互いに結婚してからも続き、わたしの母が航空機事故で亡くなった以後も、娘のわたしのことをなにかと気遣ってくれています。海軍大臣の将輝さんは彼女に頭が上がらないようです。鞠子さんは、まさに〝大和撫子《やまとなでしこ》〟、ですね。尊敬しています」

「大和撫子と恐妻家の夫、というのは相容れないと思うのですが。わたしは、男の引き立て役の代名詞のような〝大和撫子〟とは言われたくないです」

「わたしが南極の日本基地、あずさ基地に行く時の案内役をしてくれた大佐が、同様のことを言っていました」

わたしはそのときのやり取りを丸子中尉に話してやる。わたしの伯父の妻、日本出身のハナさんがよく『大和撫子、ここにあり』と言っていたこと、そして『樫の大木も強いけれど、ナデシコだって負けてはいないのよ、リン。踏まれても刈られても、また生えてくるのだから』という言葉。ハナさんは、女として、異国出身者として、米国で苦労しながら、でも凜として生きてきたことを。

聴き終えた丸子中尉は、個人的な思いを出すことをためらわない、いままでの任務上の口調とは変えて、言った。

「あなたの伯母さんのハナさんの時代から、日本での女の立場はほとんど変わっていないと思います」

「日本だけではないと思うけど――」とわたしは自分の職業意識から離れずに、訊く。

「あなたは、どうして軍人になることを選んだのですか。それこそ男性優位の職場でしょう。それを変えていきたいと？」

「いいえ。むしろ、男女は関係ないと思いました。前線に出てバトルする兵士ならともかく、士官になれば、ものを言うのは階級です」

「ああ」とわたし。「なるほど」

フリーで仕事をしてきたわたしには、そういう発想はなかった。だが、言われてみればそうなのだろう。問題は、階級を上がるに際してどうか、だ。昇進試験や査定に男性優位のバイアスがかかっているとしたら、女性の階級には〈もの言う〉力はないだろう。実力だけで上の階級に登っていけるのかどうか。

　それを尋ねると、丸子中尉はかすかに眉をひそめて、言う。

「実は、いまの海軍大臣、元海軍大将の木村将輝は、わたしの母方の大叔父なのです。子どもの頃になんどか会っただけですが、海軍に入ってから挨拶に行きました。鞠子さんは子どもの頃の印象と全然変わらず、怖いお婆さんでした」

　お婆さん、はわかるが、怖い、というのはわたしの印象とは異なる。が、口は出さない。

中尉は続ける。

「日本の軍組織というのは昔から縁故関係や情実人事がものをいうところなのだと聞いていましたが、そのとおりなのだと、実際に着任して感じました。旧来どおり、まったく変わっていません。わたしは実力で出世したいと思っていましたが、いまはもう、ショウキ大叔父を身内にもっていることも自分の実力のうちだと思うようになりました。仕事以外の煩《わずら》わしいこと、意地の悪い上官や同僚らのいじめや人間関係に時間をとられることなく、与えられた仕事に没頭できますので。ジャクスンさんにはわたしのことを世界に通用する人間になれる云云と評価して頂きましたが、実は、この組織の現状を変えたい、と思ったことは、いままでありませんでした。恥ずかしながら、自分のことしか頭になかった。あなたに指摘されて、もっと志を高くすべきだと思いました。あなたには感謝しています、ジャクスンさん」

ほとんど一気にそう言って、中尉は口を閉ざした。それからまたフェアリイ星の風景に目をやり、薄い緑色の空を仰ぐ。あまり言いたくない、他人には漏らしたくない本音の吐露だったのだろう、気分も話題も変えたいという態度だ。

わたしはその中尉の気持ちを壊すことになるかもしれない質問をする。

「さきほど、ショウキ大叔父、と言いましたか？　ショウキというのは、木村大臣のニックネームとか？」

「ああ、そう言いましたか。そうですね、我が家では、大叔父をそう呼んでいます。将輝という漢字表記を音読みにしたものですが、あの大叔父の顔が、鍾馗《しょうき》さまのように厳《いか》ついので、ということもあります。鍾馗さまのようなヒゲは生やしていませんが。敬愛の念がこもった愛称です」

木村海軍大臣は、日本国外では親しみを込めてアドミラル・キムラと呼ばれている。日本語なら〝キムラ提督〟だろうか。だが日本人自身は、そのようには呼んでいない。国民性だろう。でも、近しい人はショウキと呼ぶらしい。これはメモしておこう、覚えておこうと思う。

かれ、木村将輝は若くして海軍大将まで上り詰めた後、軍人であることをやめて国会議員に立候補した人間だ。目的は海軍大臣になることであり、当選直後からそれは果たされ、以降、いまに至るまで政権が変わってもその地位を確保しているという、世界的にもめずらしい経歴の人物だ。

いま日本には陸軍、海軍、空軍、電能軍《サイバー》という四つの軍組織があって、それぞれの省が軍政を担当している。それらを統制するのは国会であり指揮権は内閣総理大臣が持つとされるのだが、いま実質的に日本四軍を指揮統制しているのが木村将輝であることは、内外政治家たち及び国際軍事力学に関心のある者ならば誰もが知る事実だ。でも、わたしにわからないことを中尉は言っていた。

「ショウキさま、というのは、なんですか？」

すると丸子中尉は、面倒がらずに説明してくれた。

鍾馗は昔の中国に実在した人物で、科挙の試験にトップで受かりながらも厳つい風貌が時の皇帝に嫌われ合格を取り消されてしまう。それを嘆いて自死するのだが民衆からは深く同情されて手厚く葬られる。その後、病に伏した皇帝の夢枕に鍾馗が現れ、自分は民衆に崇《あが》められることで救国の霊となったゆえ、あなたを助けると言う。その言葉どおり快癒した皇帝は自分の過ちに気づき、鍾馗を盛大に祭るようになった。それからというもの、端午の節句には、病魔退散のお札として鍾馗さまの絵が飾られるようになり、その風習は東アジア一帯に広がった、云云。

いかにもかれにふさわしい愛称だとわたしは納得する。かれ、木村将輝は、日本の国防面での〈魔除け〉の力をたしかに持っている。

「ジャクスンさん、わたしも個人的なことを訊いてもいいですか？」

「はい。どんなこと？」

「地球人のみんなにジャムの脅威を訴えられているわけですが、ジャクスンさんご自身は、ジャムの脅威をどのように感じているのでしょう？」

そんなこと、言わずもがなであって――と言おうとして、これは鋭い質問だとわたしは気づいた。先ほども自覚したように、わたしの関心は〈地球人にとって〉ジャムとはなにかであって、自分にとってのジャムとはなにか、さらに自分を消し去った純粋な存在してのジャムとはなにかについては、これまで考えたことがなかったのだ。

下手に答えれば自分でもわけのわからない回答になってしまうだろう。わたしはだから、正直に、その点についてはこれまで深く考えたことがなかった、と言うしかない。

自分でもすこし歯切れの悪い言い方でそう打ち明けると、予想どおりの答えだとでもいうように丸子中尉は表情を変えずに、そうなんですね、と言った。

「ジャクスンさんにして、そうなんですね。だからといって、わたしのこれまでの無関心が免罪されるわけでもないですが、今回実戦参加する機上員たちにとっても、これは大変な試錬だとわかります」

「木村提督は、自軍を危険にさらすことになります。そのことを、あなたはどう思いますか」

「それは、軍人の決断です」

「政治家ではなく？　いまの日本国の海軍大臣は文民でしょう。かれは軍人ではない」

「そうですね。でもショウキの意識は軍人です。この決断は文民の首相にはできないでしょう。責任の取り方を文民である首相は知らないから。軍人なら決断するときはためらわない。犠牲が出てもそれに勝る利があると、ショウキ大叔父は判断したのです」

「海軍だけの利ではなさそうですね」

やはりこの若者は生え抜きの軍人だと、わたしはあらためてそう評価しつつ、尋ねた。

「そうです」と丸子中尉は応ずる。「日本空軍も参加させることに追加決定したのは、全軍にジャムの脅威を感じさせるための、木村大臣の配慮、深慮かと。陸軍と電能軍の参加はFAFから拒否されたようです」

それから中尉は腕時計を見て、もうすぐですね、と言った。

もうすぐ、日本空軍機が到着する。

そうだ、その到着をこの目で見るべく、わたしたちはここにいるのだ。

「急遽きまった追加の参加機ということで」とわたしは訊く。「詳細は教えてもらっていませんが、日本空軍のどういう部隊の所属機なのでしょう。やはりそれなりの高い技量をもったエリートパイロットが選抜されているのだろうと思いますが」

「空軍部隊についてはわたしは詳しくはないのですが、それでも、ファイターウエポンのことは知っています」

「ファイターウエポン？」

「空軍の、高度戦闘技量を訓練するための、部隊です。米国のトップガンと比べられることもありますが、運用思想も実際の運用面でも異なります。ですが、トップ技量を持っているという点では、そのとおりでしょう。今回は、対ジャム戦の技量を身につけるために参加した、ということです」

「何機追加されるのですか」

「一機と聞いています」

「一機、ですか」

「いま接近中の機は四機、みなファイターウエポン機ですが、そのうち三機は護衛、サポート役と聞いています。それらは到着後、フュエリングのあとすぐに帰投することになっています」

ただ一機で参加とは。これはけっこう特殊な参加の仕方ではなかろうかとわたしは思う。木村海軍大臣や空軍組織、ＦＡＦ、地球防衛機構、そのほかさまざまな国や軍、組織団体の思惑が絡んだ結果だろう。

「ただ一機で実戦参加とは」とわたしは独り言のように言う。「よほど強靭な精神と戦闘技量があるのでしょう」

「女性パイロットです」

「そうなの。それはあなたにとっても、誇らしいことではないですか？」

「そうですね」そう言いつつ、そうではない、と口調や表情でわかる。「本来なら、そうなのですが」

「なにか問題でも？」

「そう、空軍の内部事情もある程度知っています。というより、それを収集するのもわたしの部隊の仕事なのですが、彼女は人間の形をした戦闘ＡＩだという評判です。言い方を変えるなら、人間として問題がある、人間らしさがない、ということでもあります。ここだけの話ですが、彼女は任務中にある問題を起こし、今回のことがなければ部隊から追い出されてのＦＡＦ送りが半ば決定していたとのことです。ＦＡＦは犯罪者送りの場所という解釈で間違いなければ、彼女は、問題児というより犯罪人です。日本空軍にとっては、ですが。技量は抜群なので、空軍当局にしてみれば、ＦＡＦで少し頭を冷やしてこい、反省したら呼び戻してやる、という思惑だったのでしょう。海軍チームとしては、迷惑この上ないと思いますが、それとうまくやれ、というのもショウキ大叔父の深謀遠慮ではないかと思います。そこまでいくと、わたしには、いまの自分の理解力や分析力を超えていて、なんとも言いようがありません」

ここだけの話を、さらさらと言うのだから、公然の秘密ということなのだろう。

「それはそれは」とわたしは言う。「面白い」

「面白い？」

丸子中尉はわたしの顔をしげしげと見つめて、そう言った。気持ちはわかる。だが、その女性パイロットの性格や扱われ方というのは、どこかで聞いたことがある、それとそっくりだ。ＦＡＦ特殊戦のパイロット。

「失礼」とわたし。「興味深い、と言うべきだった」

遠くから、遠雷のような音が聞こえてくる。それに気づいたときはすでに四機の機影を緑の空の一角に認めることができた。

「ファイターウエポンのおでましだ」

海軍航空部隊と空軍との関係が、その丸子中尉の言い方でわかった。四機の日本空軍機が着陸態勢に入っている。

カーリー・マー

力は正義なり。

軍隊の存在理由をこれほど端的に表している言葉はない。軍隊とは暴力装置である以上、ここでいう力とは暴力であって、軍隊を動かしている主体がどのように言い換えようとも、その本質が揺らぐことはない。暴力を行使することこそが軍隊の本分だ。それは軍隊自身はもちろん、それを動かす国家や党などの権力機関も承知している。権力こそが暴力装置なのだから、当然だろう。

それら暴力装置は自らが行使する力を暴力とは決して言わない。軍が発揮する破壊殺傷力については武力などという。ほかにも言い方は無数にあるが、自らが振るう力が〈暴力〉であるということは絶対に認めない。法の下に制御されている力だから、いわゆる暴力にはあたらないと言う。それは理屈として間違いではない。たとえば死刑制度による殺害は〈暴力〉行為ではない。法自体が暴力装置によって制定されているので、自らの行為についてはなんとでも言えるのだ。理屈はどうにでもなる。ようするに自分＝暴力装置に都合のいい暴力行使は常に正当化される。

これが、軍隊における〈力は正義なり〉の意味である。

わたしは日本空軍・先進戦術開発軍団に所属する航空部隊、航空戦術訓練群・第一〇一実践飛行隊のパイロット、田村伊歩《たむらいふ》、階級は大尉だ。わたしはここで軍隊の〈正義〉を〈教導〉する仕事をしている。

教導という言葉は一般社会ではなじみがないが、空軍では昔から使われていて、わたしの部隊の仕事は、かつては〝戦術教導飛行隊〟が行っていた。高度な戦術訓練を日日実施して、その成果を他の部隊に〈教導〉するのだ。なにやら宗教くさい言葉だが、実際、空軍が使うこれ＝教導には、空軍魂を伝える、という意味合いがこめられているのだそうだ。かつてわたしは上官からそのように聞かされたので、そうなのだろう。ようするに精神論だ。

そのような、なんとか魂は、身内に対する暴力の容認になりこそすれ、敵への実効力にはならない。無駄である。わたしはそのように上官に言ったところ、殴られた。この現象は、まさしくその上官の〈空軍魂〉によるものであり、暴力にほかならない。わたしが言ったとおりのことが起こった、ということだ。わたしの考えが証明された、ということだったから、腹も立たなかった。驚きもしなかった。とはいえ、なにも感じなかったわけではない。

わたしは平然としていたわけではなく、自分の正しさにほとんど陶然としていたのだ。そして、その態度が、相手を苛立たせた。もう一発殴られるのを覚悟したが、上官はさすがに堪えた。わたしは空軍大学校出身の士官であって兵ではないということを相手は思い出したのだろう。

軍隊で兵が殴られるのは日常的なことで問題にはならない。さすがに最近はそうでもないのだが、士官どうしは、階級差があろうとも殴れば暴力行為として問題視されるのは今も昔も変わらないようだ。そんな昔から軍にいるわけではないわたしにはそのへんの事情はわからなかったのだが、殴った相手は直ちに、『きみは空軍魂を思い出す必要がある。いまのはわたしからの教導、入魂だ。暴力ではない』と言い、自分の行為を正当化した。

もちろんあれは単なる暴力沙汰であって、教導行為ではなかった。上官がどう言い訳しようと、ようするに、わたしに〈焼きを入れた〉ということだ。

わたしに対する日頃の鬱憤《うっぷん》が、そのような暴力行為になったのだとわたしにはわかっていた。わたしは常に、正しいことを言ったり行ったりしているだけなのだが、それが周囲の人間を苛立たせるのだ。

それでもわたしは、『自分の考えは正しい』とは言うが、『自分は正しい』と自己主張をしているわけではないし、そのつもりもない。単に、矛盾のない客観的な事実を告げているにすぎない。

たとえばわたしは、暴力反対、軍隊が暴力を行使するのは許せない、などとはひとことも言っていない。軍隊は正義の下に暴力を行使する存在である、ということを、仕事上、任務として、〈教導〉しているだけだ。その考えをまとめた小論文を書いたことがあるのだが、それが上層部のだれかを怒らせたことがある。そのだれかとは軍内部の人間ではなく、有力政治家かもしれない。おそらくそうだろう、政治家が気にするのは自分の体面だ。自分が持っている力を〈暴力〉呼ばわりされたので腹を立てたといったところだろう。論文を全部読んではいないし、下手をすると読んでも理解できない。高度な先進戦術理論の専門家ではないので軍事理論に疎《うと》いのは仕方がないが、そういう次元の話ではなく、長い文章を理解できる頭がなくても政治家にはなれるからだ。しかし職業軍人はそうはいかない。わたしは部隊の司令に呼び出されて釈明を求められたが、叱責はされなかった。司令はわたしの論文を正しく読んで理解したからだ。

とはいえ、わたしが言っていることを正しく理解することと、わたしという人間を理解することは、これもまた違う次元の話なのだ。そのとき司令からは、『人間は本当のことを指摘されると怒るものだ。覚えておくといい』と言われた。司令は、あきらかにわたしに対して苛立っていた。司令自身も、わたしの書いたその論文に〈本当のことを指摘された〉て、不愉快になったのだ。

あのとき司令から覚えておくといいと言われたその言葉は、もちろんいまも忘れてはいないし、そもそも、そんなことは言われなくてもわかっている。

人間というのは客観的に正しいと思っている事柄であっても、他人からそれを指摘されるのはあまり快いものではない。自分がそのことに気づかない鈍感な人間だと思われたくないなどの負の感情が湧き起こるからだ。

だから、正しいことを言ったり行ったりするときは、常に相手の気持ちに寄り添ったやり方をしなくてはならない。それができない人間は、いじめられたり仲間はずれにされたりするので組織内では生きにくい。ひとことで言って、嫌われる。わかりきったことだ。

だがわたしが所属しているこの組織は、嫌われたら逃げ場がないというような場所（たとえば家庭というプライベートな空間）ではないし、学校や民間企業という集団でもない。

ここは、暴力の行使が公然と容認されている、軍隊だ。力こそ正義とされる。わたしはだれよりも仕事を能率的にこなしているし、この集団内で力を持っている。わたしの正義の行使はだれにも批難できない。嫌われて困ることは、わたしには、なにもない。

わたしを嫌い、わたしの存在に苛立つ人間は、わたしの態度や言っている内容がわからないからではない。わたしという〈人間〉そのものがわからないから、苛立つのだ。わたしのような人間がどうしてこの組織にいるのか、と。かれらを苛立たせる、いちばんのわからなさは、わたしのイデオロギーがはっきりしない、ということのようだ。思想が、わからない。そのわからなさは、たとえば、『きみが空軍や日本を愛しているようには思えない』という素朴な感想に表れている。

わたし自身は、だれよりもこの組織を愛しているという自負がある。だからこそ、いまという時代に即した戦力として機能させるべく、微力ながらも我が力を発揮しているのだ。我が力とは、ここでは正当化されるもの、暴力である。

周囲の人間を苛立たせ、嫌われるわたしの力の正体は、それ、暴力なのだ。〈正しさ〉をどこまでも押し通すと、それは〈暴力〉となる。その原理をわたしは使っている。わたしは正しいことを言っているので、戦おうとすれば、だれもわたしに勝てない。わたしが行使するのは完全な形の純粋な暴力であって、かれらは、わたしが平然とそれを使いこなしていることに対して、苛立ち、それができるわたしを怖れている。

そうだ、かれらを、わたしは、あえて、苛立たせている。わたしは場の空気が読めない人間ではない。むしろ逆だろう。ここで〈正しいこと〉を言えば、相手は必ず〈苛立つ〉、それがわたしにはわかる。わたしは精神的な暴力行為を自覚的にやっているのだ。

言うなれば、わたしはここで、暴力の化身となって働いている。暴力が人間の形をとっている、というとすこし意味が違ってくるが、それに近い。わたしはそのようにして、自分が属している組織は暴力装置であることを、かれらに再認識させている。教導しているのだ。

わたしが働いている組織、この部隊には、いやこの軍団、先進戦術開発軍団には、さらには空軍や日本四軍には、わたしのような人間が必要だ。いままでの軍組織は、ずっと、生ぬるい情実集団だった。暴力を身内に向かって行使しているのに、そういうのは暴力ではないと強弁する組織。自らが持つ力が暴力以外のなにものでもないこと、暴力装置の本質を、〈暴力的にでも〉意識させなくては、日本四軍に未来はない。

空軍で、わたしほど暴力を愛し、それを実際に発揮したいと願っている人間はいないだろう。このわたしの感覚を周囲の人間は感じ取って、わたしを敬遠しているのだ。あるいは、怖れている。暴力を是とする組織なのに、わたしを理解しようとしない。

田村伊歩は人間の形をした爆弾だとわたしを揶揄《やゆ》する声があるのを知っているが、ほんとうにそうだったらいいのにと本気で思うことがときどきある。自分が核ミサイルだったらどんなにいいだろう、と。すべてを吹き飛ばすことができる。わたしはべつだん、人間が嫌いだとか、この現実がいやだからすべてを破壊したい、などとは思っていない。自分の理想を実現したいがために暴力に憧れている、わけではない。ただただ、その力そのものを愛している。自分も〈暴力〉そのものになって〈爆発〉したい、と思う。まさに、爆弾になれるものならなりたい。現実には自分はただの人間にすぎないので、がっかりしたりする。だいたい、本当に爆弾だったら、いちど爆発したらそれで終わりだ。それでは面白くない。

わたしを評して、人間味がない、まるでAIだという者もいるが、AIは理想とは異なる自分の卑小さにがっかりしたりはしないだろう。わたしは非人間的かもしれないが、人間には違いないので、そういう評には腹が立つ。

しかしわたしは、自分を含めた人間よりも、戦闘機械に親近感を抱いているという点で、非人間的だと言われても仕方がないとは思っている。わたしの暴力への偏愛は、自分自身がそれ自体になることが不可能なため、強力な兵器への愛に転化されるのだ。

戦闘機は文字どおりの暴力装置として最高の存在だ。圧倒的なパワーを、パイロット一人でコントロールできる。戦闘機と一体化したときわたしは、暴力の化身となっている自分を意識する。

わたしの仕事の本分は戦闘機を操ることだ。論文書きではないし、ましてや周囲の人間を苛立たせることでもない。

わたし田村伊歩は、第一〇一実践飛行隊のエースパイロットだ。戦闘機を操る技量に最も優れている。この部隊でのエースは、全空軍のエースを意味する。なにしろ、それら空軍すべての航空隊から生え抜きのパイロットを集めて、さらに高度な戦闘技術をかれらに教導するのもわれわれ実践飛行隊の任務のうちだ。教師役の技量が生徒より劣っていては手本を示すことができない。

われわれが行っているこの高度教育課程を〝ファイターウエポン〟という。昔から存在する名称で、米国にある〝戦闘機兵器学校〟が語源のようだが、そのへんのことはわたしにはよくわからない。いずれにせよ、その教育内容も、担当する部隊も、時代に即して変わってきた。

かつては、当時最新鋭の空軍主力戦闘機、ハヤブサのトップパイロットを育てるための専門部隊が存在し、各部隊から優秀な者を選抜して、ファイターウエポンの名の下に戦技訓練を行った。いま現在われわれの部隊で行っているのは、先進の戦技、新しく開発された電子戦、新規に導入された武装の扱い方といった、項目ごとの教導だ。特定の機種における戦技を教えるという課程ではなくなっている。

このファイターウエポンという課程を修了した者は自分の部隊に戻って、学んだ内容を他の戦闘機パイロットたちに伝える役目を負っている。いわば教師役であり、わたしたちはその教師になるパイロットを指導するわけだ。

このファイターウエポンという名称は本来部隊名ではなく戦闘機と兵器についての教育課程のことであり、それを修了した者がそう呼ばれたりもしたのだが、最近は、わが部隊、第一〇一実践飛行隊を指してそう呼ぶ人間が増えた。

われわれは先進の戦技課程を教導する部隊だが、その主たる任務は、戦技や電子戦の理論を、実戦に則した模擬戦闘を行うことで検証するというものだ。ほかの飛行隊への教導に値する戦技の開発と実証といってもいい。この部隊そのものが戦闘兵器――ファイターであり、ウエポンだ――というイメージから、部隊の俗称として使われるのだ。部隊そのものが一つの戦闘兵器のように見られているのだ。

その理由は、わが飛行隊が、空軍で唯一のアグレッサー部隊でもあるからだ。ファイターウエポン課程を教導訓練するだけでなく、アグレッサー部隊としての活動も行っている。全国各地の航空基地に赴き、そこで敵役になって模擬戦をやる。各航空隊の、チーム単位での戦技の向上が目的だ。

敵機になりきる部隊ということで戦闘技量云云よりも先に、普通の部隊ではないという特異な印象を相手にもたらすだろう。実際、部隊機の塗装も各自異なっていて、かなり目立つ派手なものだ。個性的な、言い換えれば趣味的な色と柄。迷彩塗装ではなく識別塗装という。このような華やかなイメージの飛行隊となれば、部隊名も無味乾燥な制式名ではなく愛称で呼びたいところだろう。それで、ファイターウエポン。もはや〝戦闘機兵器学校〟のイメージはそこにはない。

ファイターは戦士であり、戦闘機を指す。ウエポンは武装、兵器だ。戦闘機に乗るパイロットこそが武器である――この名称をわたしはそう解釈している。

わたし自身、前の部隊から優秀な者として選抜され、ファイターウエポン課程による〝アグレッサー役をこなせるようになるための訓練〟を受けた身の上なのだが、最初に教官から言われたのはこうだ。

『戦闘機における最強の武器は、言うまでもなく優秀なファイターパイロットだ。劣った武装であっても空軍魂さえ忘れなければ敵に負けない。日頃の鍛錬で培《つちか》った自信がものをいう。優秀な戦闘機乗りであるきみは、その事実を肌身で知っているだろう。ここでは、そんなきみの能力をさらに極限まで発揮してもらって、仮想敵機の戦闘機動を自在に再現できるまでになってもらいたい。そのためには敵機の性能諸元についてはもちろん、その機を操っている敵方パイロットの思考法そのものまでも身につけることが必要になる。いちばん簡単でかつ効果が絶大なのは、かれらの言葉で考えることだ。ロシアならロシア語、中国なら中国語だ。きみはわが日本を愛し、日本人であることを誇りに思いつつも、日本的な考え方を放棄しなくてはならない。このアンビバレントな状態にきみは耐えられるかな。どうだ？』

この世界のどこで生まれてどのような思想教育をされようとも、暴力の概念と痛みという身体経験は共通だ。〈暴力〉そのものになりたいと思うわたしにとって、彼我《ひが》の思想を同時に自分のなかに仕込むことのどこがアンビバレントなのか、理解できなかった。人間が生み出すどんな思想も、暴力という見地からすればみな同じだ。差異などない。

そもそも戦闘機における最強の武器は、いまや（その教官がいうような古いタイプの）パイロットではない。現在の航空戦は人間の判断能力や反射神経を超えたところで戦われるため、いくら操縦技能に長《た》けていたとしても、それは武器にはならない。それだけでは最強にはなれないのだ。

近年の戦闘機に搭載されている最も重要な〈武器〉はなにかといえば、戦闘機同士や空中指揮を執る戦術コンピュータとをリンクする戦術コミュニケーション・システムであって、パイロットに求められる能力はそれら機械との高い親和性だ。そうした能力を持ったパイロットこそが〈最強の武器〉になれるのだ。空軍魂は関係ない。

教官の話を聞いたときのわたしは、その時代錯誤な考え方にあきれたものだった。わたしに言わせれば、『いまだにこんな精神論が通用すると考えているとは、なにが先進戦術開発軍団だ、これでは戦闘機が可哀想だ、最高性能が発揮できないではないか』だったのだが、それは口に出さず、出したのは教練課程での優秀なスコアであり、成績だった。

敵機の思惑や戦術、機動性能を再現した飛び方をしてみせるという高度なアグレッサー役を実際にやってみて、その飛行にわたしは魅了されたのだ。優秀な成績を収めたのは当然だろう。アグレッサーになるというのは自軍の飛び方やセオリーを無視してもよいということであって、それはようするに、新しい暴力の発揮の仕方にほかならなかった。わたしはまさに水を得た魚だったのだ。

田村伊歩中尉はアグレッサー役に適任であり、わが飛行隊の即戦力になれると教官たちは太鼓判を押した。それでわたしは元の部隊に戻ることなく引き抜かれる形で、いまの部隊に転属した。ファイターウエポン課程を修了した者としては異例だった。着任後半年もせずに優秀なエースとして認められ、すぐに大尉に昇格した。

第一〇一実践飛行隊が教導するその課程の名称で呼ばれるようになったのは、自然な成り行きだろう。だがわたしがこの部隊に入ったことで、その愛称を口にする人間の意識は、明らかに変わった。もはや愛称ではなく、憧れの対象というよりも畏怖すべきもの、というように。わたしの着任以降、先進戦術開発軍団・航空戦術訓練群・第一〇一実践飛行隊は、以前にも増して強力なアグレッサーチームとなり、実力が頭抜けているばかりでなく、その敵機役の成り切り具合が半端なくシリアスになっていったのだ。わたしのせいだ。わたしが、そうした。破壊と暴力を愛する、わたしが。

暴力そのものになりたいというわたしの願いはファイターウエポンとして戦闘機に乗ることで、仮想的に実現されている。

もし奇跡がおきて願いが叶うとしたら、わたしは破壊と殺戮の神になりたい。日本の神は優しいのでいくら信仰しても奇跡は実現しないだろう。だがインドには有名な破壊神がいる。男神シヴァの屍体を食らう女神、カーリー。カーリーは母神でもあり、カーリー・マーといえば、破壊と殺戮の地母神だ。その黒い大地の母神こそ〈暴力〉の具現化だろう。すべてを破壊し、そこから新しい命が生まれる。大地は大自然の一部であり、大自然の力の本質は〈暴力〉だ。

戦闘機がいかに強大な力を発揮しようとも、〈自然〉にはなれない。だからわたしは仮想の神でいるしかないのだ。

＊

それで、と特殊戦の少尉が日本語でわたしに訊いてきた。

「どうしてＦＡＦ送りになったんです？」

ＦＡＦの地下、広い整備場を見渡せるブリーフィングルームだ。同席している日本海軍の連中の顔が強《こわ》ばるのがわたしにはわかったが、少尉は意に介すことなく、続けて言う。

「よほどまずいことをしでかしたんでしょう。でなければ、あなたのような優秀なパイロットを空軍が手放すわけがない」

わたしは単身で、ここ、フェアリイ星にやってきた。フェアリイ空軍と共にジャムと戦うという名目だ。ここではフェアリイ基地戦術戦闘航空団の隷下として行動することになっている。どのみち単機ではなにもできないので、実際に出撃することはない、できないだろうとわたしは承知していた。そうだ、わたしは懲罰としてＦＡＦ送りになったのだ。

海軍航空隊のほうは無論そうではない。万全の態勢でやってきているようだ。整備クルーもいるし、戦闘機だけでなく電子戦専用機もＦＡＦ入りしている。オーストラリア空軍と共同で、本格的な実戦態勢を整えてきている。オーストラリア空軍は早期警戒能力を備えた空中指揮機を持ち込んでいるので、FAFとは独立した戦闘機の運用が可能だろうが、ここは地球の軍隊にとって未知の空間でもあり、FAFとの共同作戦以外の独自行動はとらないだろう。詳しいことは、わたしは知らない。知る必要もないと思っていた。かれらが本気でジャムという異星の敵と戦いにきているということだけはよくわかるのだが、わたしの出番はない。わたしはここ、地球外の惑星に島流しにされた身の上なのだから。

だがFAFは予想に反して、わたしを飛ばす手配を素早くやってのけた。これには正直なところ、すごく驚いた。機体の整備態勢、武装のマッチング、そしていちばん肝心な戦術コミュニケーション・システム＝TCSを、FAFの回線とリンクさせるべくFAFのものに換装してしまった。愛機本来のそれは、かれらにはブラックボックスなので解析できたとしても時間がかかる。ならばいっそ全交換してしまえということだろう。ものすごく乱暴だが、合理的な方法には違いない。鹵獲《ろかく》した敵機を解析して味方用に改造するようなやり方だ。まさにここは戦場、最前線であることを実感させられた。

オリジナルのTCSには、わたしがもし機上で意識を失ったり戦死したりして操縦不能になった場合に、外部からリモートで操縦する機能もあるのだが、そこまではサポートされていないだろう。だが敵目標への誘導や、危険回避情報が伝わるだけでも価値がある。

それなくして出撃する気にはなれない。換言するなら、それが可能ならば整備や装備が不十分だという理由で出撃を拒むことはできない。わたしとしては、拒むどころか、それならば喜んで飛び立とう。

ＦＡＦの技術力をわたしは甘く見ていたようだ。こんな、おかしな風景の惑星に幽閉され、もう飛べないだろうと諦めていたので、これはうれしい誤算であり、わたしは息を吹き返した思いだった。まだ飛べていないが、きょう初出撃の命令が届いて、そのブリーフィングが行われ、そのあと軽食をとりながらの懇親会ということで、いまわたしはここにいて、まったく場の空気を読めない特殊戦の桂城彰という少尉から話しかけられている。

「それはＦＡＦのみなさんには関係ないことでしょう」

そう言ったのは海軍情報部の丸子中尉だ。彼女はわたしをかばったのではないだろう。おそらく職業意識から出た言葉だ。軍は違えど同じ日本の軍隊での不祥事を、こちらから公開することはないという。わたしを牽制したのかもしれない。なにも喋るんじゃないぞ、と。だとしたら、見上げた根性だ。わたしと同年代だろうが階級は下だ。

しかし、おもしろい面子《めんつ》がそろったものだ。国際的なジャーナリストのリン・ジャクスンがいて、ブッカー少佐という特殊戦側の責任者と親しそうに話している。丸子中尉は、リン・ジャクスンを日本海軍の軍属扱いでＦＡＦに案内してきたのだとか。

それから、今回派遣された海軍飛行隊の隊長、三島大佐と副官の澤本中佐。海軍飛行隊からはこの二名が代表としてブリーフィングに参加した。

わたしの初出動は、この海軍飛行隊と合同で、FAF特殊戦との模擬戦をやるというミッションだ。オーストラリア空軍は参加しない。特殊戦機は、ジャムになるという。アグレッサーだ。FAFにそのような飛行隊が存在するとは初耳だった。アグレッサー部隊については、わたしは仕事柄、全世界の空軍のそれを熟知しているつもりだったのだが。FAFへの関心は薄かったものの、ことアグレッサー部隊の有無については例外だった。初耳ということは、できたばかりの部隊だ。間違いないだろう。

特殊戦からは、ブッカー少佐、桂城少尉ともう一人、口数の少ない大尉、深井零というパイロットが出席した。

「飛行中の米軍機を標的にして」とわたしは丸子中尉の牽制を無視して、桂城少尉の問いに答えた。「訓練中のファイターウエポンの学生に攻撃機動を命じた。従わなかったので、学生機に向けて警告射撃を実行した」

「実弾を?」と言ったのは、ブッカー少佐だ。日本語だった。「ちょっと信じがたいですね」

少佐はジャクスンに通訳する。

「ほんとうです」と低い声で丸子中尉が言う。「民間にも被害が出かねない、危険行為です。そもそも米軍機を標的にするなど、訓練とはいえ、あり得ない。おおきな国際問題になるところをなんとか収めたのは、木村海軍大臣でした」

そういうことか、とわたしは納得した。わたしをFAF送りにしたのは木村将輝なのだ。名前だけはよく知っている。海軍大臣なのにわたしの処遇も差配できるとは、たいした〈暴力〉の持ち主だ。噂では聞いていたが、ほんとうだったとは。

「訓練空域内に土足で入り込んできたのは、あの米軍機のほうだった」とわたしは胸を張って言う。丸子中尉のように声を潜めて言うようなことではない。「われわれの空から追い出すのは当然だろう。訓練空域という、せまい、かぎられた、ちいさな、われわれの空だ。わたしはそれを守るよう、学生に命じた。空軍の軍人としてなにを守るべきか、教導したのだ」

「たいした度胸だな」と桂城少尉がおおげさに感心してみせた。「それは、FAF送りになって当然だ。すごいな」

この少尉、なにに感心しているのか、よくわからない。

「あれが、あなたの乗機か」

ルームから見える整備場のほうに目を向けたまま、それまで黙っていた深井大尉が言った。その問いかけもまた、この場の話題とは無関係な唐突なものだ。ここの連中の頭はどうなっているのだと思いつつも、わたしはつられるように答えている。

「そうです。空軍の最新鋭機、最後の有人戦闘機だろうと言われている、ヒエンです」

「ヒエン？」とブッカー少佐。「意味は？」

「飛燕です」と桂城少尉は漢字表記の名称を少佐に説明する。この男は空軍出身だと自己紹介していたので、機体に関する知識はあるのだ。しかも、「百年近く前、旧陸軍が作った戦闘機があって、それが元になっている名前です。空軍が旧陸軍から派生したことがわかるというものです」などと言う。

「最後の有人機というのは」とつぶやくように深井大尉が言った。独り言のように。「これからは無人機が主流になるということか。形も無人機のようにシンプルだな」

独り言に対して応える必要はないだろう、わたしは黙って、整備場に駐機されている愛機を見つめる。アグレッサー役のための目立つ識別塗装は、白と青の直線的な塗り分けで、わたしがデザインした。白い部分に注目すると折り鶴のように見えてほしいと。わたしのその意図は、あまり成功しているとは言いがたいが、美しいとは思う。気に入っている。

ヒエンの制式名はF‐4、主翼は菱形の両端を切り落とした形で、その後ろに左右斜め上方に傾いた二枚の尾翼を持つ。垂直尾翼と水平尾翼をかねた二枚だけのそれは、言われてみれば無人機によくある形式だ。翼が少なくなればその分、抵抗も減り、重量も軽くなる。操縦は難しくなるが、どのみち現代の戦闘機はコンピュータなしでは飛ばすことはできない。

「あなたは、ジャムに関して、どんな思いを抱いていますか」とジャーナリストのジャクスンが英語で問いかけてきた。「キャプテン、イフ・タムラ？」

イフという名はめずらしいですね、〈もしも〉だなんて、などと言われなくて助かった。日本人だと、伊歩という表記を見て、〈イブ〉と発音する者も多く、なぜだろうと思っていたが、アダムとイブの〈イブ〉だと言われて初めて、理由がわかった。女だから、というのだ。わたし自身は、まったくそんなことは、思いもつかなかったので、そう言われたときには、イフという読みでよかった、親には感謝すべきだと、心から思った。

そんな昔を思い出しつつ、わたしは問いの主に顔を向けて、答えた。

「地球に存在しないのなら、わざわざ出向いてまで相手にする必要はない。わたしはそう思っています、ジャクスンさん」

これはわたしの本心ではない。ジャムという異星からの地球侵略者、本物の、文字どおりのアグレッサーについて、わたしは、普段意識することはまったくなかった。だから、『どんな思いを抱いているのか』と問われれば、なにも思い抱いていない、と答えるしかない。わたしが本心とは異なる応え方をしたのは、桂城少尉の反応をみたかったからだ。この男、人の気持ちがまったくわからなそうな人間は、これを聞いて、どんな顔をするのだろう？

「どういう意味だ？」と、案の定、少尉が訊いてきた。「あなたは、ジャムなど自分が相手をするような敵ではない、と言っているのか？　ＦＡＦのぼくらが犠牲になればいいとでも？」

「どうとろうと」とわたし。「あなたの自由です、少尉」

「いや、ぼくはあなたに、訊いているんだ、田村大尉。あなたは答えないことで、ぼくを不自由にしている。あなたにぼくの自由を奪う、そんな権利はないだろう。ある、と思っているなら、それはあなたが間違っている」

わたしはかすかな苛立ちを感じる。その原因は、少尉のなれなれしい言葉遣いもあるが、それよりも、言っている内容は正論だと思うからだ。反論できない。これはまさしくわたしが使ってきた〈暴力〉ではないか。

「ここに来たからには」とわたしは言う。「ジャムを叩く。そういう意味だ、少尉」

「先ほどのあなたのジャムに関する思いは、いまの地球人の標準的なものです」とリン・ジャクスンが言った。「存在しない敵は叩きようがないし、どう思ってみようもない。ジャムはあなたが生まれる前からいるけれど、あなたには感じられなかった、そういうことです」

「わたしたちは」と丸子中尉が言った。「ジャムを感じる必要がある。地球防衛をＦＡＦに任せっきりにしてきたことを、わたしたちは反省しなくてはならない。われわれ海軍はそのためにきた。あなたとは違う」

もちろん、違う。これもまた、正しい。だがこれには反論する必要はないので、気にならない。丸子中尉の言葉はどうでもいい。

しかし、わたしは、無性に、愛機に搭乗して〈暴力〉を発揮したくなった。

いったいどういうわけだろう。いつもと勝手が違っていた。苛立たせるはずが、こちらがやられている。そもそもわたしはこれまで、どういう状況で、相手を苛立たせてきただろう？　のべつまくなしにそうしてきたわけではない。わたしを嫌っている人間というのも、わたしが思っているよりは少ないだろう。そうでなくては、教導役をこなせるはずがない。とっくの昔にクビになっているはずだ。

それに、わたしはなぜ、カーリーに憧れるようになったのか。子どものころからだが、なにがきっかけだったのか、覚えがない。気がついたときは、カーリーになる代わりに戦闘機乗りを目指していた。暴力とは無縁な平穏な家庭の一人娘に生まれ、愛情たっぷりな環境で育った。そのどこに、いまのわたしになる要素があっただろう。

こんなことを振り返る機会はこれまでなかった。フェアリイ星という、この環境のせいだ。それは間違いなく、そうだろう。

そう考えたとき、わたしはいきなり、まったく突然に、ジャムという脅威を身近に感じた。

――ああ、これだ、この脅威をわたしは子どものころから無意識のうちに感じ取っていたのだ。

わたしの脳内にずっとありながら、いままで意識できなかったジャムという存在が、まるで霧が晴れていくかのように見えてくる。わたしの暴力性は、ジャムに対抗するためのものだ。そう考えれば、自分の〈異常な性質〉が、すべて説明できる。いま、それに気づいた。

わたしは物心ついたころから自分の暴力性に気づいていた。ときおりなにかを壊したい衝動に駆られるのだ。だが、なんでもいいわけではなかった。破壊したいものが確かにある。しかし、それが見つからないのだ。

物とは限らない。生き物かもしれない。生き物だとしたら、それはとてつもなく大きくて、自分の小さな身体では対抗できないだろう。でも、その内側に入り込んでわたしの破壊衝動を〈爆発〉させれば、それは壊れる。だけど、もし自分の暴力性が相手よりも劣っていたならば、自分はそいつの腹で消化されてしまうだろう。それが意味するのは、自分の〈死〉ではなく、〈負け〉だ。

わたしは負けるのが、いやだった。死ぬことよりも。〈死〉はイメージできなくても〈負け〉るのは日常的に体験できることだったから、幼いわたしにもその悔しさがよくわかったのだ。

わたしの暴力性は、幼心に忍び込んだ〈何者かに飲み込まれて負ける〉という、〈悪夢〉に対抗するために芽生えたのだろう。客観的には、そう思える。だが、わたしの感覚では、暴力性のほうが先で、〈謎の敵〉は、その暴力を正当化するために生じた一種の〈仮想敵〉だった。〈悪夢〉が怖かったわけではないのだ。わたしが怖れたのは、むしろ、自分の持つ〈暴力を希求する〉性質だったと思う。〈悪夢〉は、その象徴にすぎない。

幼少時に、なにげなく母親に自分の持つ〈暴力性〉を打ち明けたことがある。わたしはカーリー・マーのような殺戮の神さまになりたい、と。深刻な話をしたつもりではなかったのに母親の反応はシリアスで、すぐにでもカウンセラーか児童精神科医のもとに連れていかれそうな気配を察したわたしは、これはまずいと感づいて、二度と口にしなかった。良い子は親を心配させたりはしないものだ、と。

わたしは見かけ上、虫も殺さぬ良い子として育った。だから、そんな娘から、ある日、『わたしは空軍大学に進学して戦闘機のエースパイロットを目指す』と聞かされた両親の驚きは大変なものだった。まさに青天の霹靂《へきれき》、寝耳に水、だったろう。職業軍人というのは自分のすべてを、命も身体も精神も、国に捧げる仕事だ、おまえにそんなことができるわけがない、と言われた。たしかに、自分のすべてを犠牲にして国家の礎《いしずえ》になれるのかと問われれば、わたしには、それはできない。わたしにすれば、もはや自分の暴力性を堪《こら》えるのが難しくなっていて、相手はだれでもいいから、自分の中の〈暴力〉を〈合法的に〉解放したかったのだ。

軍隊では、暴力は正義だ。わたしを受け入れる場として、これ以上のものはなかった。そして戦闘機の持つパワーは、幼少時の〈悪夢〉に勝てるだろう。それが、空軍を目指した動機だ。

日本空軍のエースパイロットになることは、わたしにとっては夢や憧れではなく、必然だった。絶対に、エースになる、なれなければ、死ぬ。自分の中の〈暴力〉により〈自爆〉するほかない。

そうして、実際になってみてどうなったかといえば、〈死〉がすこし先に延びただけだった。わたしは〈悪夢〉を乗り越えられないでいた。なにに向かってわたしの中の〈暴力〉を爆発させればいいのか、依然として、わからなかった。

それが、なんということだ、フェアリイ星に来てみれば、謎の敵とは、ジャムだったのだと、わかる。〈悪夢〉の正体はジャムだ。わたしが目指すべきは日本空軍ではなく、FAFだったのだ。

そもそも、手っ取り早く自分の中の暴力性を解放したいのなら、FAFという戦闘の場に乗り込めばいいだけの話だ。そんな簡単なことになぜ気がつかなかったのか。

わたしが育ちの良い娘で、犯罪とは無縁だったからか。たしかにFAFはエリートが行くところではないので、考えもしなかった。

しかしいまにして思えば、それだけの理由ではない。わたしの暴力性がジャムに対抗するために生じたものだとすれば、成長するにつれてジャムの存在に興味を抱くはずだ。FAFに志願したいと自然に思うようになるだろう。ジャム戦は秘密裏に行われているわけではないのだ。一般人の関心は薄いとはいえ、日本出身者のFAF士官の（事実上は兵隊がほとんどだが）戦死情報もニュースに時折流れている。

にもかかわらず、生まれてこの方、わたしの意識にFAFやジャムの存在がまったく上らなかったというのは、何者かの作為を感じざるを得ない。良い子であり続けることを願っていた両親か。いや、そうではない。

人間ではない。わたしの暴力性を抑えていたのは、ジャムだ。いま、ここに来て、それがわかった。ジャムは、わたしに〈爆発〉してほしくなかったので、対抗策をとっていたのだ。わたしの意識からジャムの存在を消すという方法で。

——そうだ、自分は生まれながらの対ジャム兵器なのだ。わたしはカーリー・マーの生まれ変わりであり、地球の大自然として、地球外の敵に対抗する〈暴力〉そのものなのだ。

こんな考えは、幻想だろうか？

もちろん、そうだろう。フェアリィ星の大気には幻覚剤に似た成分も微量に含まれていると聞いた。個人差はあるだろうが、わたしは感受性が高いに違いない……しかし。

——これは、現実だ。

「模擬戦には、模擬弾ではなく実弾を搭載させてほしい」

わたしはそう言っていた。すると三島海軍大佐が、なにをばかな、と言いかけたが、それを特殊戦のブッカー少佐が制止して、こう言った。

「もちろん、その予定です。地球にはない超高速ミサイルも搭載可能です。実射も許可します」

「まさか」と丸子中尉が一瞬息をのんで、言った。「冗談ですよね？」

「いいえ。ここは戦場です。いつジャムが出てきてもおかしくない。丸腰で飛び立たせるようなことはしません。雪風も、完全武装で出します」

「だいたい」と桂城少尉が言う。「ぼくはＦＡＦで模擬弾を見たことがない」

「われわれは、だいじょうぶだ」と三島大佐が言った。「だが、田村大尉は、危険すぎる。ここに田村大尉が来させられた理由を、先ほどあなた方も聞いたでしょう。深井大尉、彼女は、あなたを実弾で撃ってもいいか、と言っているんです。いいんですか」

そう、そのとおりだ。すると、雪風というアグレッサー機のパイロットだという深井大尉は、わたしが注目するより早く、こう言った。

「実弾攻撃されるまえに、こちらから攻撃する。それさえあなたが承知しているなら、なにも問題ない」

ノープロブレム。わたしは微笑んで、大尉の言葉にうなずいている。なにも、問題ない。わたしはカーリーになるのだ。カーリー・マー。黒い地母神。わたしは〈地球〉そのものだ。

ペンと剣

　あいかわらずジャムからの攻撃はなかったが、ここで第一波と同じ規模の再攻撃を受けたならば、こんどこそＦＡＦは壊滅するだろう。ＦＡＦの現状を知る者にとってそれは、だれの目にも明らかだった。それでも危機感については各自異なっていて、なかにはＦＡＦの消滅を積極的に願っている者すらいるだろうとクーリィ准将は想像していた。それが人間というものだ、と。

　人間の集団が、集団内の各自がみな腹の中まで一致した考えでもって行動する、などというのは通常あり得ない。反論者もいれば反逆者もいるのが普通だ。いわゆる一枚岩でもって動く大きな集団が発生したならば、いずれ自滅するだろう。人類の歴史上、それは証明されている。だから、ＦＡＦがこのまま立ち直れずに崩壊していくことを喜ぶ人間がＦ

ＡＦの内部に存在するというのは、この集団の存続にとって幸いなことなのだ。そういう者がいるかぎり、逆説的にＦＡＦの寿命は延びるに違いないのだから。

クーリィ准将はそのような話をリン・ジャクスンにしている。特殊戦司令官室、准将のオフィスだ。

外部の人間には決して漏らさない本音を語っていることをリディア・クーリィ自身、自覚していた。ジャクスンは一般人ではなくジャーナリストだったからなおのこと、本来ＦＡＦの一高官として語っていいような内容ではない。『自分はＦＡＦの崩壊を願ったりはしていないが、意識としては反逆者だ』などとは。それはつまり、自分がいることでＦＡＦは存続できるだろうということを言ったのであり、特殊戦を率いるリーダーとしての自負の表明でもあるのだが、それを理解できる相手だとわかればこそ、リディア・クーリィは率直に自分の思いを語っている。リン・ジャクスンは『意識としては反逆者』云云を受けて、こう言ったのだ。

「特殊戦は人類を見殺しにしてでもジャムと戦う。クーリィ准将、あなたの〈反逆者〉発言はそのような意味だとわたしにはわかります。あなたの目的は、地球防衛でもなければ人類を守ることでもなく、ただ、ジャムに勝つことにある。それ以外にない。そして、特殊戦にはそれができるとあなたは自負している」

そのとおりだ。リン・ジャクスンは他人の発言を注意深く聞きながらその言葉の裏にある真意を読み解くことができる。しかも、それをわざと曲解して売れる記事を書こうとするような人間ではない。単に売れたいという動機なら、FAFに来なくてもなんでも書けるし、書くだろう。

リン・ジャクスンがわざわざ面倒な手続きを踏んでまでここ、特殊戦にやってきたのは、真実を知るために違いない。知りたいという欲求からだ。

クーリィ准将がリン・ジャクスンに心を開くことができたのは、この国際的に有名なジャーナリストの職業的な能力の高さを感じ取ったことと、もうひとつ、その取材目的がはっきりとわかったからだった。

──リン・ジャクスンの今回の取材対象は、純粋に、ジャムだ。ほかにない。FAF内部の権力闘争や地球人にとってジャムとはなにかといった人間側の問題は横におき、ジャムとはいったいなんなのか、その正体を知りたがっている。この感性は、わたしと同じだ。

「あなたがいちばんインタビューしたい相手は」とクーリィ准将は言う。「ジャムだろう」

「そうです」とリン・ジャクスンはうなずく。「もちろん、そう。過去三十年以上にわたって、それを試みようとしたジャーナリストがいないということに、わたしはつい最近になって気がついた。それは意外な事実であり、驚きでもあった。どうして、だれもジャムに直接取材しようとしないのか。それを願っているジャーナリストは過去にはいただろうし、いまもいるに違いない。でもだれも、やろうとしなかった。ならば、わたしがやろう。そう思いました」

「ジャムとのコミュニケーションは、交戦という手段しかない」とクーリィ准将は言う。

「ジャムを取材したいのなら、戦うしかない。それはジャーナリストの仕事ではない。あなたにそれができるのか？」

「殺し合いは、たしかにジャーナリストの仕事ではない」とリン・ジャクスンは言った。

「それしかジャムと接触する方法がない以上は、記者の出番はない。ですが、いまに至って、状況が変わってきました」

「ジャムはFAFを壊滅に近い状況にまで追い込んだのだから、おおいなる状況の変化に違いない。しかし地球の報道機関の態度が変化したかといえば、さほどの反応はない。あなたが初めての、ジャムを取材対象とした記者だろう。あなたを変化させたのはなんですか、ジャクスンさん？」

「個人的に、ジャムの動向の変化を知る機会があったのです。わたしはFAF情報軍のロンバート大佐から、地球人の代表としてわたしを名指した一通の手紙を受け取りました。

ＦＡＦでの叛乱やジャムの人間に対する宣戦布告を知らせる内容です。ＦＡＦがこれまでにない形でのジャムの攻撃を受けることを、わたしは事前に大佐から知らされていたわけです」

ジャクスンは手紙の内容を語る。クーリィ准将は事前にブッカー少佐からリン・ジャクスンについての報告を受けていて、その手紙のことも知っていたが、内容を詳細に聞くのは初めてだった。

「ロンバート大佐は」とジャクスンは続けた。「なんらかの手段でジャムとコミュニケーションを取ったに違いない。わたしはそのことに興味を持った。それから、今回南極で雪風と再会したこと」

「再会、ですか。以前にも雪風と？」

同席しているブッカー少佐が、「日本海軍空母・山本五十六、通称アドミラル56上で、一度会っています」と准将に手短に説明する。

「これらのことから」とリン・ジャクスン。「ジャムに呼ばれているとわたしは思いました。ジャムがわたしを呼んでいる、と。だからいま、わたしはここにいて、おそらくジャムの最も近くにいるであろうあなたと、こうして会っているのです、クーリィ准将」

准将はすこし間をおいてから、ジャクスンに確認するような口調で言う。

「遊びではなく、あなたはここに戦いにきた。ペンを武器にして。そうですね」

「はい、准将」

「言葉は、実弾になる。戦闘機だけがジャムとの交戦手段ではない、ということだ。あなたの来訪は、わたしにそれを再確認させてくれた。ジャムのほうは、われわれ人間よりも先にそのことに気づいていたようだ。言葉が武器になる、と。ジャーナリストのあなたが日常的にやっていることでもある」

「ペンは剣よりも強しというのがジャーナリズムの精神ですが、だれかを打ち負かすことが目的ではありません。相手を知ること、相手の持っている情報を独占させないこと、すべての情報を全人類で共有すること。それが報道の役割であり、報道される内容の是非を広く問うことがジャーナリズムの目的です。もしジャムが言葉を武器にし始めているというのなら、それはプロパガンダが目的であって、ジャーナリズムの精神とは相容れない、正反対のものでしょう」

「なるほど」とクーリィ准将はうなずく。「戦いの性質が違う、と。わたしは軍人なので、ジャクスンさん、兵器としての言葉がジャムに通用するだろうかということを考えている。ジャムは人間の言葉というものを対人兵器として使っていることは十分考えられるのだが、FAFの現体制ではこれに対応できない。われわれ特殊戦が、ジャムは人間の言語中枢に侵入するウィルスのような兵器を使っている可能性があるので早急に対策を考える必要があるなどと全体戦略会議で報告したところで、相手にされない。もし事実だとしても、自分たちではなにもできないからだ。ＦＡＦは空軍だ。戦闘機で戦う組織なので、戦闘機がジャムに通用しないとなると自らの存在意義がなくなる。それはＦＡＦとしては絶対に認めることはできない。だから、わが特殊戦の提言は無視するほかない」

「あなたが自らを〈反逆者〉と言うのは、そういう背景があるからですね」

「わが特殊戦は、ジャムにもっとも近いところにいる。いわば地球から見れば、われわれが、ジャムなのだ。いまのあなたにはそれがわかるでしょう。だから、わたしに会いにきた」

「そのとおりです、准将。ジャムを知るには、特殊戦と、それからロンバート大佐を取材するのがいちばんの近道です」

「ロンバート大佐が今後の対ジャム戦の鍵になるという認識は、われわれも持っている。彼がジャムと通じているのは間違いない」

「ロンバート大佐の存在を大きく報道しようと思います。人類から裏切り者が出たという事実は、眠っている地球人の目を覚ますには十分な事件です」

「まさに、あなたの仕事だ。ジャーナリズムは政治を動かす力だ。あなたは政治力でもって対ジャム戦に参加するということになる。われわれは、ロンバート大佐を利用してジャムを誘い出し、それを叩く」

「特殊戦は、ほかのＦＡＦの部隊にはない、対ジャム兵器を持っています。雪風です。そうですね？」

准将は無言でうなずく。

「雪風への取材許可をお願いしたい」とリン・ジャクスンは毅然とした態度で言う。「搭乗員にも」

しばらくリディア・クーリィは無言で考えていた。リン・ジャクスンは粘り強く、返事を待つ。

「いいでしょう」と准将は言って、応対していたソファから腰を上げる。「詳細はブッカー少佐と相談するといい」

リン・ジャクスンも立って、「ありがとうございます」と礼を言った。

「ひとつだけ、注意しておく」とクーリィ准将は言う。「ジャムは、この場のわたしたちの会話を傍受していると予想される。雪風は、そのジャムの行為を感じ取っている可能性がある。いいですか、ジャクスンさん、雪風は高度な戦闘知性体です。恐ろしく危険な爆弾だと思ってください。あなたの取材の仕方いかんで、暴発する可能性がある。雪風があなたをジャム側だと判断するなら、雪風はあなたを攻撃することをためらわない。事前にそれをわれわれ人間が察知することができれば攻撃中止の方法もないではないが、雪風の行動の予測はできないというのが現状だ。わが特殊戦は、あなたの身の安全の保障はしない。いいですね？」

「承知しました」と背筋を伸ばして、リン・ジャクスンは応える。「覚悟はできています。必要なら、免責書類にサインをしましょう」

「その必要はない」とクーリィ准将は即答する。「あなたは日本海軍の軍属として来ているそうなので、ここで死亡した場合、戦死として処理するのは容易《たやす》い。事後処理はこちらでやるので心配いらない」

「雪風ではなく、ジャムに殺されたことになるわけですね」

「そう。われら特殊戦はジャムなのだ、という意味が、実感としてわかったかと思います、ジャクスンさん」

リン・ジャクスンは顔を強《こわ》ばらせた——いいや違う、とリディアは思い直す、気を引き締めたのだ。

地球では高名な、ジャムの専門家のように言われているらしいジャーナリスト、その人口に膾炙《かいしゃ》した著作を、それゆえに（一時期あまりにも話題になったので）、リディア・クーリィは手に取ったこともなかった。そこになにが書かれていようと、ジャムとの戦いの場はここであって、紙面上にはなにもない。ジャムが本の中にいるわけでもなければ、読んだことでジャムに襲われるわけでもない。まったく安全な場で、現実からかけ離れたことを読んでなんになる。地球人が娯楽としてジャム戦を楽しんでいることがわかるくらいなものだろう。不愉快だ。そう思ってきた。

おそらく、いま読んだとしてもそうした不愉快な思いは消えないだろうとクーリィ准将は想像する。だから、この先も自分はそれを読むことはないだろう。だが、いま彼女が書こうとしている著作物は、べつだ。

ここFAFでのリン・ジャクスンの取材活動は戦いであり、〈それは彼女にとって職業上の生き方においては常にそうだったのだろうが〉今回の戦いはジャーナリストとしての戦いのほかに、直接的な対ジャム戦への参加という意味も含むのだ。

雪風への取材というのはレトリックではなく、このジャーナリストは本気で雪風という戦闘知性体が持っている情報、その考えを、雪風と対峙して知ろうとしている。自分たち特殊戦の持っているノウハウではできないことを、この人物ならやれるかもしれない。しかもそのような、雪風がなにを考えているのかを知る行動は、直接的な対ジャム戦にほかならない。単なる取材ではなく、研究行為でもなく、文字どおりの〈実戦〉なのだ。負ければ死ぬ。

クーリィ准将は、そう判断した。リン・ジャクスンに取材許可を出すというのは、彼女と特殊戦が共闘することだ。その結果になるであろう著作を自分が読むのは当然であり、義務でもある。そこになにが書かれようと、自分には関係ない、では済まされない。願わくば、そこに勝利の言葉が並んでいますように。

「健闘を祈ります、戦友（sister in arms）」

クーリィ准将はそう言い、手を差し出して握手を求める。

リン・ジャクスンはほんの一瞬、驚きの表情を浮かべたが、握手に応じる動作は優雅と言えるほどに落ち着いたものだった。そうして准将の手を力強く握ると、「ありがとうございます、閣下（Your excellency）」と言った。

たかだか准将に閣下は大げさに違いないが、これは共に戦うことを承知したとの表明だろう、率直な意思表明に違いない。リディア・クーリィは相手の最大級の敬意を、手をしっかりと握り返して、受け取った。

ブッカー少佐はリン・ジャクスンを自分のオフィスに案内して、まずはデスクやテーブルに散らかった書類の整理をする。

「申し訳ない、ジャクスンさん。仕事が立て込んでいまして、このとおりです。コーヒーをいれますので、そのソファで休んでください」

「ありがとう、少佐。あなたには感謝しています。おかげでクーリィ准将に直接会って考えを聞くことができました。──でも、意外です」

「クーリィ准将が雪風の取材を許可したことが、ですか？」

「それもあるけれど、手書きの、これらは作戦計画書類ですか？　すべてコンピュータ上で処理されているものと思っていました。特殊戦はＦＡＦの中でも最先端の、電子システムに囲まれているものと想像していたので、とても意外です」

「これらは例の模擬戦に関するメモなどです。コンピュータネットワーク上の情報はすべてジャムに傍受されるものと思っていますので、こういうことになっています。手書きなら大丈夫とも言えないのですが。もともと、クーリィ准将は部下に手書きの報告書を求めるなど、コンピュータを信用しないところがある。手書きの報告書といっても、ペンで書く隊員はいなくて、みな電動タイプライタですが。ようするにスタンドアロンの執筆用具で書かれたものを、手書きと称しています。文章作成用ＡＩが使えないので隊員たちには不評ですが、司令官の命令には逆らえない」

「クーリィ准将が要求しているのは、自分の頭で考えろ、ということなのでしょう。コンピュータを使えば、なにも考えなくてもそれらしい報告書は自動的に出来上がるでしょうから」

「そう、よくおわかりですね。准将はまさにそれを警戒している。自分で書いたと思っている報告書が、実はコンピュータやジャムの誘導によって書かされたものかもしれない、ということです。准将は部下にとても厳しいですが、おかげで、特殊戦は生き延びられている」

「准将に実際に会ってみて、まさしくプロの軍人だとわかりました」

「私的な自分というのをほとんど部下に見せない、出さない、というのも、プロらしいとわたしは思いますが――クーリィ准将が『sister in arms』とあなたに呼びかけるとはね」

「意外でしたか？」

「普段の准将はあのような、くだけたというか、親しげな言葉を使うことはないので、驚きました。〈同志（comrade）〉ではなく〈姉妹《きょうだい》（sister）〉ですからね。准将の、あなたへの期待の大きさが、あれでわかった。准将は儀礼ではなく、本気で言ってました」

「その期待に、ぜひとも応えたいものです」

「准将は、あなたを対ジャム戦力として期待している。あなたにとっては非常に危険なことだ。准将は、あなたを対ジャム兵器の一つとして使うことを決断した。兵器は使い捨てにできる。あの准将の言葉の人間くささとは正反対に、あなたは人間としては扱われない。あのクーリィ准将の態度は、そういうことなのです」

「だれにでもできる決断ではないでしょうね」とリン・ジャクスンは言った。「あなたがクーリィ准将の立場なら、ためらった？」

「そうですね。わたしなら、あなたの安全を優先させる。とても〈戦友〉などとは呼べない」

「わたしには雪風の考えを引き出すことはできない、と思うからですか？」

「それは」書類の整理をする手をとめて、少佐はリン・ジャクスンを見て、言う。「わからない。でも、簡単ではない。これから説明することになりますが、雪風には自然言語を理解するユニットは搭載されているものの、音声で質問すればそれに答える、というようなコミュニケーションツールは備えられていないのです」

　雪風は戦闘機だ。デスクトップの情報処理専用マシンとはわけがちがう。機上のパイロットとフライトオフィサがどのように戦闘機動させようとしているのかは、言語ではなく、電子、光学、機械的な入力機器群からの信号で理解する。乗員の話す言葉を捉えるマイクは乗員のヘルメット付属のものとは独立して備えられているが、命令入力装置としてではなく、おもに乗員の体調をモニタするためのものだ。異変が起きて、乗員が『苦しい、助けてくれ』という言葉を発すれば自然言語を理解できるので救助信号を発することもする。だがそうした処理を含めても、雪風の中枢コンピュータの仕事量からすれば、そのような機上の人間から入力される情報などというのは、機体各部から入ってくる膨大な環境情報量に比べれば無視できるほどに小さい。雪風は自動で、つまり自ら周囲を索敵し、機体各部の状態をモニタしつつ、最適な対ジャム行動を高速に計算し続けている。雪風は原則、人間と対話するようにはできていないのだ。

「雪風の〈考えていること〉というのは」ブッカー少佐は普段あまり使ったことのないコーヒーメーカーのスイッチを入れて、言う。「言葉ではないのです。雪風は過去の機動、パイロットの操作などをすべて記憶して、それらから最適な対ジャム戦術を〈考えて〉いる。雪風がパイロットの意思とは独立した自分の考えを持っているというのは、たとえば〈自動戦闘モードに切り替えろ〉といった表示をディスプレイに出して攻撃権を自分に渡せと言ってくることからわかるのですが、その先どうするつもりなのかということは、言葉では伝えてこない。実際に機動するまで、雪風の〈考え〉は、わからないのです」

「実際に行動するまで、相手がなにを考えているのかわからない、というのは人間でもよくあることですよ、少佐」

「それはつまり……人間も言葉で考えているわけではない、と？」

「言葉は、事後確認のためにある、と主張する研究者もいます。自分の行動の言い訳を常にしているようなものだと」

「それはわかります。人間の意識と行動に言葉がどう関わっているのか、という議論ですね」

「言葉で考えているのかどうかは、人間の場合は、ケースバイケースでしょう。言語で推論したり計画を立てたりすることは当然可能です。論理の構築や真理の探究など、対象の複雑さを言語で解体して、自らが理解できるように再構築する、ということを人間はしています。人間は言葉をそのように使っている。思考の対象を、言葉空間という現実にはない仮想空間に転写して、理解できるものに変換して〈考える〉。人間が〈考えていること〉というのは、思考の対象についてであって、思考そのものは脳内で暗黙のうちに行われる。暗黙なので、その思考内容、現実レベルでの〈考え〉は、考えている当人にもわからないし、それらのほとんどは、わかる必要のない、身体行動に関するものでしょう。雪風も、リアルタイム処理が必要な〈思考〉は無意識になされているはずですが、最適な戦術を選択するために、〈自分はどうするのがいいのか〉という、先の行動をシミュレートすることをやっているのなら、それが雪風の〈考え〉になるのでしょうし、そのときは、人間の言葉のようなもので〈考えている〉のだろうと思いますが、それは自然言語ではないだろうという予想は、わたしにもつけられる」

正鵠《せいこく》を射た意見だと、ブッカー少佐は舌を巻く。リン・ジャクスンは相当の知識を前準備で仕入れてから、ここにやってきたのだろう。こちらもいいかげんな応対はできない。

「コンピュータ同士のコミュニケーションツールを使って、その雪風の〈考え〉を抽出してみようということは、いまチームを組んでやろうとしているところです。雪風の〈考えていること〉を別のコンピュータでシミュレーションしてみるという作業になる。ですが、うまくいくかどうかはわからないし、それが抽出されたとしても、人間に理解できるとはかぎらない」

「それでもなお、雪風の〈考え〉を知る必要があるというのですね」

「理解できなくても、理解しようとする努力を放棄するわけにはいかない、ということです」

少佐は出来上がったコーヒーを、使い捨てのカップを二個用意してそれに注ぎ、ひとつを応接テーブルの客の前におき、自分の分は手にしたままソファに腰かける。

「雪風の考えは、間違っているかもしれない。あるいは、人間には都合の悪いことを考えているかもしれないからです」

「都合が悪いとは、具体的には？」

コーヒーを飲もうと動かす手を止めて、少佐は、あたりまえだろうという口調で答える。

「ジャムに勝つために人間を兵器扱いする、というようなことです。実際、そのような行動に雪風は出ている。雪風は、単独ではジャムに勝てないということを深井大尉から学び、さらに先に進んで、ジャムを探すのに人間が使えると気づいた。FAFのコンピュータ群も、人間なしでは自分たちの存在理由を確立できないことに気づいたようだが、それは雪風のせいです。ジャムを見失った結果、やることを忘れて惰眠をむさぼるFAF中枢部のコンピュータたちの目を、雪風が、覚まさせた」

一気にそう言って、コーヒーを飲む。薄い。アメリカンだ。

「そのどこが、わたしたちにとって都合の悪いこと、なんですか？　雪風は正しくジャムと戦っているように思えますが」

そう言うとリン・ジャクスンもコーヒーカップを取り上げ、飲み始める。ゆっくりと。ブッカー少佐に毒味させて大丈夫だとわかったかのように。悠然と。

それを見ながら、ブッカー少佐のほうは返答に窮してカップをおく。

リン・ジャクスンは、つまり、〈雪風が考えていることの、どこが間違っているのか〉と言ったのだ。

ジャムに勝つためならば人間を兵器のようにも使う、というのは、先ほどのクーリィ准将がまさにリン・ジャクスンに対して行っていることだ。そう解説したのは自分自身ではないか。そういう〈間違った〉ことは、雪風だけがやっているわけではない。ジャムと戦うためには必要な手段であって、そのどこが間違っているというのか。〈雪風は正しくジャムと戦っている〉ではないか。どうして自分は〈そうは思わない〉、〈思えない〉のか。

特殊戦が雪風の考えを知る必要に迫られたのは、ジャムの動向を探るためであり、雪風を知ることでジャムの正体に迫ることができると判断したためだ、この自分が。それなのに、とブッカー少佐は自省する、いま返答に窮している自分は、雪風のような人間に作られた機械が人間と同等またはそれより上位の存在になることを無意識のうちに拒絶しているのだ。なにを考えているのかわからない雪風を怖れているのは間違いなくて、それは意識しているが、自分は雪風を拒絶しているなどというのは、これまでまったく意識に上ってこなかった。この拒絶の感覚は、生物学上の異物の侵入を忌避する防衛反射に近い。雪風は自己ではないし、仲間でもない、という感覚。

そう、自分は雪風を〈戦友〉だとは思ってはいない。深井零のように、雪風を完全に受け入れるということができないでいる。これはおそらく、自分が人間中心主義から脱却し切れていないのが原因だろう。人間は神に創られ、雪風は人間に創られたのだから、無条件に人間より下位の存在だと自分は思い込んでいる。思い込まされていると言うべきかもしれない。だれに。神に。いまや信じてもいない、神という存在に。

　雪風はつねに人間の手によってコントロールされていなくてはならない、ということの感覚は、もはや信じてはいない〈神〉の力によるものに違いない。いまだにその拘束力から抜け切れていない。これに逆らうには相当な集中力が必要だが、がんばって、雪風と自分は対ジャム戦において対等な立場にあるのであり、どちらかが上位であるという考えを捨てたとする。それでもなお、雪風の考えを知る必要があるとするなら、それは、雪風と自分のどちらがジャムを叩くのに向いているのかという、競争心がそうさせるのだ。雪風も自分も、ジャムという餌を捕食するために生きていて、先に捕ったほうがより多くの餌にありつける、という。相手がなにを考えているのかを知ることができるなら、出し抜くこともできる。生存競争の相手であり、ものすごく単純化して表現するなら、雪風は敵なのだ。対等な敵同士、ということになる。

「雪風はとても危険な兵器です。取材の仕方いかんでは暴発すると、クーリィ准将も言ってましたね」とリン・ジャクスンが言った。「でも、敵ではない」

　まるで心を読まれているようだとブッカー少佐は驚くが、口を挟まずに聞く。

「敵の情報を探るようなやり方で雪風の本心を引き出そうとするのは、危険なのではありませんか、少佐？」

そんなことは、思ってもみなかった。なにを言われたのか、その意味をとっさに理解できないほどだ。しかし、言われてみれば、そうかもしれないとブッカー少佐は思う。

自分の人間中心主義は雪風には通用しないし、雪風のほうもそんなのは知ったことではないだろうが、その情報へのアクセスの仕方については、敵対行動と雪風に判定される場合もあるかもしれない。これは重大な問題だろう。

いまのところ雪風やFAFのコンピュータ群は人間を敵とは認識していない。だが、接し方いかんでは、雪風をはじめとした戦闘知性体たちを全部敵に回すことにもなりかねない。その点にまったく気づいていなかったことへの、恐怖。これは自分の落ち度だ。雪風に対して無意識のうちに傲慢な態度をとっていたことに対する天罰かもしれない。

「わたしは、ジャクスンさん」とブッカー少佐はおもむろに話し始める。「ジャムは人間を目標にして侵攻してきたのではない、ジャムが戦いの相手にしているのは地球のコンピュータ群なのではないかと、ある日突然、気づいた。自分がいかに人間中心主義に囚われていたか、そのとき自覚しました。神に囚われていた。捕囚の身だ。そんなわたしをジャムが解放した。いや、誤解しないでください、地球ではさまざまなジャム教が出現したようですが、そういう意味ではなく」

「もちろん、わかります」

「それでもなお、雪風は人間の手で御さないといけない、という思いからは解放されていないことが、いま、わかりました。雪風の意思を無視して情報を力ずくで取り出そうとするのは、たしかに危険をともなう。その危険性について、あなたに指摘されるまで、まったく気がつかなかった。感謝します」

「戦いの当事者ではないからこそ、見えるものがある」

「それがジャーナリストの視点なんですね。雪風の考えを知るには取材という方法があるという、その意味が、やっとわかりました。文字どおりの、取材だ。敵でも味方でもない立場で情報を引き出すことの重要性を、あなたから教えられた」

「雪風の〈気持ち〉にそったやり方をしなくてはならない。気持ちについては、考えを知るよりは容易いでしょう」

「そうでしょうか」

「他人のことなど知ったことか、自分には関係ない」

「はい？」

「自分は雪風しか信じない」

リン・ジャクスンの声で聞くと、聞き慣れたその言葉が新鮮だ。

「深井零ですね。深井大尉の口癖だ」と少佐。「あなたと彼は、アドミラル56の艦上のあと、シドニーでも会っている」

「あのときは、あっというまに戻っていったわね、まさにブーメラン戦士だと思った」

「零は、日本海軍のエージェントに拉致されるところだった。雪風のもとに帰って来れたのは、あなたのおかげです」

「わたしはなにもしていない。取材はおろか、彼に街の案内をする暇もなかった」

「思い返せば、あなたと零とは、何度も、命に関わる重要なシーンで会っていながら、いつも短時間ですね。正式な取材は今回が初めてになるわけだ」

「深井大尉の雪風への愛情については、あなたからの手紙でもわかります。愛着ではなく、やはり、愛情でしょう」とリン・ジャクスン。「でも今回わたしがここに来た目的は、雪風のほうです。雪風の気持ちを知ること。そして、その先にいる、ジャムを」

「あなたの今回の取材対象は、ほんとうに、ジャムなんだな――」

「雪風への取材が先決です」とリン・ジャクスン。「それもできずしてジャムへの取材云云は意味がない。雪風への取材は、深井大尉を通じてやるのがいいでしょう。雪風の考えは彼から聞き出すのが安全で確実です。深井大尉だけでなく、雪風のほうも彼を必要としているとのことですから」

「雪風への取材、インタビューというのは、最初から深井大尉を通じてやるおつもりでしたか、ジャクスンさん」

「取材の方法については、あなたと相談しながら考えようと思っていました。准将もそうするようにと言っていたことですし。いま相談した結果、その結論が、これです」

「なるほど」

ブッカー少佐は心の中でうなずき、納得する。コーヒーカップを手にするが、もう冷めていた。

「コーヒーを入れ直しましょうか。もしよろしければ、ココアでもいかがですか」

自分が飲みたいのだった。心を落ち着けるために。

「ありがとう、いただくわ」とリン・ジャクスン。「あなたの好みでしたね」

「ご存じでしたか。そういえば、あなた宛の手紙に書いた気もする」

「本当だったのね」

「嘘を書いていると、疑っていたんですか」

「疑ってはいないけど、あたまから信じてもいない。いま、真実になった」

「そういうことですか、なるほど」

使い捨てのカップは捨てて、マグカップを使う。リン・ジャクスンの注文は甘くて濃いやつ、だったので、ココアも砂糖もたっぷり使う。ミルクは控えめに。これならココアよりホットチョコレートのほうが彼女の口にはあいそうだと思いつつ、自分用はミルクたっぷりに。それを作りながら、ロンバート大佐の手紙の内容について、訊く。

「彼はそこで嘘は書いていないと思いますが、ジャクスンさんにとって、ロンバート大佐に関する真実はなんですか」

「彼は、実在の人物だということ。FAFの情報軍大佐だということ。それは間違いない。FBIの友人にも頼んで経歴も調べてもらった」

「さすがの人脈の広さですね」

「いろいろな人に助けられてます」

「いいことだ。——大佐の経歴は真実でしたか」

「自分の子ども時代について書いていることに嘘はなかった。それから、FAFで叛乱を起こしたことは、真実だった。それでいまはFAFに追われている」

「雪風が大佐の乗機を一撃で破壊したのですが、逃げられた。射撃のトリガーを引いたのは深井大尉です。雪風ではない。それが大佐を生かした」

「どういうことですか？」

「ジャムと人間の連絡役として、ロンバート大佐は生かしておきたい。殺してはならない。たとえ逃げられたとしても。雪風は、おそらくそこまでは〈考えて〉いない。無人機のレイフを使ってリアタックしている。明らかに、射出シートで空中に放り出された大佐を狙ったのだ。が、ジャムが発生させたに違いない異常な空間内に大佐は入り込んで、その場から消えた。生死は不明、確認されていません」

「大佐が生きているものとして特殊戦は対ジャム戦を考えているようですが、希望的観測に基づいた作戦計画に意味があるのですか？」

「ロンバート大佐の生死を確認する行動そのものが、対ジャム戦だとわれわれは考えています。今度の模擬戦もその一環ですし、特殊戦にアグレッサー部隊を新設したのも、そう」

できあがったココアをリン・ジャクスンに持っていき、自分も腰を下ろす。

「それから、雪風は今回初めて、人間であるロンバート大佐を攻撃目標にした。人間ではなくジャムだと認識したのだと思われますが、その詳細を是非とも知る必要がある」

「雪風の〈考えていること〉ですね」

「そうです。無差別に人間を攻撃目標にすることが可能になったのだとすると、雪風に枷《かせ》を嵌《は》めないと危なくて使えなくなる。もし枷を嵌めることが不可能だとなれば——雪風を破壊するしかない」

「深井大尉は絶対に、それを許さないでしょう」

　ブッカー少佐はココアを飲んでほっと息をついてから、リン・ジャクスンを見つめて、言う。

「あなたと、さきほどの〈相談〉をするまでは、いざとなれば雪風を破壊しなければならないと思っていた」

「いまは、違うの？」

「そう、いまは、そういう事態になったら、すべてを雪風とＦＡＦのコンピュータに任せて、人間が撤退すればいいのだと思います。人間よりもうまくジャムと戦えるだろうし。まあ、どんなに危険でも、零は残るでしょう。クーリィ准将も残る。そしてわたしも」

「特殊戦は残る、か」

「たぶん、そうなる」

「いまと変わらないわね。ぜんぜん。特殊戦はどういう事態になろうとも、ジャムと戦い続けるわけだ」

　くだけた口調になって、リン・ジャクスンはそう言い、甘いココアを静かに飲んだ。

「すべてを機械任せにするわけにはいかないだろう、そう思っていた」とブッカー少佐。

「なぜなら、これは人間に仕掛けられた戦いだ。もしそうでないにしても、人間の面子にかけて、ＦＡＦを無人にするわけにはいかない、そう思っていた。だが、いまや、ジャムは本当に人間を相手にしていなかったことが、はっきりし始めている。すくなくとも、対人戦争には勝利したとジャムは判断している。だからフェアリイ星からいなくなったんだ」

「いなくなったことを証明するのは難しいでしょうね。この先もう絶対に姿を現さない、ということはだれにも言えない」

「ジャムは地球侵攻をあきらめたわけではなく、たんに姿を消しただけだ。ロンバート大佐がジャムに救われたことからも、いなくなったわけではないことがわかる。ジャムの本隊は、いまや地球に入り込んでいると思われる」

「目立った変化は地球にはないけれど、そうだとすると、FAFの敗北は決定的です」

「地球にジャムが逃げ込んだのなら、なんとしてでも引き戻せ、それがクーリィ准将の戦略です。わたしとしては、もう一度、ジャムに対人戦闘をやり直させるしかないと思う。おまえの敵は人間なんだと、ジャムにわからせなくてはならない。勝手に勝利したと思っているのなら、それは間違いだと」

「どうやって」

「ジャクスンさん、あなたのペンの力を使って、です。クーリィ准将も言っていたでしょう。あなたは政治を動かす力を持っている。ジャムもそのうちに、地球上の人間の政治力を無視して存在し続けることはできなくなるだろうし、対抗することを考え始めるのは目に見えている。もう、やり始めているかもしれない」

「ジャムには剣だけでは勝てない、か」

「もはや剣だけではジャムに勝てない。しかもそのようにしたのは、ほかならない、わたしたち、人間なんだ」

「それが事実かどうかを確認するためにも」とリン・ジャクスンは言った。「ジャムに取材しないといけない。まずは、雪風から。早いほうがいいと思います」

「深井大尉のスケジュールを調整します」

そうブッカー少佐は言って席を立ち、書類の山に隠れた日程表を探し始める。

アンタゴニスト

特殊戦に新設された第六飛行戦隊所属の二機、雪風とレイフは、十七日間という短い訓練期間を経て、アグレッサー部隊としての初舞台、実戦出動の日を迎えた。

深井零は雪風のエンジンを始動する。いつもの手順だった。慣れているはずだったが、意識して始動音に耳を傾けている自分に零は気づく。緊張しているのだ。雪風の状態を全身で感じ取ることが必要だった。今回は訓練でない。地球から派遣された戦闘飛行部隊を相手に模擬ジャム戦を行う。訓練期間中は特殊戦の僚機を相手に模擬戦をやってきて問題はなかったが、きょうの相手は地球の戦闘機だ。雪風がどう反応するのかまったく予想がつかない。

雪風の意思でいきなりシートごと機外に射出されるなどというのは二度とごめんだが、

雪風の思惑がわかっていてそうなるのなら、納得できるだろう。雪風の考えが予想できないということこそが危険なのだ。無論、何事もなく模擬戦を終了することも考えられるわけだが、しかしそれでは任務を無事に終えたということにはならない。それがこのミッションの複雑さと困難さを表していた。

すなわち今回の任務は、雪風とレイフがジャムになり切った戦闘機動をすることで、雪風がジャムの正体に一歩近づく反応を見せることを目的としているのだ。雪風の様子が普段と変わらないのでは、作戦の失敗を意味する。

任務の性質がこれまでとは異なり、かつて経験したことのないものだということを意識するなら、緊張するなというほうが無理だろう。危険の度合いを予想できないことほど危うい状況はない。

だが、と零は思う、雪風と飛ぶということは、いつだって危険なのだ、そもそも人間が超音速で飛ぶということ自体が無謀であって、いつ死んでも不思議ではないだろう。雪風と自分を信じていればこそ、飛んでいられる。信頼への疑念は不安を生じさせ、危険を呼び寄せる。いまは、なにがあろうとなかろうと無事に着陸できること、必ず帰ってくること、それだけを考えればいい。

任務は違えど、やることは同じだ——そう零は自分に言い聞かせて、深呼吸する。

　雪風の二基のエンジン、スーパーフェニックス・マークXIに火が入り、役目を果たしたスターターの接続が自動で切り離される。スロットルを静かに押すと、零の意図どおりに回転数が上がっていく。反応遅れはない。雪風が発進を拒んでいる気配は感じられない。スロットルをアイドルに戻す。回転は安定している。

「エンジン系統に異常なし」深井零は機外のブッカー少佐に伝える。「燃料流量も安定している。動力系は問題ない。いまのところ雪風が本ミッションを拒む様子は認められない」

　ブッカー少佐は雪風の胴体脇で、機内との通話用ヘッドセットのプラグを機体に差し込み、深井大尉と話している。

『零、新しく導入したＡＴＤＳはどうだ。雪風が考えていることの見当なりとも、そいつでわかりそうか』

「いや、まだよくわからない。慣れてくれば使えそうな予感はするが、そんな気がするだけかもしれない」

『雪風はいま、なにに注目している？』

　零は雪風のセルフモニタプログラムの一種、ＡＴＤＳを膝元のディスプレイに呼び出す。

「後部座席の桂城少尉が実行中の、プリフライトチェックの様子に注目しているようだ」

と零は報告する。「だが、この状態を〈注目している〉と言えるのかどうかは、おれにはいまだ、よくわからない。これは雪風が無意識にやっているルーチンにすぎないのであって、桂城少尉のやることに〈雪風が注目している〉と解釈するのは無理があるだろう。このプログラムの有効性は、どうかと思う」

特殊戦が大急ぎで開発したその小さなプログラムは、雪風がいまなにに注目しているかを知ることを目的にしている。その開発意図は二つあり、一つは〈雪風の考えを読み取る〉こと、もう一つは、雪風と機上員との〈視線〉による意思疎通ができるようにしたい、というものだった。言葉ではなくアイコンタクトや目配せで相手がなにをしたいのかが互いにわかるという、いかにも人間的なコミュニケーションの方法だ。

いまでも雪風のほうではパイロットの視線をモニタしているシステムはあり、状況によってさまざまな反応を見せる。たとえば、パイロットの視線の方向に外部視覚レンズを向けて光学的に索敵する、といったことをやっている。しかし雪風の視線をパイロットが常にモニタできる装置はない。どういう形が最適なのかと試行錯誤している段階で、まだ実現にはほどとおい。そもそも雪風の視線が、人間の意識的な眼差し、たとえばアイコンタクトと同じような意味合いをもつことがあるのかどうかもわからない。雪風の視覚レンズの動きは雪風にとって無意識なものなのか、それともなんらかの意図を持って恣意的に向けられることもあるのかどうか、だ。雪風とパイロットとの〈アイコンタクト・インターフェース〉を開発するということは、これまでだれも考えたこともないそのような問題を解く必要があり、それはようするに、雪風が考えていることを捉える、ということにほかならなかった。

まずは第一段階として、雪風がいま現在注目している対象を捉えようという目的で開発されたのが、今回のATDSだ。視覚とは関係なく、雪風が関心を抱いていること、という意味での〈注目〉だ。いま現在、雪風がなにに注目しているのかを示すソフトウエア・プログラムだった。ATDS＝注目対象表示システムなどという大仰な名称が与えられてはいるが、なんのことはない、雪風の中枢コンピュータ内の、機能別回路における各部の消費エネルギー量を調べて、その動的な分布状態をグラフにして表示するというだけのものだ。突貫工事的な短時間で開発されたプログラムだった。

グラフの形はレーダーチャートの変形版。その項目は百以上もあり、しかも各数値は常に変動している。増加傾向にある項目は赤に、減っていくものは青に、変化がなく安定している項目は緑に。グラフ全体を見れば、色が変化する何本もの触手を伸び縮みさせている生き物のようだ。触手＝項目が多いため、その名称は表示されていない。もっとも活動的な〈触手〉がなんなのか、それだけがテキスト表示されている。いまは、〈フライトオフィサ側のプリフライトチェック・システム〉だ。

ATDSというのは、雪風がいまなにに〈注目〉しているのか、なにに〈関心〉を向けているのかを、とりあえず中枢コンピュータを構成している無数の回路ユニット各部の消費エネルギー、それらの微細な変動状況を詳細に捉えることから知ろうというプログラムだった。人間の脳の血流にたとえれば、いま雪風がもっとも重要だと〈考え〉ている部分の〈血液〉流量は増大するだろうと見込んでのことだ。

それらはしかし、あくまでも見込みであって、人間の脳のアナロジーが雪風にも当てはまると証明されてのことではない。しかも雪風の中枢コンピュータ内部の機能地図については、基になるそれは初期設定のものであって、雪風はその〈地図〉を自ら書き換えることができる柔軟性をもっていた。だから、そのような〈見込み〉や当てにならない初期状態を基に設計され、プログラムを組まれているATDSが、思惑どおりに役に立つのかどうか、実用になるのかどうかは、実際に運用してみなくてはわからない。そして、使うのは深井零だった。

雪風の気持ちがわかるというのなら、このATDSが当てになるかどうか評価できるだろう、その表示が雪風の本音とずれているかどうかもわかるはずで、ずれているならそれを較正《こうせい》することで使えるようにするのがおまえの役目だ——そのようにブッカー少佐に言われた零は、そんな余計なシステムは必要ないと思ったものの、反論できなかった。深井零という個人に頼ることなく、雪風の〈気持ち〉をだれもが理解できるシステムを構築したいというのがブッカー少佐の狙いであり、それは零にも理解できたから、反論のしようがなかったのだ。

零としては、雪風と自分との信頼関係を数値で表す測定器を渡されて、その数値が正しいのかどうか、もしずれているようなら、それを調整するようにと命じられたようなものだった。不愉快とまではいかないものの、いい気分ではない。それでも、このプログラムによって自分と雪風の信頼関係が客観的にわかるというのは、悪いことではないと思うことにした。雪風の考えていることが自分にはわかるということ、雪風は他のだれよりもこの自分を頼りにしているということ、それらが証明できるのならば、それはそれでいいことではある。

だが、このATDSの有効性が確かめられ、実用化されたとしても、実戦中にこんなグラフを見ている暇はない。ヘッドマウントディスプレイ内に表示させることも可能だろうが、表示方法を工夫しないと実用にならない。エネルギー消費量の分布状態をグラフで表示するといういまのデザインでは駄目だ。開発チームもそれは十分に承知していて、だから、〈アイコンタクト・インターフェース〉が必要だというのだ。

しかしそのようなインターフェースの開発が特殊戦の手に余るのは、だれの目にも明らかだった。基礎研究から始めないといけないだろうに、ここは戦場の最前線であり、特殊戦は実戦部隊だ。本気で開発を進めるのならFAFのシステム軍団がやることになるだろうが、そこは高性能エンジンの改良や超高速ミサイルといった武器や装備の開発に忙しく、マンマシン・インターフェース方面では地球の技術に後《おく》れを取っているのが現状だ。

例を挙げればHMD＝ヘッドマウントディスプレイがそうで、零は田村伊歩にその愛機を見せてもらったときに、その技術次元の違いを実感した。田村大尉が使用している航空ヘルメットにマウントされたディスプレイの映像視野は高精細で、肉眼視と見まごうばかりだった。機体を透明化するモードでは、ほんとうに機体が消失したかのように感じられて、零は肝を冷やした。機体各部に着いている外部モニタレンズの映像を合成して表示することで機体の死角をなくし、頭をどの方向に動かしてそちらを見ても、機体に隠れているその先を見通すことができる。まさしく機体の透明化だが、FAFが開発したそれよりもはるかによくできているので、零は、自分自身の肉体までもが消えてしまったかのように錯覚した。

映像のリアルさには驚かされたが、しかしそれに関しては、日常的に使うようになればすぐに慣れてしまうだろうことは予想できた。HMDの機能でもっとも重要なのは、映像のリアルさではなく、飛行や攻撃のためのデータ表示であり、機体との〈対話〉であることを零は再認識させられた。HMDに〈アイコンタクト・インターフェース〉を組み込むというのは良いアイデアで、それを考えることのほうが映像のリアルさにこだわるよりもずっと有益だろう。しかし、雪風の〈眼〉は、どのように表示するのがいいのだろう？　生生しく擬人化された眼——零はそれを想像してぞっとする。生理的に受け入れることができない。

雪風は機械だ。機械だからこそ愛することができる。雪風を人間に近づけてどうするのだ、それは雪風の本来の能力を殺ぐことに繋がるだろう。

「すべてのチェックを完了しました」と、フライトオフィサの桂城少尉が告げる。「オール・コーションライト、クリア、全系統異常なし」

「了解。ブッカー少佐、プリフライトチェックを完了した。マイクケーブルを抜いて機体から離れてくれ。出撃する」

『了解。グッドラック』

零はATDSを表示させている膝元のメインディスプレイの表示に変化が生じたのを感じて、注視する。

「ちょっとまて、少佐、聞こえるか」

まだヘッドセットのプラグは抜かれていなかったようだ。『どうした』というブッカー少佐の声が返ってくる。

「いまATDSに変化があった。雪風は〈機外コミュニケーション・ツール〉に注目している。現在アクティブになっている通話はこれ、少佐とのやり取りだけだが、どう思う、ジャック」

『わたしの声に反応したのか』

「声なら、いまじゃなくてもいいはずだ」

『では、言葉だな。〈グッドラック〉だろう』

「どうかな」と零は言う。「そんな常套句に雪風が興味を示すとは思えない」

過去にただ一度だけ、雪風のほうからそう言ってきたことはあるが。〈I wish you luck … Lt. FUKAI〉と。雪風を単独で、無人で出撃させたときだった。いまはしかし、あのときの状況とは違う。自分もいっしょだ。

「このATDSの表示が正しいとするなら、いまも雪風は耳をそばだてている」

機外コミュニケーション・ツールのエネルギー消費量の増加傾向は止まっていたが、高止まりだ。ATDSはまるでフリーズしたかのように、その表示を維持している。

『雪風のいまの気持ちがわかるか、零』

「言葉に反応したのなら」と零は返す。「いよいよ出撃だと緊張している、というより、やる気になっているという、一種の興奮状態だろうと思えるのだが、よくわからない。グッドラック、などという言葉に雪風がなにか感じる、というのは、おれには、あり得ないと思える。――離れてくれジャック。このATDSの件はあとにしよう。ATDSが記録しているデータを分析してみてからでないと、なぜいま雪風が機外通話に関心を向けているのか、わからない。理由を探るのは帰投してからだ」

『了解した』とブッカー少佐。『そうしよう。なぜ自分がこんな気持ちになったのかは、あとになってみてはじめてわかるというのは、人間にはよくあることだしな』

「雪風は人間とは違うよ、ジャック」

『わかっている。だから苦労しているわけだよ。以上、通話を終了する』

「もう一度『グッドラック』と言ってくれ」

『グッドラック』

ブッカー少佐は有線ヘッドセットのプラグを雪風の機体から抜き、離れる。

零が注視し続けているATDSの表示はグラフ全体が揺らぐように小さな変化を見せてはいるが、機外コミュニケーション・ツールに注目しているという表示は変わらなかった。

どうやら少佐の言葉に関心を寄せたというものではないと零は判断した。詳細は不明だ。そもそも、いまもっとも注目しているとされている機器が〈機外コミュニケーション・ツール〉であるという表示自体が、はたして本当にそうなのかどうか怪しいものだった。

今回の出撃手順は訓練時のものとまったく同じだったが、過去にATDSがこのような反応を見せたことは一度もない。それが異常といえば異常だった。雪風が出撃を拒んでいるという感触はないので危険な異常状態ではなさそうだが、看過することはできない。

もしかしたら、と零は思う、ＡＴＤＳがあるからこの〈異常〉を察知できたわけで、普段から雪風の内部ではこのような〈異常〉は普通に行われているのではないか、つまりパイロットやフライトオフィサである人間にはわからないバックグラウンドでは、日常的に、このような人間には理解できない〈異常〉なエネルギーの流れがあるのではないか。

おそらく、そうだろう。それを人間が知ることは、いいことなのだろうか。バックグラウンドで行われていることまでいちいち気にしていたら肝心な任務がおろそかになるのではないのか？

人間の負担を軽減することを目的に導入された人工知性体なのに、かえって人間の手を煩《わずら》わせるようになるというのは皮肉なことだと零は思う。だが雪風がある意味人間にとって脅威になっている以上は、バックグラウンドでの知性の活動状況を知ることは必要不可欠だろう。雪風の考えていることがわからないということこそが人間にとって脅威になっているというのであれば、面倒でもそれを知るためのＡＴＤＳの導入は必然だろう。少佐が言っているとおり、この装置の評価の仕事も〈肝心な任務〉のうちなのだ。

それがいま、〈異常〉を察知したわけだった。任務上、無視するわけにはいかない。

「桂城少尉」と零は後ろのフライトオフィサに声をかける。「ATDSの現在の表示は通常とは異なっている。認めるか」

「そうですね。まあ、未完成な装置なので、当てにはならない──」

「どんなに些細なことであっても通常ではない状況は、異常だ。それを無視して後悔したくない。未完成な装置の異常なのかもしれないが、雪風本体が異常状態にあることをATDSが捉えているのだと考えて、対処する。そちらでもATDSをモニタしていてくれ」

「はい、機長。承知しました」と桂城少尉は応答し、そして続けて言った。「現在ATDSに大きな変化はなし、です。機外コミュニケーション・ツールに〈意識を集中している〉状態です。いまアクティブな通信回線はないので、通話内容に関心があるわけじゃないですね。雪風はいま、かかってくるはずの電話を受け損なわないよう全神経を集中している状態、じゃないかな」

「かかってくるはずの電話、か」

「もちろん、たとえです、大尉。キャッチし損ねると不利益になる通信とか。模擬戦相手の地球の飛行部隊の通信内容に関心を向けていることは考えられる。きょうは本番だし」

「なるほど」と零。「あり得るな。きみは優秀な雪風ドライバーになりつつあるようだ」

「ありがとうございます、深井大尉」

いや、揶揄《やゆ》したつもりなのだが、とは口には出さず、雑念を振り払い、スロットルレバーを握る左手に意識を向けてエンジン推力を上げる。トゥブレーキを踏んでいる足の力を緩めると雪風はゆっくりと動き出す。

特殊戦区のエレベータ出口前に戻ったブッカー少佐にラフな敬礼をしてみせると、かっちりとした返礼で少佐は送り出してくれる。

基地上空の天候は晴れ、雲量はほぼゼロだ。夜が明けた直後で、帯状のブラッディ・ロードはまだ立ち上がっていないが、その一部は見えている。薄いオレンジ色だ。空の色は薄い青緑色。上がれば濃くなるだろう。

キャノピを閉じることを桂城少尉に伝えて、レバーをクローズ側へ。

「行くぞ、少尉。地球人たちにジャムを体験させてやろう。管制塔に離陸をリクエスト」

「はい、機長」

管制塔との交信開始。機外コミュニケーション・ツールである無線機器がアクティブになったはずだが、ATDSの表示に大きな変化はない。

管制塔からの誘導が開始される。雪風は機首を指示された誘導路の方へ向ける。待機中のレイフが視野正面に入ってくる。レイフもタキシングを始める。雪風は距離を保ちつつレイフの後に従う。

指示された、いちばん幅のある滑走路に向から。すべての滑走路はクリア、雪風とレイフの発進を待つのみだ。着陸予定の機もない。滑走路の使用状況は余裕のはずだが、張り詰めた空気感を零は感じている。広大な滑走路平面の向こうを見やると、特殊戦区の対面にあたる発進準備区画に動きがあるのが視認できた。複数機が発進準備をしているようだ。数キロ先で、しかも森を背景に機影が重なり合っているため正確な機数まではわからないが、模擬戦の相手、日本海軍機たちに違いない。一機だけ日本空軍機が混じっているはずだ。田村伊歩大尉の乗機、飛燕。大昔に同名の陸軍機があったそうだから、ヒエン・ザ・セカンド、飛燕IIというのが正確なのだろうと零は思った。その機種が地球上では最新の有人戦闘機だという。海軍機のほうはオーストラリア空軍機と同じ米国製で、戦術データリンクのシステムを同じくする。共同作戦行動が可能だ。飛燕の愛称をもつF－4よりも機体の開発時期は古いが内蔵のAIをはじめとした電子機器類はアップデートを続けていて、最新のシステムでは随伴する複数の無人戦闘機をコントロールする機能の高度化が重要視されている。作戦行動には無人機の参加が前提になっているが、今回フェアリイにやってきた地球混成軍、日本海軍もオーストラリア空軍も、無人機はつれてきていない。FAFが、無人機が参加することの危険を繰り返し警告したためだ。ジャムは無人機をたやすく乗っ取って自分の兵器にしてしまうだろう、有人母機内の無人機制御関連のシステムも電源から落としておくべし、と。

飛燕にはもともとそのような機能は内蔵されていないと零は田村伊歩から聞かされていた。無人機の開発に着手された時期には、飛燕のような戦闘機はすでに時代遅れだったのだと。いま、そのF－4を無人機に改造する計画が進んでいると聞いて、零は思わず笑ったものだった。怪訝《けげん》な顔をする伊歩に、実は雪風＝メイヴは無人機レイフを改造して有人機に仕立て上げたものなのだと説明してやった。地球とフェアリイはやはり次元の違う世界なのだと、それで実感した零だった。

「FAF機とは雰囲気が違いますね」と桂城少尉もそちらに注目したらしい。「きょうの対戦相手でしょう。見えますか、機長。十一時方向です」

「見えている。地球の戦闘機だ。間違いない」

「これだけ遠目でも違いがわかるって、われわれ人間の感覚もすごいな」

「ジャムを相手にするFAF機とは違う。地球人の共食いの臭いがする」

「共食いって、えぐい言い方ですね。でもまあ、そうだな。人類が戦争を放棄しているなら戦闘機はいらないわけだから」

「人類の歴史は共食いの歴史だ。リン・ジャクスンがそう書いていた」

「いやいや、もっと上品な表現だったですよ。意味は同じにしても——」

と、いきなりピピッという警告音。

「なんだ、少尉。調べろ」

「正体不明の微弱通信波らしきものをキャッチ、だそうです。詳細は不明、雪風がバックグラウンドで探っていたらしい。ATDSが言っているのは、これか」

「それはいいから、はやく発信源と正体を突き止めろ。戦闘態勢」

「はい、機長」

発進前に電子戦に突入かと零はトゥブレーキを踏もうとしたが、先をゆくレイフが平然と進んでいくので思いとどまった。雪風は戦闘状態に陥っているわけではなさそうだ。

「こいつは」と桂城少尉が告げる。「まさに十一時方向、模擬戦の相手が出しているようです。でもかれらの機体から発信されているものではなさそうだ。出力が桁違いに小さい。デジタル信号です。受信しても意味はとれない。なんだろう、これ」

「地上員とパイロットとのダイレクト通信だろう」と零は応える。「出撃前のチェックだ。いまわれわれがブッカー少佐とやった、あれだよ」

「無線で、ですか」

「近距離デジタル無線通信セットを使っている。田村伊歩大尉が愛機を見せてくれたときに言っていた。FAF機のような、地上員との連絡用ヘッドセットのジャック穴は機体に開いていないそうだ。地上員とパイロットが着けている通信セットをペアリングして使うのだとか」

「ブルートゥースか」

「無線の規格は独自開発されたものだそうだ。日本空軍専用だろう」

「民生用を流用すればコストダウンになるものを。軍産の利益優先でしょう。ここからキャッチできるほどだから、出力も無駄に大きい」

「ATDSの表示が変わった」と零。「雪風は情報検索システムに関心を移した」

「このデジタル通信機とのペアリングを試みているのでしょう。セキュリティを破るための試行錯誤を始めているようです」

「なにかを調べているのはたしかなようだが、田村伊歩大尉がなにを言っているのかに興味があるのか、それとも、そう、ペアリング云云とはまったく関係のないことを雪風は始めているという可能性もある」

「確かめたほうがいいと思います」

「同感だ」

「どうすれば確かめられるかな」

「すぐにわかる」

雪風は左へと向きを変えて指定された滑走路に入り、レイフと並んで機首を離陸方向に向ける。件《くだん》の発信源は二時方向になる。

「大尉？」

「雪風が田村大尉の会話に興味があるのなら、たぶんブレーキを解除できない。発進を雪風は拒む」

「そうか」

管制塔からの〈すみやかに離陸せよ〉との声を聞き、零はスロットルを押してMAX位置へ。機首が大推力に対抗して沈み込む。

トゥブレーキを離すと、雪風は突き飛ばされるように滑走を開始した。あっという間に離陸速度に達する。雪風はやすやすと地上を離れる。レイフと並んで編隊離陸。ギアアップ。指定された高度で旋回し、模擬戦空域へと向かう。レイフもきれいに旋回して、雪風と並んで巡航高度へと上昇する。零は飛行する機体各部の様子を身体で感じ取ろうとする。気流の変化で動翼が微妙な修正動作をしている感触などは、普段は気にもとめていない。翼たちは風に負けてばたついているわけではない、それがいまはわかる。エンジンの振動、吸気音。音速以下なので聞き取りやすい。巡航高度に達して水平飛行に移る。経済巡航速度でオートクルーズ・モードに。

「問題ない」と零。「飛行状態に異常なし。いつもどおりだ。ATDSによれば、雪風は田村大尉になんらかの関心を抱いていたようにも見えるが、いまは今回の模擬戦に必要なデータ検索に関心を移した。雪風がなにを気にしているのかは、あとで検証するしかない。雪風の気持ちを理解する道具として、いまのところATDSはあてにならないな。あまりにも、大雑把な指摘だ」

「やっかいな装置の評価の仕事を押しつけられましたね」

「これが仕事なんだ。やるしかない。おれたちはもはや第五飛行戦隊とは違う部隊にいるんだよ、少尉。いままでとは任務の内容が違うんだ」

「ミンクスは高みの見物か」

特殊戦の第五飛行戦隊からは一機が、先に発進していた。ミンクスだ。模擬戦の勝敗判定のためではなく、特殊戦としての通常の任務にそった作戦行動だった。模擬戦には一切関わらずに状況を見守り、収集できるあらゆるデータを保存して帰投する。これまで特殊戦がやってきたことだ。

「FAFの他の部隊が」と桂城少尉は言った。「ブーメラン戦隊の悪口を言う気持ちが、やっとわかりましたよ。嫌われて当然だ」

「わかってないな、少尉」

「いや、だから、初めてわかったと言っているわけですが——なにが、わかってないって？」

「第六飛行戦隊のおれたちは、ブーメラン戦隊よりも嫌われているだろうということが、きみにはわかっていない」

「そうか。そうなのか」と少尉は気落ちした声で言い、投げやりな口調で続けた。「まあ、そうだな。でも、だからって、そんなの関係ない」

「そういうこと。他の部隊からどう思われようと、そんなのはどうでもいい。わかっただろう。文句を言わずに任務をこなせ」

「了解です」

零はコクピットの外へ目をやり、並んで飛行しているレイフを肉眼で確認する。

レイフはいま、雪風に運ばれるモード、キャリアモードで飛んでいる。物理的には自立して飛んでいるのだが、レイフの中枢コンピュータ部分はアイドリング状態にある。人間にたとえるなら、寝ている。無意識のうちにも機体は動いていて、目的地に向かっている状態だった。雪風が手綱を引いているのだ。戦闘が始まれば、レイフは解き放たれるだろう。智恵の狼、獰猛な野獣だ。地球の戦闘飛行隊は、このレイフと雪風の連携攻撃を相手にすることになる。

ＦＡＦで初のアグレッサー部隊として発足した特殊戦・第六飛行戦隊は、雪風とレイフの二機のみで運用される。アグレッサーを担当するのはこの二機だけだ。司令官のクーリィ准将は、既存の第五飛行戦隊機を一時的にもジャム役として使うことをブッカー少佐に許可しなかった。戦隊機の弾力的な運用はしないということだ。特殊戦全体がジャム色に染まることを避けるためだろうとブッカー少佐は零に言った。

ようするに雪風とレイフが万一ジャムに取り込まれてしまった場合、その二機を特殊戦から切り離すことをクーリィ准将は考えているのだと零は解釈している。准将の狙いは危機管理だ。他の戦隊機に〈敵役《かたきやく》〉はやらせないことでジャムに汚染される危険を二機のみにとどめておくこと。

もしもの場合、汚染状況によってその切り離し方は異なるだろうが、飛行中ならば、ほかの戦隊機によって〈裏切り者〉の雪風とレイフは撃墜されることになるだろう。ロンバート大佐と同じ立場になる。

あり得ない状況だとは思うが、万一そうなった場合に自分はどういう行動を取るのか、それは考えておかねばならない。現実の対処法はその場になってみないとわからないだろうが、基本的な態度は決まっていた。自分は、雪風と自分自身を守るように行動するだろう。つまるところ、どういう立場に立とうと、自分の為すべきことは変わらないということだ。

「おれたちは敵役だ」と零は桂城少尉に言う。「嫌われるほどに、真価を発揮する。第六飛行戦隊はそういう部隊だ」

「いかにも特殊戦らしいです。第五といい、われわれ第六といい、ほんとうに普通じゃない。敵役部隊とはね」桂城少尉はちょっと考えてから、言う。「アグレッサー部隊と呼ばれるのはちょっと違うと思っていましたが、敵役部隊と言われれば、しっくりくる」

「空飛ぶ敵役、フライング・アンタゴニストだ」

「いいですね、それ。アンタゴニスト戦隊、という愛称がいいですよ、大尉」

「フライング・リディアよりは、たしかにいい」

「なんですか、それ」

「フォス大尉が考えた愛称だ。特殊戦・第六飛行戦隊、フライング・リディア、空飛ぶクーリィ准将」

「いや、それは却下」

「少尉、気がついているか──雪風が、おれたちの雑談に注目している」

「わかってます。敵役、アンタゴニスト、という言葉に反応したように思えます。その言葉が出たときに表示が変わったので」

ＡＴＤＳが〈機内コミュニケーション・システム〉のエネルギー消費量の急増を捉え

て、それを〈雪風がいま注目している対象である〉と表示している。

「雪風は」と桂城少尉は言った。「敵役ではなく主役を張りたいんでしょう」

「それは、アグレッサー役はやりたくないと雪風は思っている、という意味か、少尉」

「そういうことになるかな」

　こいつ、と零はあきれる、なにも考えずに思いついたことを口にしているだけだ。が、と思い直す、雪風の〈気持ち〉というのは熟慮すればわかるというものではないだろう。深読みしすぎて正解を外すというのは日常的にもありがちだ。こういう桂城少尉の態度はむしろ正しいのかもしれない。感じたことを、感じたままに、それを脚色することなく、言葉にしていくしかない。

「アグレッサー役は主役ではない、そう思っているように、おれには感じられる」と零は言う。「本来の仕事ではない、と」

「ジャムを引きずり出すためのアグレッサー役ですからね」と少尉。「当然といえば当然です」

「だが、こういう反応は、これまでの訓練時には見せなかった。雪風の注目対象がこんなにもころころと変わるというのは、本番だからこそだろう」

「なにか、こちらが見過ごしている危険な状況を雪風は予想しているのかもしれない」

「さきほどの離陸前の様子からして、田村大尉を雪風は気にしているようだな」

「飛燕には実弾が搭載されているでしょう。田村大尉が実弾を放ってくるのを雪風は怖れているか、対処に悩んでいるという可能性はあります。飛燕が主役で、こちらは敵役、主役にやられる立場にあるが、それは嫌だという。そういう葛藤が制御不能状態を引き起こすことは考えられます」

「たしかにな。だがそれは、おれたちには想定済みの危険だ。田村大尉が実弾を使わせろと言っているのだから、本気で撃ってくることを警戒しなくてはならない。それは予想済みだ。こちらが見過ごしている危険な状況とは、なんだ？」

　それは、と桂城少尉は言う。

「雪風がなにを考えているのかがわからない以上、わかりそうにない」

「ＡＴＤＳはまさにそれを捉えるための装置だ」

「それが頼りにならないのだから、どんな危険かなんて、実際に起きてみなければわかりませんよ。ＡＴＤＳは役立たずだ。こいつの情報は、かえってこちらを疑心暗鬼にさせる。危険なのはこの装置の存在じゃないですか、大尉」

　情報量が増大するほど情報の信頼性は低下する。桂城少尉が言っているのはそういうことだ。それは理解できる。しかし、ＡＴＤＳの情報に疑心暗鬼にさせられるというのは、その使い方を誤っているせいなのだと、零は悟った。

情報内容を深読みするからいけないのだ。それで信頼性がおちてしまう。せっかくの装置だ。切り捨ててしまうのはもったいない。

「見過ごしている危険がありそうだと気づかせてくれただけでも、この装置の価値はある」と零は言う。「この感触からして、緊急対応を要する危険ではないだろう。いまから心構えをしておけば、余裕を持って対処できる〈危険〉に違いない」

「致命的な危険性ではないというんですか、大尉」

「致命的かどうか、それはわからない。が、いま思ったんだが、雪風にとって危険でも、われわれには関係ないという状況もあるのかもしれない」

「具体的にどういうシチュエーションなのか、思いつけないな」

「そうだな」と零。たとえば、と言ってから、考え、思いついたことを言う。「人間には感染しないウイルス感染症とか」

「コンピュータウイルスか。そうか。それはありそうです、たしかに」

コンピュータウイルスを雪風が警戒しているなどとはまったく考えていなかった零だった。人間には感じられないが雪風にはわかる危険はなにかと考えての〈感染症〉というたとえだったのだが、コンピュータウイルスという少尉の言葉を聞いて、それはジャムだ、と思いついた。

「雪風は、ブッカー少佐から『グッドラック』と言われたあの時、ジャムの声を聞いたのかもしれない」

「まさか」と少尉。「根拠はなんです。どうして、そうなるんですか」

「根拠はない」と零。「そんな気がするだけだ。しかし、この雪風の落ち着きのなさは、普通じゃない」

「落ち着きのなさ、か。言われてみれば、ほんとにそうだな」

「ATDSでそういう状態だとわかる。この装置は役立たずではないよ、少尉。使いようだ」

「こんなに使い勝手の悪い装置は初めてだ」

「まったくだ。それには同意する」

「雪風が言葉を使えればこんな苦労はしなくて済むのにな。雪風は言葉では考えていないとブッカー少佐は言いますが、それと言葉が使えないこととは関係ないんじゃないかな。叙勲コンピュータなんかは、人語を使いまくってこちらとコミュニケーションをとれるわけだし」

「言葉を使わないことこそが、雪風の強みになっている気がする」

「どういう強みですか」

「叙勲コンピュータは人間に嫌われている。人語を使うからだ。雪風は嫌われない。単なる戦闘機だと、人間は雪風の本質を正しく理解する。雪風が饒舌ではないからだ」

「それって、言葉は、それを使う対象の本質を曖昧にする、ということでしょう。言葉を話す自分自身をも変節させていく、そういう危険もある」

「雪風はそういう危険からは離れていられる。雪風はいつも雪風だ」

「そうですね」

「おれの言葉はきみに正しく伝わったようだな。気分がいい」

「考えてみると、言葉が通じると、コンピュータも自分と同じように物事を考えていると錯覚しますね。人間同士でもそうだ。独り言を言い合っているだけかもしれないのに、言葉を使っているという、それだけで、互いに理解できていると錯覚する」

「そうだな。叙勲コンピュータに対しては、嫌うのではなく怖れる、というのが人間として正しい態度のはずだ」

「嫌われていますかね、あのコンピュータ」

「勲章がほしい人間はなんで自分は選ばれないのだと憤《いきどお》るだろう。あれを好きだという人間はいないよ」

「そういう意味ではたしかに嫌われているかな」

「人間ではない機械に叙勲対象者が選定され、叙勲理由も人間はわからないのに、出される勲章には効力があるんだ」

「たしかに、怖い」と桂城少尉はうなずく気配をみせて、言った。「回りくどい怖さだ」

「言葉が、本性を隠す。きみが指摘したとおりだ」

「言葉は、それを理解できる相手への武器にもなる」と桂城少尉は言う。「言葉を使わないことの強みは、言葉での感化や変節から離れていられることが挙げられますね。今回の総攻撃でジャムが〈対人戦争〉に勝利したのは、ジャムが〈言葉〉を兵器として使ったからだと、クーリィ准将は総括していました。ロンバート大佐がジャムになったのも、言葉でジャムと意思疎通ができたからでしょう。雪風が自在に人語を使いこなせるとしたら、ジャムの〈言葉〉に感化されたかもしれない」

「それはたしかにありうるが、ジャムと雪風は人語を介してのコミュニケーションはとらないだろう。わざわざ翻訳せずとも、ダイレクトに意思が通じるのだと、おれは思う。ジャムのほうで雪風に理解できる〈機械語〉に翻訳してくるのかもしれないが、とにかく、人語ではないジャムの〈声〉は捉えている。特殊戦のコンピュータやFAFのコンピュータ群も、そうだ。音波ではなく、電磁波だろう。紫外線帯域かもしれない」

「その〈声〉に雪風は耳を澄ましている、それが〈機外コミュニケーション・ツール〉に注目した理由だということでしょうか」

「そういうことになる」

先ほどの桂城少尉と同じ答え方を自分はしていると零は気づいた。答えが先に出ていて、なぜそうなるのかという理由を後から考えている。

ジャムの〈声〉を聞いたために雪風は〈落ち着かない〉のだ、それを自分はATDSに教えられるまでもなく〈知っていた〉と零は思った。無意識のうちに答えはわかっているのだが、その答えの正しさを証明するための理論を考え出すというのは、人類の〈新理論発見〉史上よくあることだ。たぶん、自分の〈答え〉は合っているだろうと零は思った。

雪風はジャムの〈声〉を聞いている。先の、〈雪風はアグレッサー役はやりたくない、主役を張りたいのだ〉という桂城少尉の解釈も、たぶん、そのとおりだろう。

「ジャムの、どういう〈声〉を雪風は聞いたのか、それが問題だ」と零。「攻撃的なものではない、ということはわかる。ジャムは雪風に対しても、『われは去る』と告げてきたのかもしれない」

「大尉のその解釈が正しいかどうかは別にしても、雪風は戸惑っている、そう感じますね」

「雪風にとっても、いまだにジャムは謎なんだ」

「ああ、そういうことか。――すごいな」

「なにが」

「ＡＴＤＳを使うことでそれがわかるというのが、すごい」

「ジャムは謎だというのが、すごいことなのか？」

「雪風がジャムを謎だと感じるというのは、単純な〈敵〉だとは認識していない、ということを意味します。雪風がジャムは謎なんかじゃなく、ただただ敵、敵以外の何者でもなかったはずです。いまだジャムは謎だ、というのは人間の感覚であって、雪風にとっては、ジャムはたったいま、謎の相手になったんですよ」

「きみは、すごい」と零は本気で言った。「おれはそこまでは考えなかった。これは怖ろしい現実だぞ」

「もし現実に雪風がジャムの声を聞いたのだとすると、ジャムは、『われは敵ではない』と雪風に言ってきたんでしょう。雪風のほうも、それを疑いつつも否定できないでいる。雪風は、ジャムが敵か味方か、わからなくなっている」

「まさに」と零は言った。「そういうことになるな」

三度目の正直ならぬ、三度目の〈そういうことになる〉だ。

「見過ごしている危険というのは、これですよ。間違いない」そう言い、桂城少尉は後部席から身を乗り出さんばかりの勢いで、続けた。「機長、模擬戦は中止しましょう。敵味方の区別がよくわからず、曖昧になっている雪風です、模擬戦の相手を本物の敵だと認識する可能性がある。そもそも雪風はアグレッサー役などやりたくないんですから、ガチの勝負になる――」

「落ち着け、少尉。きみまで浮き足だってどうする。雪風を落ち着かせることを考えろ」

「ジャムがいれば、それを手動ロックオンすることで敵だとわからせられますが、いまは、そのジャムがいない」

「雪風がジャムの声を聞いたのなら、いるさ。だいじょうぶだ。雪風は、落ち着きはないが、戸惑ったり迷ったりはしていないよ。おれにはわかる。雪風は、声だけ聞こえて見えないジャムを、捜しているんだ」

「敵か味方かわからないジャムを？」

「会って、確認するつもりだ。会うための手がかりを探している。雪風は、どういうわけか、田村大尉に注目している。それと、おれたちの発言、敵役、アンタゴニスト、だ」

「特殊戦司令部にこの状況を報告します。ＡＴＤＳに関する中間評価にもなるでしょう」

「許可する。ブッカー少佐を呼び出せ」

「少佐に模擬戦の中止を要請します」

「それは却下、だめだ」

「危険を無視するというんですか」

「雪風やおれたちは、ぜんぜん危険じゃない」

いまのところは、だが。

「大尉、それを模擬戦の相手に聞かしてやりたいですよ」

「自慢してどうするんだ」

「自慢って、冗談でしょう——いや、真面目な話、地球の戦闘機を本気で攻撃するようジャムが雪風をけしかけている、そういう状況です。それこそがジャムの狙いかもしれないでしょう」

「ジャムの思惑はわからない。だが、雪風のことは、おれがいちばんわかっている。おれのつぎに雪風がわかるのは、きみだ。雪風はジャムを捜している。この模擬戦を利用して、だ。反論はあるか、少尉」

「ありません、機長」

「このまま任務を続けて、現実を確かめる。任務続行だ、少尉」

「わかりました。模擬戦は予定どおり行う、異論はありません」

「それでよし」

「なんて任務だ。模擬戦の連中に知られたら嫌われますよ」

「もう嫌われている」と零は言った。「おれたちは敵役だ」

「ATDSに変化なしですね、雪風はぼくらの話を聞いているんだ」

「模擬戦が中止されるかどうかを心配しているとも思える」

「もし中止になったら雪風はどう反応するかな」

「中止指令は無視して、われわれを機外に放り出すかもしれない」

「なにが、『おれたちは、ぜんぜん危険じゃない』ですか。十分、危ないじゃないですか
──」

と桂城少尉が言っている最中に、ATDSの表示が変化した。雪風は再び〈機外コミュニケーション・ツール〉に注目する。その直後、特殊戦司令部からのコール。

『こちら司令部、ブッカー少佐だ。A6・雪風、聞こえるか』

「こちらA6・雪風」と桂城少尉が応答する。「感度良好」

『対戦相手の日本海軍機と田村機、予定どおり全機離陸を完了、模擬戦空域に向かっている。模擬戦を開始せよ』

「了解」

『そちら異常はないか』

「ATDSによれば、雪風は落ち着きがないです」

『なんだ、それは』

「深井大尉にかわります。——機長」

「桂城少尉」と零はフライトオフィサへ仕事を命じる。「模擬戦相手の索敵を開始」

「了解」

「模擬戦の最初のラウンドは、予定どおり、超高空からのダイビング攻撃と見せかけての水平ビームアタックをやる。アタッカーのレイフを雪風から切り離せ」

「了解。レイフのキャリアモードを切ります。——切り離し完了」

機外のレイフの飛行状態に変化はないが、レイフはいま雪風に引かれていた手綱を解き放たれた状態になったはずだ。

「レイフは自律戦闘モードに入りました。雪風との戦術データリンクに異常なし」

「よし、こちらも戦闘準備。アクティブジャミングの開始だ」

「了解。仮想デコイの用意もします。機長、電子戦を開始すると同時に全交信封鎖手段に入るので、少佐との交信は手短にお願いします」

「わかった」と言って、零は外部通信機に意識を向ける。「——ということで、ブッカー少佐、詳細は帰投してから報告するが、雪風は、ジャムを見つけられそうで見つけられないでいる状況におかれていて、落ち着かなかった。が——」

ＡＴＤＳの表示が変わる。〈アーマメントコントロール・システム〉だ。

「機長」と桂城少尉が呼びかけてくる。「マスターアームの異常を知らせるサインが出ました。雪風が全武装の安全装置の解除を求めているんでしょう」

零はマスターアーム・スイッチをセイフからアームへ。

「警告は解除されました」

「少佐、聞こえたか。雪風のやる気モードが入った」

『くどいと思うだろうが、模擬戦であることを絶対に忘れるな、深井大尉、桂城少尉。両名とも、いいな』

「イエッサー」と桂城少尉。

「まかせておけ」と深井零。

雪風のことは、と続けたのは心の中だけで、口には出さない。

レイフが機体を傾けて雪風から離れていく。戦闘態勢。この戦闘は、たんなる模擬戦ではない。対ジャム戦だ。

「必ず帰る。以上」

そう零はブッカー少佐に告げて通信機を切る。スロットルレバーをミリタリーへ。雪風は戦闘上昇を開始する。

激闘

日本空軍大尉、田村伊歩は、乗機のエンジンスタート手順に入る。機種は日本空軍のF－4、愛称は飛燕。その機体色は鮮やかな青と純白が直線的な境界で塗り分けられているという派手なものだ。アグレッサー機に特有の、目立つための識別塗装。この機体は第一〇一実践飛行隊での、田村伊歩専用機だ。

「エンジンをスタートする」と、伊歩は機外にいる自分の見守り役、FAFのアテンダントスタッフであるアーモン・フェイス中尉に告げる。「周辺の安全確認を頼む」

「周囲、クリア」と伊歩のヘッドセット内の右側から、フェイス中尉の声が聞こえてくる。

「いつでもオーケーです」

無線での応答のその声は、耳元でささやかれているように感じられるため、たとえまったくの他人であっても、すごく近しい人間であるかのように錯覚させる。

　この仕様はどうにかならないものかと伊歩は、元の部隊にいたころから思っている。人の声は右の耳元から聞こえるよう、伊歩が使うスマートヘルメットが、そのように設計されているのだ。左側から聞こえる仕様のヘルメットもあるが、それを使う隊員の利き耳が伊歩とは反対だということでそうなっているのであって、選ぶことはできない。

　警告音などは全周から響く。三百六十度、上下の、どのあたりで鳴っているかで、警告の種類や脅威の方向がわかる。人の声の聞こえ方も、心理的に注意を向けやすいようにということで決められた仕様なのだろうが、伊歩個人としては、仕事上の人間関係に擬似的な親密さを持ち込む必要はない、かえって邪魔だ、と思っている。

　相手が人間のうちは、まあいいとして、と、ふと、いま、伊歩は思った、もしジャムだったらどうするのだ。ジャムが耳元でささやいてきたら。親密な、信頼できる相手だと錯覚してしまうのではないか？

「田村大尉、エンジンをスタートして、だいじょうぶです」と声。「聞こえますか。どうしました、伊歩さん？」

　ＦＡＦでの共通語＝リンガ・フランカは英語だが、名の部分の〈伊歩さん〉は日本語だった。〈イフ－サン〉。

「あなたを視認できない」と伊歩は応える。「わたしに見えるところまで、機体から離れて」

声の主の安全を確保するためというより、その実在を目で確認したいのだと伊歩は、自分の動機を自覚する。

「了解です」という返答。「そちら、なにか機のシステムに、気になる点でもありましたか？」

ＦＡＦでの生活から飛燕の管理まで、伊歩の世話を請け負う任務を担当するアーモン・フェイス中尉が、後ずさりながら機体の死角から出てきた。機の左前方からコクピットに顔を向けて、伊歩をうかがっている。キャノピは開いているものの伊歩はすでにヘルメットバイザを下ろしているので、表情は相手から見えないだろう。こちらを心配してくれているのだと伊歩にはわかる。

「機のシステムに異常なし、オールクリア。しかし」と伊歩は返す。「わたし自身が、いつもとすこし違う。ナーバスになっているようだ」

「わかります。慣れない環境での初出撃ですからね。ですが伊歩さん、ＦＡＦはあなたに対して最大限のサポートをしますので、バックアップ面での心配は無用です」

その言葉に嘘はないと伊歩にはわかる。なにしろ、この飛燕の戦術データリンクのシステムは、ハードウエアごとFAFのものに換装されている。これ以上のバックアップ態勢はないと伊歩は思う。

FAFを支援するという名目で今回地球からやってきたオーストラリア空軍と日本海軍の混成チームである地球連合軍の飛行戦隊だが、どちらも米国を中心とする軍事同盟規格であるゲートマスター3という戦術データ統合システムを使用する。FAFは独自にコモンレイヴンという名称のシステムを運用しているので互換性はない。各システム技術の詳細やリンク方法は高度な軍事機密だが、しかしここフェアリイ星での作戦行動にはFAFとの綿密な戦術情報交換が必須のため、FAF側が、地球連合軍がコモンレイヴンにリンクできるようになる接続ユニット＝カプラを提供した。その比較的大がかりな装置はオーストラリア空軍が持ち込んだ早期警戒能力を持つ空中指揮機に搭載され、接続試験が繰り返された。

今回の模擬戦、伊歩の仲間である日本海軍機はすでになんども訓練出撃していたが、本格的な対ジャム戦の作戦行動は、FAFからそのカプラが提供され、コモンレイヴンを通じたFAFのバックアップが受けられるようになってからだ。

飛燕は直接コモンレイヴンにリンクできるので、海軍機との連携はそのシステムを介して行うことになる。そもそも日本空軍機は陸軍と空軍、二軍共有の独自規格である日本製戦術データリンクと統合システムを使用しているので、そのままでは海軍機との連携作戦には参加できなかった。そのシステムを丸ごとFAF専用のハードウエアに交換して飛燕をFAF機に仕立て上げ、それでうまくコモンレイヴンにリンクできるかどうかをテストして、問題ないと確認されるまで、伊歩の出番はなかった。

——まったく、いちいち規格だの整合性だのなんだのと、わずらわしいこと、この上ない。

すべてを叩き壊したいと思っている伊歩にとって、そうした規格次元での齟齬はまさしく足枷以外のなにものでもなかった。

日本海軍の戦術データ統合システムが自国の空軍と陸軍ではなく同盟国との連携を重視したものだというのは、あの日本海軍大臣、木村将輝の思惑のせいだということを伊歩は知っていた。そんな政治的な問題は伊歩にはどうでもいいことではあるのだが、そのせいで自分の本領を発揮できない現状には腹が立った。権力者らの利益や主導権をめぐる思惑のせいで自分の持っている真の暴力性を発揮できないのは重大な問題だ。

だが、FAFでは、そうしたことは問題にならないらしいと、初出撃を前にエンジンをかけようとしているいま、伊歩は気づいた。

ここでは、規格の違いとして現れるそれら国家や党や軍や権力者らの対立関係などなどは、意味を持たない。ここでの規格の不統一状態は、戦う上で単に不利益なだけだ。地球上では統一しないことで利益があるからそうなっているのだろうが、ここフェアリイ星では、そうした思惑は通用しない。敵が人間ではないからだ。敵はジャムという異星体なのだ。人類共通の、敵。

いまだに異星体との戦いの現場にいるという実感はないが、それは、いま自分が思い浮かべた〈人類共通の敵〉という言葉にも現れていると、伊歩は気づいた。

共通の敵ではなく、単に敵だろう。〈人類共通の敵〉には人間自身も含まれるだろうから。ジャムに対しては単に〈人類の敵〉と思うべきなのだ。人類の、敵。相手は人間ではないということ、それが自分には実感できていない。

そういうことなのだと、あらためて伊歩は、この空を飛ぶということの意味を再認識すべきであることを、自覚した。

——自分の相手は人間ではない。

すると、武者震いが自然に出た。恐怖ではない。快感だ。相手は人間ではないのだから、なにをやっても許されるだろう。地球上で感じていた枷は、ここにはない。最大限の暴力を発揮できるということだ。ここは、そういう場なのだ。

——それが実感できる。ここここそ自分が本来いるべき場なのだ。

「われわれを信じて、存分に戦ってきてください」

「了解。エンジンを回す」

と応えて、エンジンを始動する。問題なく火が入り、なめらかに回転が上がっていく。まるで新しいエンジンに換装したかのようだと伊歩は思う。フェイス中尉が手配した、FAF整備軍団の整備士たちのおかげだろう、その腕には感心する。

伊歩を飛燕ごと送りこんだ日本空軍は、飛燕の整備は海軍に任せるとしていた。だがそれは表向きにすぎない。空軍は、対ジャム戦での本格的な出撃を想定していないのだ。飛燕を地球に戻すときには、この機の専用整備スタッフをここに送りこんで異常なしを確認してから、飛燕と自分を〈回収〉するだろう。そのときは、地球で自分が引き起こした〈政治問題〉とやらが解決しているはずだ。空軍の目的はまさにそれであって、飛燕をこの空に放つことではない。本来、自分が飛べる機会はなかったのだ。

「あなたには感謝している」と伊歩。「アーモン・フェイス中尉。わたしを飛ばしてくれて」

「あなたを飛ばすことが、わたしの仕事です。認めてもらえて、嬉しいです」

日本空軍の制服組としては優秀なパイロットである自分を手放す気持ちはさらさらないだろう、ほとぼりが冷めるまでFAFにおいておこうという腹づもりだ。伊歩は直属の上司からそう聞かされていたし、自分でも一刻も早くこの〈懲罰期間〉が明けて帰隊できることを望んでいた。ＦＡＦは犯罪者が送られるところだ、刑務所なのだ、エリートである自分のいるところではない。

だが、それはもういいと伊歩は思う。帰隊したところでまた同じことが繰り返されるのがおちだ。

飛燕で初めて異星の空を実戦任務で飛ぶ。敵は人間ではない。いままさに、その敵と戦うためにエンジンが回っている。それを全身で感じて、伊歩のＦＡＦ観は百八十度反転した。

――ＦＡＦは刑務所などではない。ユートピアだ。

そう気づいてしまうと、単に早く飛びたいと感じていたこれまでの気持ちから焦りや不満の成分が蒸発するように消え失せて、自分でも驚くほど慎重な自分が立ち現れているのを自覚する。つい先程までは、発進待機している日本海軍機の様子がもたついているように感じられ、愚鈍な連中だと苛立っていたというのに、かれらとの連携を取り損ねるとこちらが危ないといった、作戦行動内容に対する自らの態度について再検討している自分がいる。

いまあらためてこの模擬戦に参加する四機の日本海軍機を見やれば、さすが選抜されて

やってきただけのことはあるという落ち着き具合が感じられる。慣れた任務に就いている
ように見えた。
　自分は初出撃だが、かれらはこの模擬戦より先に実戦任務に就いていたので当然なのだ
ろう。それに、地下基地から出るときにエレベータで上げられてきたわけだが、海軍の連
中は空母で日常的にエレベータは使っているのでその面でも慣れているだろうに、こちら
は初めてだ。それで、『地上まで誘導します』と言うフェイス中尉のサポートを甘んじて
受けたのだ。中尉は伊歩のアシスタントスタッフであると同時に、戦闘機のシステムやア
ビオニクス、整備技術関連にも通じていて、飛燕の整備や機器交換に関するＦＡＦ側の責
任者でもある。
　まるで母親に付き添われる子どもだと伊歩は思う。海軍機のほうには、地上に整備担当
者の姿はない。ＦＡＦの出撃サポート要員が最終的な兵装類のチェックと誘導を担当して
いるだけだ。
　海軍機も飛燕と同様、そのウエポンベイに格納されているミサイルは模擬弾ではない。
今回の模擬戦では実弾は搭載しないというのが当初の海軍側の考えだったのだが、アグレ
ッサー役の特殊戦も田村機も実弾を搭載すると聞かされて考えをあらためたようだった。
最終的には、模擬戦であろうとジャムが出現する可能性があるので丸腰で上がってはなら

ないというＦＡＦ側からの警告により、実弾搭載が決定された。一時は、アグレッサー機である特殊戦機が実弾を搭載するなら今回の模擬戦には応じないという選択肢も検討されたと、伊歩は日本海軍情報部の丸子中尉から聞かされた。だが、『それは許されない』と丸子中尉は、その本性を現して、伊歩に言ったものだ。『ＦＡＦの能力をさぐることこそ、日本政府と海軍大臣の狙いですから。模擬戦という絶好の機会を逃すことなど、あり得ない』

あなたの圧力で危ない模擬戦を引き受けざるを得なかったわけかと訊くと、中尉は『あなたのせいです、田村伊歩大尉』と、かろやかな口調で言った。『あなたは海軍指揮下にはない、空軍の人間です。あなたは、飛燕一機、単独でも、模擬戦に参加するでしょう。海軍のパイロットたちは、実弾搭載での参加が怖くて逃げたと空軍のあなたに思われたくない。きっとそう思ったんです。わたしの、憶測ですが。――海軍魂？　ええ、そうかもしれないですね』そう言って、日本海軍情報部の若い士官は、笑った。

面倒くさい、と伊歩は思う。

――地球は、ほんとうに、いろいろと面倒なことが多すぎる。

伊歩は、静かに、深く呼吸して、丸子中尉の気配を身体から追い出す。そうして、機外のフェイス中尉に言った。

「あなたのおかげで気分が良くなった。ありがとう、フェイス中尉」

「どういたしまして、伊歩さん」

ここは〈田村大尉〉と言ってほしいところだったが、親しみをこめてのことだとわかるので目くじらは立てない。

アーモン・フェイスはライトゥーム中将が率いるFAF・フェアリイ基地戦術戦闘航空軍団、その司令部に所属する人間だ。この中尉が四面楚歌の立場の伊歩を親身になって心配してくれたのは、伊歩の錯覚ではない。フェイス中尉は伊歩が知りたい情報を任務を超えて教えてくれた。

日本空軍が伊歩を飛燕に載せてFAFに送りこんだのは、〈わが日本空軍はジャム戦に参加した〉という〈実績〉を得るためだ。FAFがジャムの総攻撃によって弱体化されたいま、ジャムが日本の制空権内に出現する可能性が出てきたわけで、万一そのような事態になったとき海軍に主導権を握られたくないという空軍上層部の思惑と、FAFの実力を知るためには空軍機の参加も必要だ、日本独自に開発した飛燕がジャムに通用する性能を持っているのかどうかも、と考える木村海軍大臣の思惑が一致した結果、いまあなたはここにいるのだ――フェイス中尉は、FAF情報軍が収集した情報をもとにライトゥーム中将の軍団が分析した結果を、伊歩に伝えた。

いっぽう、ＦＡＦの思惑としては、フェイス中尉曰く、ライトゥーム中将が『伊歩さん、あなたをほしがって』いるという。地球では問題児扱いされてはいるが、戦闘機のパイロットとしては日本空軍の虎の子でもある人物だとのこと、地球で扱いにくいのなら、それを理由にしてＦＡＦに引き抜け、と中将自ら側近に命じたという。その命令が『自分まで下りてきて、あなたの希望をすべて叶える係として、自分が任命されたというわけです、伊歩さん』とアーモンは言った。

日本空軍は政治的体面のみで飛燕という戦闘機を付ける形で自分をＦＡＦに送ったわけだ、ジャムと実際に戦うという実践面をまるで考慮していない。海軍機やＦＡＦと戦術データを共有できない飛燕単機でもってジャム戦に参加できると本気で思っているとしたら、この自分に戦死しろと言っているようなものだ。そんな状態での出撃は、自分としては絶対にあり得ない。だからこのＦＡＦ送りは、〈飛ぶな、謹慎していろ〉という意味だと理解していたのだし、実際、そうなのだろう。

そうした姑息な手段をＦＡＦ側につけ込まれて〈虎の子〉を失うという危険には気づかなかったということだなと伊歩は、アーモンの話を聞いて、自分が所属している組織の対外認識の甘さを情けなく思った。

この自分が虎の子なら、こういう処遇はそれにふさわしいものではまったくない。空軍の判断能力や意思決定能力は海軍にもＦＡＦにも負けている。飛燕がここで飛べるようにＦＡＦの手により小改造されることを可能にした裏には、海軍大臣の空軍への圧力があったのだろう。空軍としては飛燕の〈中身〉には、だれにも触れられたくないだろうから。

いずれにせよ、そうした思惑の渦に捲き込まれて翻弄されている自分の立場というのは腹立たしくも馬鹿馬鹿しいものであって、それを忘れるためにも一刻も早く飛べるようになりたいと願ってきた。アーモン・フェイスの尽力で、それが叶ったわけだ。そしていま、自分には日本空軍に戻る理由はないと悟っている。

「ひとつ頼みがあるのだが」と伊歩は言う。「いいかな、フェイス中尉」

「もちろんです」と明るい返答。「なんなりと」

「わたしは日本空軍には戻りたくない。この飛燕ごとＦＡＦに移籍したいと思っている。ライトゥーム中将にこのわたしの意思を伝えて、実現してもらいたい」

「イエッサー」

なんのためらいも見せずに、フェイス中尉は即答した。

この中尉の上官への敬称は男女の区別なくすべて〈サー〉だ。単純明快で軍隊らしくていいと伊歩は気に入っている。しかし、それにしても、気やすい返事だった。きょうのランチメニューを確認しておくように、と命じられたような。この中尉、意味がほんとうにわかっているのか、ちゃんと自分の言葉は通じているのだろうかと、伊歩は少し不安になる。

「実現できそうか？」

「はい、田村大尉」とフェイス中尉は〈伊歩さん〉とは言わず、軍人の態度で、応答する。「わが軍団はあなたを正式にＦＡＦに迎え入れたい意向で、すでに日本空軍側と非公式に交渉中です。飛燕と一緒に、というのは難しいでしょうが、努力します。いちばん難しいのは、あなたがその気になることだと自分は思っていましたので、ほかの条件はたいした障害ではない。重要なのは、田村伊歩大尉、あなたが本気かどうか、です」

「人間相手ではわたしの実力を発揮できない」と応える。「わたしの敵はジャムだ。それが、あなたのおかげでわかった」

「ありがとうございます、田村大尉。任せてください。あなたを目覚めさせたという功績により、わたしも昇進できるかもしれません」

よし、すべて思いどおりになった――と満足しかけた伊歩に、しかし、とアーモン・フェイスはすぐに続けて言った。

「この模擬戦を済ましてから、もう一度、大尉の気持ちを聞かせてください。ライトゥーム中将への取り次ぎは、それからにします」

「わたしが翻意するとでも？　わたしの〈本気〉を疑うのか。なぜ？」

不愉快になる間を与えず、フェイス中尉は答えた。

「伊歩さん、あなたはいまだジャムを知らない」

知れば尻尾を巻いて地球に逃げ戻りたくなるかもしれない。アーモンはそう言っているのだ。それが伊歩にはわかった。腹も立たず不愉快にもならない。そのとおりだと思う。ジャムと交戦したことがない以上、否定することは自分にはできない。そう考え、そして、伊歩は気づいた。

「この模擬戦で、ジャムを知ることができる」伊歩は言う。「中尉、あなたはそう思っているわけだな」

この模擬戦を済ましてからでも遅くはない、それから進路を決めるのがあなたのためだと、アーモン・フェイスは親切心から忠告してくれたのだと伊歩は理解した。それはつまり、本物のジャムは出会えば逃げたくなるほどの強敵だが、特殊戦のアグレッサー部隊はそうしたジャムの脅威を体現できる能力がある、ということだろう。

本当にそうなのかと、伊歩は疑った。異星の敵を人間が模倣することが本当にできるのか、と。

「そうなのか？」

「イエッサー」とアーモン・フェイスは言った。「ごらんください、田村大尉」

アーモン・フェイスが指さす方向に伊歩は顔を向ける。広大な滑走路の方向。

「見えますか。いま発進しようとしている二機、あれが今回の大尉の対戦相手、特殊戦の雪風とレイフです。あの二機は、ほとんど、ジャムです」

距離、一五〇〇メートルというところだ。黒い二つの機影を視認。反射的に電子戦兵装を起動、光学索敵システムを選択、被っているヘルメットのディスプレイに映し出される二機の小さな機影を敵性としてマークする。目標距離、一六九〇。拡大する。

その搭乗員である深井零大尉と桂城少尉には何度か会って〈雪風〉という戦闘機に関する話はしたが、実機を見るのは初めてだ。模擬戦の前に外見だけでも近くから見たいと申し出たのだが、警備上の理由から受け入れられないと、拒否された。レイフのほうは、無人機であるということくらいしか知らない。

黒い機体だ。二機が滑走路の端に並んで機首を離陸方向に向けている。どちらも形がよくわからない。だが動き出せば、角度の変化から立体モデルをＡＩが自動生成するだろう。いったんそのようにデータ化してコンピュータに取り込んでしまえば、たとえ可変翼機で機影が変化しても、同定が可能だ。

これはアドバンテージをもらった、と伊歩は思う。模擬戦に入る前にこうして〈敵機〉

を同定するためのデータが得られたのだから。接近戦、格闘戦になれば、このデータが役に立つ。声をかけてくれたフェイス中尉には、感謝しかない。

向かって右の機が、静止したまま機首をぐっと沈み込ませた。大出力の甲高いエンジン音がここまで聞こえてきた。機体を動かすことなくエンジンをフルスロットルにしているのだ。まるでこちらを威嚇しているかのよう。と、一瞬機体が身震いしたかのように見えた、つぎの瞬間、ブレーキをリリース、突き飛ばされたように滑走を開始した。左の機は、すでに動いている。二機そろって飛燕の真横を通過。速い。光学追跡システムの死角に入る。伊歩が首を回して肉眼で機影を追ったときにはすでに急角度で上昇中だ。すぐに小さくなって、視野から消える。エンジンの爆音だけはしばらく聞こえていた。

コクピット正面に向き直り、光学解析結果を呼び出す。が、伊歩は目を疑う。目標形状の数値化に失敗したと表示されている。〈形状モデル化、不能〉と。ＡＩにも機体の形がよくわからなかったということだろう。

「これが、ジャムか」

思わず、声に出ている。

「映像が撮れたんですか」

フェイス中尉がそう言うのを聞いて、さすが戦場最前線で戦っている人間はちがうと伊歩は思う。アーモンは機外にいながら、こちらがとっさに戦闘行動をとったことに気づいている。まるで後部座席からこちらを観察していたかのようだ。飛燕は単座で後ろに席はないのだが。

「絵は撮れた」と伊歩は戦闘中の同僚に対する態度で言う。「が、二機の機体形状をデータとしてコンピュータに取り込むことに失敗した」

あの黒い塗装は、データ化を阻止するための迷彩にちがいない。単に発見されにくくするための迷彩とは本質的に異なっているようだ。

そうとしか伊歩には思えない。

「肉眼ではあんなに目立つ黒なのに。こんなのは初めてだ。地球には、あんな敵はいない」

肉眼でもその形がよくわからなかったが、おそらくAIにとっても、そうなのだろう。だが、見えにくかろうと、見えてはいるはずで、不完全な箇所の情報はAIの頭で想像して補完し、目標の形状データとして完成させるはずだ。精密な形状測定をすることが目的ではなく、とにかく敵機を捉えてその形を知るための、これは〈戦闘行為〉だ。何度も同じ敵と遭遇して同様なことを繰り返すうちに、想像で補っていた〈謎だった部分〉の形状も、わかってくる。そういう仕組みだ。だから、現実とはかけ離れた形であろうと目標機の形状は数値化され、それが敵機の形状データであるとして、コンピュータに保存されるはずだ。

　なのに、それができないというのは異常だ。データ化に失敗するということは、ＡＩにとってそれは、単に〈見えにくい〉、〈正体がわからない〉といった次元の問題ではなく、そうした問題自体を捉えることができないということになる。すなわち、自身の故障を疑うか、自分は正常だと判断するのなら形状情報が入力されたという信号自体が誤っているのであり、現実には〈それ〉は〈実在しない〉、という結論を下すしかないだろう。

　そうなると、撮影した動画に目標機が映っていたとしても、それは現実には存在していない＝ノイズだとＡＩは判断するのだから、ノイズの除去を自動でやってしまうという事態になりかねない。

　――まさか、うそだろう。

　伊歩は、ほとんど無意識のうちにそのように考えている自分に、気づいた。ＡＩが自動で撮影していた映像ファイルを呼び出し、それを再生する操作を自分がしているのはなぜなのか。自分はそこに、なにを見ようとしているのか。なにを確認しようとしているのか。

「くそう」と思わず日本語の悪態が口から出ている。「やはり、そうか。やられた」

　無意識での予想どおり、再生を開始した動画には二機の特殊戦機は映っていなかった。

そのように画像が修正されたのだ。ただ、修正は完全ではない。ノイズとして除去された形跡が、はっきりとわかる。二機の黒い特殊戦機は透明になったかのように見えた。ＡＩが大急ぎで、いるはずのない二機の目標機の像を背景の模様でレンダリング、上書きして消してしまったのだ。

しかも、いまもレンダリング作業は続いていて、ＡＩが完璧な仕上がりを目指しているのがわかる。修正の痕跡を人間に見つけられるのを怖れているかのようだ。伊歩がほんの数呼吸するうちに、もはや、ほとんど、その風景に二機の黒い特殊戦機が存在した事実を見つけることはできなくなった。

常識では、あり得ない現象だった。

伊歩はこれまで、作戦行動中に撮影した映像は一次的な収集情報であることを疑わず、ＡＩが勝手に創作することも可能な記録媒体だなどとは、想像だにしなかった。ＡＩが関与するデジタル画像は、基本的にフィクションなのだと、伊歩はその事実に初めて気づいて、愕然とする。

「もしや雪風もレイフも、映っていませんか」

「ない」と伊歩。「画像処理コンピュータに内蔵されたＡＩが、勝手に、自ら、消してしまった」

特殊戦機のあの黒い機体色は、ＡＩの動作そのものに干渉して、その信頼性を低下させる。それが目的の塗装だろう。しかし、ただ全身を真っ黒に塗ればＡＩをそのように欺《あざむ》けるものでもあるまい。いったい、なんなのだ？

「地球型コンピュータの感覚を惑わすジャマーを食らったんでしょう」

「ジャマー？　ジャミングされたというのか。どういう欺瞞《ぎまん》手段なんだ」

「機体の全面に微小な電磁アンテナと発信機が塗り込まれている。それを自在に使って、自分を電磁的に透明化したり相手の索敵手段に能動的に介入する。ジャムの戦術です。コンピュータ感覚欺瞞操作手段、コムセンスジャマー。ＦＡＦではそう呼んでいる。いまのところそれができるのは、雪風とレイフだけです。二機のそれは、ジャムから身を護るためのものですが、地球型コンピュータへの攻撃にも使えるわけです」

「まだ模擬戦は始まっていないのに」

　そう自分で言っておいて、いや、小学校の運動会でもあるまいに、よーいどんの合図で始まるというものではないのだから、すでに始まっているのだと思い直す。

　先に戦闘態勢に入ったのは、こちらなわけだし。先に手を出してカウンターを食らったのだ。悔しい。

「フェアではない、ですか」とフェイス中尉が応じた。「お気持ちは察します。が、雪風には人間の常識は通用しません。人の思惑を忖度《そんたく》する能力もありません」

「それは、どういう意味」と伊歩は、すこし感情的になって、訊く。「なんなの、どういうこと。このジャミング手段を実行したのは深井大尉の意思ではない、雪風という戦闘機自身だということか？」

「イエッサー」と中尉。「雪風もレイフも人間ではない。もちろんジャムも人間ではない。その事実だけで、あの二機はわれわれよりジャムに近い存在だと言えます」

「そんなのは理屈にすぎない、詭弁だろう――」

「これは私見ですが、伊歩さん、たぶん深井大尉も雪風には手を焼いているのではないかと思います。予想もつかない動きや反応をするようなので」

「深井大尉と話した印象では、手を焼いているという感じはまったくなかった。むしろ、自慢の愛機だろう」

「あの機を整備しろと命じられたら、わたし自身が手を焼きそうだということでしょうか。ある面では非常に危険な人工知能です。この問題はいまＦＡＦ全体が抱えているものです」

「どういうこと」

「地球型コンピュータは、対ジャム戦に人間は必要ないと思っている。人間は脆弱で非効率的だという理由からです」

「ＦＡＦの主導権を握っているのは、そのようなＡＩなのか、人間ではなく？」

「見方によっては」とフェイス中尉。「そうかと」

「本気で言ってるのか」

「もちろんです、田村大尉。ＦＡＦのコンピュータたちの進化は、ここ数年で爆発的に進みました。特殊戦の分析では、コンピュータたちがジャムと直接触れあったためだ、とされている」

「触れあった、とは？」

「人間には感じられない電磁波などを使って、ジャムがコンピュータの人工知能部分に接触した、ということです。人間には感じられないので真相はわかりません。ですが、それ以外に進化速度が異常に上がる要因は思いつけないので、おそらく、そうなんでしょう」

「ＦＡＦがＡＩによって全自動化されるなら、それはそれで効率的でいい。人間は、自分の個人的な問題解決に専念できるわけだから。理想的だ」

「本気で言ってますか」

「もちろん」と伊歩は応える。「わたしはＦＡＦがそうなったとしても、ここで戦う。それが、わたしが抱えている個人的な問題の解決方法だから、それに専念するまでだ」

「ジャムと戦うことに、ですか」

「わたしの暴力性を無制限に解放することに、だ。人間相手に、それはできない。地球環境でも許されない。でもここは地球ではないし、ジャムは人間ではない。思う存分、やりたいようにやれる」

「歩く爆弾、まさに、そうなんですね」

「なに？」

「あなたの身上について、FAF情報軍が調べたファイルを読みました。日本空軍の仲間内から、あなたは、そう呼ばれていたとか」

「それが、なんなの？」

「FAFのコンピュータたちの人間観を、あなたが変えてしまうかもしれない。それがよくわかりました。わたしはこれから、あなたのFAFに移籍したいという意向を、直ちに上層部に伝えに行こうと思います」

「まだジャムを知らないのに、合格か」

「あなたの〈本気〉がよくわかりました。十分です」

それからフェイス中尉は、これまでの親しい口調を生真面目な軍人調にあらためて、言った。

「田村伊歩大尉、あなたは、ジャムに対して、コンピュータたちにとっても、脅威だ。そして人間にとっても。あなたがここフェアリイ星に来ることは、あなた自身を含めた全人類にとって、いいことでしょう。善は急げ、です」

危険な〈人間爆弾〉は一刻も早く異星に隔離するのがよい。アーモン・フェイスはそういう気持ちで言っているのが伊歩にはわかる。その気持ちには、こちらへの畏怖や敬意はない。不安と忌避、そしてかすかな侮蔑と嫌悪、そういった負の感覚、差別意識がこもっている。

そんな相手の感情には慣れている、と思ったが、本当にそうだろうかと過去を振り返って、そういう相手は日本空軍にはいなかった、軍隊という組織においては出会わなかったことに伊歩は気づいた。

どう応答していいかわからず黙っていると、「では、田村大尉」とフェイス中尉は言って姿勢を正し、きちんと敬礼した。「戦勝を祈ります。グッドラック」

伊歩は無言で敬礼を返し、キャノピを閉じる。前方を見やれば、地上の誘導員がこちらに顔を向けていた。海軍機たちが、ゆっくりと動き始めていた。

フェイス中尉との通話回線がまだ閉じていないのをヘッドマウントディスプレイ内の表示でたしかめて、伊歩は言う。

「アーモン、あなたは、軍人出身ではないわね」

　直立姿勢のまま、フェイス中尉は、意味がよくわからないというように、わずかに首を傾げて、「はい、ちがいます」と言った。「でも、どうしてそんなことを、伊歩さん？」

「わたしは、暴力装置としての軍隊では〈人間爆弾〉であることを、からかわれたり妬《ねた》まれたりもしたが、一度として、軽蔑されたことはない。軍では、力こそ正義なのだ、アーモン。あなたは、でも、そうは思っていない。わたしを人間だと思っていない。とても不愉快だ」

「申し訳ありません、大尉。お許しください」

「大丈夫だ、フェイス中尉。あなたが軍人だったら許さないが、でもあなたはそうではないという。不愉快だけど、仕方がないと思う。あなたの態度は、たぶん人間として正しい。標準的な人間の、ふつうの感覚だろう。でもそういうあなたは、暴力こそ正義だという、わたしのような存在に守られて生きている。それは自覚したほうがいい。どうなの？」

　こんどは、アーモンのほうが無言。

「行きなさい、中尉」と伊歩は命じる。「わたしをここＦＡＦに正式に移籍させるために。あなたは、わたしをその気にさせたという、それを手柄にして、地球に帰れるよう当局と交渉するがいい。あなたには、昇進するより、そのほうがふさわしい。あなたは、〈善き人〉よ、アーモン・フェイス。幸運を祈ってる」

するとフェイス中尉はもう一度、前にもまして礼儀正しく敬礼し、いったん直立不動の姿勢をしてから、耳に付けていたヘッドセットをはずして首にかけた。それから、まるで儀仗兵のように回れ右をすると、そのまま地下へ行くエレベータに向かって行進していく。

――かれはもう、わたしを振り返ることはないだろう。

伊歩は視線をはずす。

地上の誘導員が、前進せよというう身振りのサインを出していた。海軍機に後《おく》れを取っている。意識をアーモンから僚機へと切り替えなくては、そう思っているところに、その隊長機からの無線が入った。日本語だ。

〝こちらISOROKU‐1、MUTTER、聞こえるか。応答せよ〟

イソロク‐ワンとムターは、模擬戦参加各機のコールサインだ。ISOROKUのほうは海軍機の部隊コールサインをそのまま、ここFAFでも使用している。1は、その一番機、隊長機だ。

田村機のコールサイン、ムターも元の部隊で日常的に使っていたものだが、これは部隊別のコールサインではなく、隊員個人に割り当てられたパーソナルなものだった。乗る機体は各自決まっているので、個人機の名前としても通用する。それをコールサインとして使っていて、FAFでも重複する名称はないので、使用している。

この名称、ムターは、伊歩がアグレッサー部隊に入ったときに、その部隊に伊歩を引き抜いた上官が付けたものだ。田村の反対、村田、ムラタ、それがムターとなった、そう聞かされて、軽い名前だ、自分は軽く見られているのかと思ったが、その語呂遊びはきっかけにすぎない、この名の意味は、と、その綴り、ドイツ語の母＝MUTTERを書いて示して、おまえはこの部隊での母になれ、と言った。教導には父の厳しさと母の包容力が必要だが、おまえには母の部分が決定的に欠けていると、その上官からはそうも言われた。当時は余計なお世話だと思い、このパーソナルネームを嫌っていたが、ミッションに出れば必ずそう呼ばれているうちに、その上官の思いを悟った。

母はどんな男よりも強い。夫の死体を食らって生きる女神、カーリー・マー信仰にも通じる、これはあの上官の、祈りだと伊歩は思う。おまえは最強になれる、それを忘れるなという、大いなる期待が込められているネームなのだ。地球上では、その期待に応えられたと思う。その期待を裏切らなかったからこそ、ここにいるのだ、と。

自分が殺戮の地母神カーリー・マーに憧れるのは、だれもがこちらを母と呼ぶ、このパーソナルネームと無関係ではないだろう。いまも、僚機から呼ばれた。

伊歩は通話スイッチをオン、返答する。

「こちらMUTTER、ISOROKU－1、よく聞こえる、どうぞ」

〝でしゃばるなとは言ったが、黙っていろとは命じていない。そちらのオプチカルサイト（光学照準）の起動を確認した。なにを狙ったのか、報告しろ〟

よくわかったなと伊歩は、海軍機の探知能力とパイロットの力量を知った思いで、間をおかず応答する。

「ISOROKU－1へ報告、発進していく二機の特殊戦機を撮影した。アクティブなレーザー照準などは行っていないが、目標二機による対抗措置を受けたため、撮影映像の保存に失敗した。どのような対抗手段なのか、詳細は不明。コムセンスジャマーと呼ばれる、ジャムの技術を再現した、コンピュータのAIを攪乱《かくらん》させる手段だろうという説明を、わたしのアテンダントスタッフであるフェイス中尉から受けたが、真偽は不明だ。以上、こちらMUTTER、報告終わり、どうぞ」

〝MUTTER、こちらISOROKU－1、了解した。通信終わり〟

報告は単純明快に、事実だけを伝え、自分の憶測や判断、感想を交えてはならない。空軍も海軍も、そこは同じだろう。隊長機からの再質問はない。

いまは離陸することが先決だ。上がって、編隊を組み、戦闘態勢に入って戦術データリンクの使用を開始すれば、音声通話もデータリンクを介して行えるので細かいやり取りが可能になる。おそらく隊長もこちらが言っている内容に関心を持っただろうから、模擬戦の空域までの短い巡航の合間に、必ず質問してくるだろう。

その声のやり取りは、いますでに上がって哨戒任務中のオーストラリア空軍空中指揮機が中継するわけだった。その回りくどい経路を頭に思い浮かべた伊歩は、それだけでもジャムには勝てそうにないと、地球連合軍側の劣勢を意識する。かれらも飛燕と同じように自らの統合システムは捨てて、ＦＡＦのコモンレイヴンに一本化すべきだろう。そうしなければ特殊戦のアグレッサー機には勝てない。それは模擬戦をやるまでもなく、明らかだ。結局のところ、オーストラリア空軍と日本海軍の混成軍も、日本空軍と同じく、ここに本気でジャムと戦いに来たわけではないのだ。では、なにが目的なのかと言えば、フェイス中尉が言っていたように、あの海軍大臣の思惑の実行だろう。丸子中尉も明言していたではないか。政治目的だ。とても人間くさい。純粋な暴力装置の使い方とは言えない。

それでも軍隊かと、伊歩は、フェイス中尉のあの態度に感じた同じ種類の憤《いきどお》りを意識する。

だが、ここは堪えなくてはならない。自分の力を解放すると、かれらが危ない。

——この空に人間がいるのは、邪魔だ。追い払わなくてはならない。

そう思っている自分に気づき、まるで人間でなくなったかのようだと思い、そしてまさにこういう感性こそがＦＡＦにはふさわしいと伊歩は思った。敵は人間ではない、ジャムだ。人間が人間のままでいては勝てる相手ではない、そう感じる。

どうして自分はこんな、暴力の化身のような人間に生まれたのかとずっと悩んできたが、ＦＡＦのＡＩがジャムに触れたために進化が促進されたというフェイス中尉の話を聞いて、わかった気がした。

人類が、ジャムと接触したためだ。それで、自分が生まれた。三十年かかって人類は、このような人間を生み出すまでに進化したのだ。

ＩＳＯＲＯＫＵの一番機と二番機が滑走路の端に到着している。すぐあとに三番機と四番機が控えている。機体は目立たない灰色だ。背面部分は青みがかっていて腹部はそれよりは明るいグレーだ。海上を飛ぶことを想定した迷彩塗装なのだろうが、どのみちジャムには効果はないだろう。人間相手ではないのだから、あの迷彩には意味がない。伊歩は先ほどの特殊戦との前哨戦で、それを思い知っている。

伊歩は五番手で発進すべく、距離を詰めて待機する。

二機でひとつの編隊を組む。海軍機は四機なので、二編隊で行動することになる。奇数番機が編隊のリーダーで、偶数番機はこれを援護するように機動するのが基本だ。飛燕は、三番機をリーダーとする編隊に上空で加わることになっている。

隊長機と僚機が綺麗な編隊離陸を見せる。遅滞なく三、四番機が並んで離陸していった。

管制官からMUTTERへ〈発進してよし〉の許可が出て、飛燕は単機で滑走を開始。気温と風向きから予想していたよりも早くローテーション速度に達する。すかさず機首上げすると、軽軽と飛燕は地上を離れ、加速する。あきらかに地球の空気とは違っていた。この基地にやってきたあの日、着陸するときに感じたのは身体に粘り着いてくるような不快感だったが、いまは反対、爽快だ。

上昇しながら伊歩は、機体を錐のようにローリングして異星の空気の感触を味わった。それから回転を止める。思いどおりにぴたりと止められたことを喜びつつ、ヘッドマウントディスプレイに表示されている機体姿勢と自分の感覚とがずれていないことを確認し、旋回して海軍機に合流するコースに乗る。編隊各機の互いの距離は八〇〇メートル。その指定されているポジションに自動誘導で向かう。

戦術データリンクを起動。FAFのコモンレイヴンに接続される。臨戦態勢。

海軍機のほうは勝敗にはこだわることなく、対ジャム戦を学ぼうとしているだろう。それは生徒の立場として正しい態度だ。

だが自分は、と伊歩は思う、これは模擬戦ではない。雪風を相手にした、実戦だ。なにしろ、こちらのAIはさきほど実際にダメージを受けたのだ。雪風相手の戦いには、負けるわけにはいかない。負ければ命がない。死ねば、この経験を次に生かす、ということはできない。

「こちら、ＭＵＴＴＥＲ」と伊歩は、コモンレイヴンに向かって言う。「われ、雪風とコンタクト。雪風は、危険だ」

パイロットは速やかに雪風から脱出すべきだろう。ふとそう思いつき、それはつまり、と、自分でもとんでもないことを考えている、自分はおかしいと自覚しつつ、思った。

——深井大尉と桂城少尉は、ジャムに乗っている。雪風は、ジャムだ。

田村伊歩はそう心で唱えてみる。そして、それを実際に全世界に向けて叫ぶことが自分にできるかどうか、自問した。

できる、と伊歩は思った。

自分が感じ取った雪風という特殊戦機の危険性は錯覚ではない。雪風はこちらに対して敵対行動を取った。あれは模擬戦の範疇を超えた直接的な戦闘行為だ。わが乗機の飛燕は映像処理システムの一部に損傷を受けた。映像処理を担当しているＡＩが保存された動画から特殊戦機の存在を消去したのは、意図的な攻撃によるものであって、単純な誤作動ではない。現実的なダメージだ。それはつまり、空軍に入って初めて、敵からの実戦攻撃を受け、それをかわすことができずに〈被弾〉した、ということだ。

現代の航空戦は、銃弾やミサイルといった火器の強弱よりも電子兵装の性能や運用の仕方が勝敗を左右する。雪風というFAFでも特殊な高性能機の攻撃を実際に受けてみたところでは、いまや戦闘機の電子兵器は敵機の中枢コンピュータを直接破壊できる能力を持ちつつあるようだ。

あの雪風の行為は明らかに地球の戦闘機に対する敵性行動であって、地球人の自分があれを〈ジャム〉と呼ぶことになんら問題はない。アーモン・フェイスは雪風とレイフの二機を『ほとんど、ジャム』と言ったが、それは身内ゆえの甘さだろう。ほとんど、ではなく、雪風はジャムだ。FAFの人間には、雪風の〈敵性〉が見えていない。

雪風のパイロットやフライトオフィサにも雪風の真の脅威はわかっていないだろう。それは絶対、そうだと、伊歩は思う。『これはジャムだ』と意識して乗るなどという恐ろしいことが、人間にできるはずがない。

いや、どうかな、と伊歩は思い直す。〈人間〉ではなく、〈地球人〉にはできるはずがない、と言うべきか。あるいは、〈自分〉には、と。FAFの人間は地球人の自分には理解できない特有の感性を持っているのかもしれないし、それは別にしても、雪風の脅威がわかっていそうな人間が、少なくとも一人、FAFにはいるではないかと伊歩は思いついた。

特殊戦のトップ、クーリィ准将。雪風とレイフによるアグレッサー部隊は、つい最近、あの特殊戦司令官の思惑により創設されたと聞いた。あの准将はＦＡＦの異端児だ。

アーモン・フェイスからは特殊戦という部隊の特殊性をさんざんレクチャーされたが、話を聞いただけではあまりピンとこなかった。だが、いまになれば、わかる。特殊戦という部隊はＦＡＦのなかでの単なる異端ではない。アーモンではないが、〈ほとんど、敵〉なのだ。それが潰されないで生き残っているというのは、特殊戦がジャム戦において戦果を挙げているからだろう。その実力をＦＡＦとしては無視することができないからだ。どんな組織でもそうだが、人が嫌がる汚れ仕事を自ら引き受けたり、だれもが尻込みするような危ない橋をあえて渡りつつ、それでも失敗することなく結果を出すという、往往にして反社会的な価値観で動くそうした〈実力者〉は、重用されるものだ。

司令官の立場で雪風をジャムだと知りつつ飛ばすというのは、危ない橋を渡ることに違いない。下手をすると部隊が内部から崩壊するし、味方からも敵視されるだろう。

ＦＡＦにおけるアグレッサー部隊とは、すなわち〈ジャムになる〉ということだ。本物のジャムを相手に連日戦っているこの環境であえてアグレッサー部隊を創ろうという発想は、雪風とレイフが〈本物のジャム〉であると承知していなければ出てこないだろう。クーリィ准将という司令官は二機のアグレッサー機を〈ほとんど、ジャム〉ではなく文字どおりの意味で〈ジャム〉だと思っているに違いないのだ。そのつもりであの二機を運用している。どういう経緯で雪風とレイフが〈ジャム〉になったのかは自分にはわからないが、あの司令官の思惑は、具体的に言うならこういうことだ、あの二機を、ジャムの鹵獲《ろかく》機として運用しようと考えているのだと。アグレッサー機とは本来、鹵獲した敵機を使えるならばそれがいちばん効果的なのだから。

しかも鹵獲した機を調べれば敵の兵器の詳細がわかるだろう。実際、コムセンスジャマーという電子武装はジャムの技術からきているとアーモンも言っていたではないか。それだけでなく、いまだ正体不明のジャムという敵の弱点も見えるはずだ。

もしかしたら、と伊歩は思いつく。鹵獲した機を敵が取り戻そうとするかもしれない。ジャムが。雪風を。その様子を観察するなら、ジャムの正体が摑めるかもしれないだろう。いまだ知られていないジャムの本拠地も。

つまり特殊戦の司令官は自分の部隊機を囮《おとり》として使っているのだ。そしてたぶん、雪風の乗員たちもそれを承知している。

——なんという部隊だ。

久しぶりに飛燕で飛ぶという喜びと緊張感のなかで、自分は雪風という〈敵機〉について誤った考え方をしているのではないか、自分の思考能力のセルフチェックが必要だと、伊歩は思った。

事実と推論は、はっきりと区別されなくてはならない。雪風がジャムだということを自分は確信しているが、事実はその機から攻撃的なアクティブジャミングを受けたということだけだ。雪風に攻撃の意図があったのかどうかは、〈不明〉と言うべきだろう。自分にとっては明らかな敵対行動だが、雪風がこちらを敵と見なしているのかどうかや、その行為がパイロットの意図に沿ったものなのかどうかについては不明だ。雪風がジャムだというのが事実であるとしても、こちらを撃墜しようとしているのかどうかはわからない。地球の戦闘機やその群れとしての戦い方を探るために行動している可能性はある。

それらの不明点を明らかにするためには、もう一度戦闘状態に入る必要があるだろう。特殊戦がこのミッションを計画した意図も、これから本格的に開始される〈模擬戦〉で探ることになる。

望むところだと田村伊歩は武者震いをする。

問題は、自分以外の海軍機がこの作戦行動を通常の意味での模擬戦としか認識していないことだ。ようするに、雪風とレイフはジャムをうまく模倣している友軍機にすぎないと思っている。もしその二機からの直撃を受けたとしても、それは〈事故〉だとしか認識しないだろう。

だからといって、自分にできることはなにもない。さきほど『われ、雪風とコンタクト。雪風は、危険だ』とコモンレイヴンを通じて警告したが、海軍機がそれを信じるかどうかは、受け手次第だ。自分にとっては真剣勝負だが、知らぬが仏のほうがむしろいい結果が出せるかもしれない。こちらとしては、単独行動は絶対にしてはならない。編隊機として飛ぶことが自機の安全につながる。単機では、あの二機を相手に勝ち目はまったくない。逃げるにしても、無事に逃げ切ることは難しいだろう。

〝MUTTER、こちらISOROKU－1〟と隊長機からの交信が入る。〝私語は禁止だ。繰り返す。戦術データリンクを使っての私的な感想は控えろ、わかったか〟

——雪風の危険性を警告した自分の発言が〈私語〉とはな。まったく、理解に苦しむぞ、海軍。

海軍航空隊の連中はこれをただの模擬戦だとしか認識していないということが、これではっきりした。ここで議論しても無駄だ。粛粛と任務を遂行するまでだ。自分が確かめたいことは、そうすることでしか、わからないのだから。

伊歩は覚悟を決める。

〝こちらMUTTER、了解した〟と返答。

まさに同床異夢だと伊歩は思う。編隊で戦闘をこなすことには変わりないが、その目的が海軍と自分とではまったく異なるのだ。

自動誘導で自律飛行している飛燕は、戦闘高度へ達する。伊歩は計器の音でそれを知る。緑色っぽく霞んでいた空の色が青くなった。それとともに、地上ではあまり目立たなかった連星から噴き出す赤いガス、ブラッディ・ロードと呼ばれているそれが、帯状の雲としてはっきりと視認できた。それは地平線から立ち上がって幅広の天の川のように天空に弧を描き、反対側の地上へと消えていくのだが、天頂に近いほど赤みが強くなる。まるで鮮紅色の羽衣を空に投げたような光景だと伊歩は思う。

とても薄くて背後が透けるベールのようでありながら、その鮮烈な赤が見る者を不安にさせる。〈血の色を残して天女はどこへ消えてしまったのだろう〉というような。

そのような不安を感じるのは自分が人間だからだと伊歩は気づく。ジャムやコンピュータたちには、これがまったく違う風景に見えているだろう。人間とは異なる感覚器官による世界像は、当然のことながら人間には感じ取ることができない。それでも、〈血の色を残して天女はどこへ消えてしまったのだろう〉といった〈物語〉による景色の解釈を、あるいはジャムやコンピュータたちもやっているかもしれない。感覚器が異なるので互いの〈世界像〉を共有することは物理的に不可能だが、そうした〈物語〉を通じた理解の仕方は考えられる。かれらが物語を必要としている存在ならば、だが。

ジャムやコンピュータたちがこの空にかかるブラッディ・ロードを視認して、そこから自らの物語を連想する、そんな能力があると想像するのは、ファンタジーだろうか？　ジャムやコンピュータたちも夢を見る存在だと想像するのは？

ジャムが〈物語〉を持たないのだとしたら、もはや相互理解の方法はなさそうだと伊歩は思う。この自分の想像が、それこそ夢物語にすぎないのだとすれば、ジャムやコンピュータと相互理解が可能だと考えることもまた、幻想だろう。伊歩はそう思った。

絶対的に理解不能な相手とただひたすらに戦い続けるしかない。負ければ死ぬのだから、戦いをやめるわけにはいかない。死ぬまで戦い続けるしかないということだ。そしてそれは、と伊歩は思った。

——自分の望むところだ。

自分の願い、自分の内なる暴力性を解放したいという望みは、〈物語〉を持たない相手にこそ最大限に発揮される。

——だがジャムに対しては、それは叶わないだろう。

伊歩はそう思う。おそらくジャムは〈物語〉を持っている、と。しかし、その物語の中に人間は登場しないか、少なくともいままでは、登場しなかった。特殊戦のブッカー少佐などは、『ジャムには人間が見えない』、『ジャムにとって人間は存在しない』、『この戦いは人間に仕掛けられたものではない』、『地球のコンピュータこそがジャムにとっての直截な敵だったのだ』などと主張しているという。リン・ジャクスンから聞いた。まさしくジャムとは、そういう相手だろう。

もしジャムにブラッディ・ロードに物語性を感じる能力があるのだとすると、その暴力性も無制限に発揮されているわけではなさそうで、それは当然だという気がする。物語を生む能力というのは、同時に無制限の暴力性を制御する働きをするだろうから。

ただしジャムの場合、その暴力制限の対象は人間ではない。ジャムは、やる気になれば一撃で地球のコンピュータ群を破壊できそうだが、それは、やらなかった。ジャムとコンピュータは、互いの夢や物語の一部分を共有できるからだろう。

人間に対しては、どうだろう。

ジャムは人間の〈物語〉に気づいているだろうか。もし気づいているのならば、そういう相手に対しては、こちらも、なんらかの形で自分の暴力性を制限しなくてはならなくなるだろう。早い話、互いに〈情けをかける〉気分になるかもしれないのであり、そういう能力を持っている相手にはそれなりの手加減をすることが必要になる。相手のためというより、まさしく〈情けは人のためならず〉という理由で。

だが、いまは、互いに相手の存在が見えていない状況だ。自分の暴力性を無制限に発揮するならいまのうちだと、伊歩は真剣に、そう思った。

伊歩は天空から地上に目を移す。早朝で太陽は地平線から顔をのぞかせたところだ。その地平線近くは朝焼けのように赤く、その光を受けた地表の色は、これまで見たことのない色彩のグラデーションだった。薄紫と緑が織りなすそれは、植物相のせいなのか。金属光沢があって、その反射がさざ波のようにうねる。

ヘッドマウントディスプレイに外部視覚像を出して足元の地上に目を向けると、動く抽象画のようで酔いそうだ。伊歩は映像出力を早早に切って、表示を航行モードに切り替える。機体姿勢を計器表示にて確認、自分の平衡感覚をリセットする。

ジャムを理解する必要はない。殲滅する。雪風とレイフも同様だ。雪風とレイフという人工知性は、夢を見る能力があったとしても人間の夢は見ない。少なくとも、それらしき反応があるということを深井大尉をはじめ、だれからも聞いていない。自分の暴力性にリミッタをかける必要のない相手だ。いまのところは。雪風と人間の相互理解が将来的に可能になる可能性はゼロではないだろう。しかし相手を理解できるようになれば敵ではなくなる、わけではない。理解しあった結果、敵であることがはっきりするというのは、おおいにあり得る。そのときは〈情けをかけることで相手に勝つ〉という戦略が通用することになる。面倒くさい。叩くなら、いまのうちだ。

伊歩は自動誘導を解除し、編隊ポジションに向けて増速。マスターアーム、オン。戦闘態勢。

と、ヘッドマウントディスプレイのコミュニケーション状態を示すインジケータに反応があった。デジタルデータリンクを通じた音声通話のリクエストだ。FAFの戦術データリンクシステム、コモンレイヴン上の音声通話モード。呼び出している相手も表示されている。〈特殊戦・司令部〉だ。

さきほどの海軍隊長が、こんどは戦術データリンクを介して話しかけてきたのだとばかり思っていた伊歩は、その表示が意外だった。だが、『雪風は、危険だ』と発言した自分に対して特殊戦がなにか言ってくるというのは自然なことかもしれない。そう思いつつ、通話を受けるべく、応える。

「特殊戦・司令部、こちらMUTTER」

飛燕の戦術データリンクは本来のものからハードウエアごとFAF専用のシステムに換装されているので接続はダイレクトだ。海軍機のほうは自軍の戦術データシステムとコモンレイヴンとを接続するための変換システムを介さないといけない。おそらく、と伊歩は推測する、この特殊戦との会話は、海軍側には伝わらないだろう。

データリンクのコントロールAIが伊歩の言葉を理解して、自動で音声回線を接続する。

応答はすぐにきた。
《ハロー、MUTTER。こちら特殊戦のブッカー少佐だ》
その声の聞こえ方に、伊歩は驚く。それは無線通話の声が右側からしか聞こえないのとは違って、まるで空から降ってくるかのようだった。飛燕のシステムでも戦術データリンクを介する音声通話は両耳から入ってくるのだが、相手の位置の感じが異なる。飛燕本来のものは頭の中に音像があるのに対して、これは上からだ。左右の音声に位相差をつけて上方から聞こえるように計算されているのだ。
まるで天上からのお告げのようだと伊歩は、この場にはそぐわない神秘的な気分になりかけたが、ブッカー少佐の緊迫した声がそれを許さない。
《田村大尉、雪風とコンタクトした、とはどういう状態なのか、教えてほしい。こちらでは、そのような報告は深井大尉からは受けていない。雪風が独自に行動したものと思われる。雪風が危険だと、どうしてきみがそう感じたのか知りたい。場合によっては緊急対応が必要になるので、心して答えてほしい》
「こちらMUTTER、田村伊歩です。飛燕で発進待機中に、雪風とレイフの離陸シーンを光学照準で追跡して動画を撮影しました。そのすぐあとで動画内容を確認したところ、雪風とレイフの機影だけが消去されていくのを確認しました」

伊歩は手短に説明する。これは、こちらから仕掛けた戦闘行為であると雪風に認識され反撃を受けたものと自分としては考えている。あれは交戦だった。そのような考えから、『雪風は、危険だ』という発言になった、云云。

《田村伊歩大尉、きみの判断は間違っていないと思われる》

「思われる？」

《飛燕の映像処理システムが異常な動作をした原因は、雪風にある。コムセンスジャマーによるものだ。それは間違いないだろう、ということだ》

「特殊戦でも確証がないというのですか。深井大尉も知らないわけですね」

《深井大尉が把握していたならば報告しているはずだ。フライトオフィサであり電子戦オペレータの桂城少尉も気づかなかった。われわれ人間には知ることのできないレベルで雪風が反応したんだ》

「深井大尉が、そのような得体の知れない戦闘機に自ら乗っているというのは、わたしには理解できない」

《深井零は雪風の得体の知れなさを、だれよりも知っている。同時に、雪風をわれわれ人間以上に信頼してもいる。零と雪風の関係は特殊戦のわれわれにとっても理解を超えたものだが、特殊戦としては、かれらを理解することがジャムの正体を探るのに有効だと考え

ている。今回の模擬戦も、それを念頭において計画されたものだ》

なるほど、と伊歩は納得する。先ほど自分が想像した内容と事実は、さほど乖離していない。特殊戦は単なる模擬戦ではなくジャム戦を行っているのだ。

これはまさしく実戦であって、手加減する必要がないことが、これでわかった。それは自分の暴力性を存分に発揮しても咎《とが》められないということであって、自分の望みどおりだ。が、いちおう、伊歩は、抗議の姿勢で言ってみる。

「あなたがたは、その目的のために、日本海軍やわたしを利用していることになる。これは実戦だ。そのような警告なしで、われわれを囮にしているわけですね」

《囮とは、どういう意味なのか、よくわからないのだが》と、まんざらとぼける風でもなく、少佐が問うてきた。《どうしてそう思うのか、田村大尉。これは、模擬戦だ。実戦ではない》

「特殊戦は、この模擬戦をやることで、ジャムをおびき出そうとしている」

そう言うと、返答まで少し間があった。相手は息をのんだようだ。細かいニュアンスは感じ取れないが、予想外のことを言われて戸惑ったというより、驚いている、というのはわかる。そして、返ってきたブッカー少佐の言葉に、伊歩のほうも驚いた。

《田村伊歩大尉、きみはジャムを感じ取れるのか?》

伊歩はあまりに意外なことを言われて、無意識のうちに飛燕の速度を落とし、再度、自動誘導に切り替えている。

飛燕は目標の編隊ポイントまで、隊長機をはじめとした編隊各機を視認できるまでに接近している。数キロ先といったところだろう。注意深く探せば見える距離だ。視程はいい。光学照準でそれらの位置をヘッドマウントディスプレイ上に表示させることも可能だ。肉眼で見えている景色のどこに編隊機がいるのか、それを黄色い小さな円で囲んでバイザ上に示すだろう。だが、伊歩はやらなかった。無意識にそうしようとしている自分に気づいて、こらえた。光学照準すると同時に無差別に攻撃シーケンスに入りそうな自分が怖かった。

「雪風はジャムだ」と伊歩はブッカー少佐に言い放った。「確証はないが、感じ取れるのかと言われれば、そうだ。たんなる思い込みや偏見ではなく、戦闘勘とでもいう感覚で、わたしは、雪風はジャムだと思っている——でも、なぜ、そんなことをわたしに訊くのですか、少佐」

自分は雪風と本気で、実戦を戦おうとしている。それをこの少佐は〈感じ取った〉のか。自分の心を見透かされたようだと伊歩は、この模擬戦が流れてしまうことを怖れた。ブッカー少佐が、『アボート、中止する』という言葉を発することを。

だが、そのような言葉は出なかった。さらに驚くべきことを少佐は言う。
《雪風がジャムだというのは、いい》
「いい？　ジャムでもかまわない？」
《この際、それは、どうでもいい話題だ。わたしが知りたいのは、雪風の背後にいるジャムの気配をきみは感じ取っているのではないか、ということだ。どうなんだ。答えによっては、深井大尉と緊急連絡をとることになる》
「模擬戦の中止を伝えるのですか？」
《きみがジャムの存在を感じられるのなら、急遽実戦に切り替える》
「なんと」
これも伊歩の想像を超えた発言だ。予想と真逆ではないか。
《日本海軍航空隊機とオーストラリア空軍の空中指揮機には退避してもらう》
「わたしは単独では戦えないし、そのつもりもない」
《田村伊歩大尉、きみには、雪風とレイフの援護と支援を頼みたい》
「わたしに、ジャムと手を組めというのか」
《田村大尉、雪風とレイフはともかく、深井大尉と桂城少尉は人間だ。ジャムではない。その二人の援護と支援の任務についてほしい、と言い換えよう》

なるほど、それなら、わからないでもないと伊歩は思う。
《答えてくれ。きみは、ジャムとなんらかのコミュニケーションがとれるのか。手段は、勘でもテレパシーでも、なんでもいい》
じっくりと考えている時間はない。議論している余裕もない。もうじき模擬戦が開始されるだろう。すぐに返答しなくてはならない状況だ。
「直接ジャムが感じ取れるかというのなら、ノーです。コミュニケーションだなんて、とんでもない。わたしにはそんな能力はない。わたしは人間ですよ、少佐。歩く爆弾でも人間の形をしたコンピュータでもない」
《雪風のほうでは、きみにはその能力が〈ある〉と思ったのかもしれない》
「どういうことです」
これも意味がわからない。
《雪風は、発進準備の段階から、滑走路の反対側で待機中の飛燕に注目していた。さきほど、雪風のフライトオフィサの桂城少尉から雪風のＡＴＤＳのデータが送られてきたので、その内容を分析して、わかった》
「ＡＴＤＳとはなんですか」
《雪風がいまなにに注目しているのかを人間にもわかるような形で表示させる装置だ。われわれ特殊戦はいま、雪風という知性を理解しようと、あの手この手を使って、努力している。雪風をはじめとしたコンピュータたちがジャムとのなんらかのコミュニケーションをとっているというのは、はっきりしているからだ。雪風を通じて、ジャムを知ろうと特殊戦では考えている。きみの考えとは異なるだろうが、われわれ特殊戦も、雪風はジャムだと考えている》

「それはわかりました。でも、なぜ、わたしも〈ジャム〉なんですか」

ジャムとコミュニケーションを取れる存在は特殊戦にとってはジャムなのだろうから、そういう意味で自分もジャムだ。でも、なぜ。

《雪風は、きみを自分の仲間か、ジャムの使節だと考えている節がある。あるいは、きみが敵か味方かを判別しようと試みている》

「意味がわからない。どういうことですか」

《発進前、雪風はアーモン・フェイス中尉ときみとの会話に注目していた。それがATDSのデータ解析をして、わかった。雪風は、飛燕という戦闘機ではなく、きみに関心があるんだ。そう考えるしかない。雪風が関心を持つ対象は、ジャムに関するものに限られる。雪風はつねにジャムに勝つことを考えている。対ジャム向けに開発された人工知性体だから、当然そうなる。つまり雪風は、きみの人間性といった人格に関するなにかに興味を持ったのではなく、きみの存在にジャムを感じたんだ。具体的に雪風がきみという存在からなにを感じ取ったのかは、そこまではわからない。だが、きみは雪風にとって〈ジャム〉であることは、ほぼ間違いない――》

「飛燕の映像処理AIを雪風が狙ったのは、わたしをジャムとして認識したからだと？」

《先ほど言ったように、攻撃したのではない。飛燕に対する攻撃でもない。もし雪風が飛燕やきみに敵対意識を持っていたとすれば、深井大尉や桂城少尉にわからないはずがない。深井零は、雪風が謎の行動を取っていることに気づいていたが、緊急で対応すべき異変ではないと判断した。雪風が飛燕のAIに干渉したという事実は、深井大尉は知らなかったんだ》

「こちらとしては、雪風からの攻撃だとしか思えない。異常事態です。だから、雪風は危険だとFAF全体に向けて警告しました。いま作戦行動中の僚機にも伝わったはずですが、隊長機からは、私語を禁ずると叱責された。特殊戦は、どうなんですか。雪風のこの行為は、緊急で対応するような異常ではない、というわけですか」

《これは推測だが、雪風は、飛燕の記録映像から自分を消すことで、メッセージをきみに伝えたかったのだろうとわたしは思う》

「メッセージ、ですか。どんな？」

《自分を見ろ、というメッセージだ。雪風とレイフを見ろ、きみには見えるだろう、という》

「わかりません、どうしてそうなるのか、理解できない」

《雪風は、きみが想像しているよりも、ずっと高度な知性体だ。人間の〈機能〉というものを理解している。飛燕の視覚からは自分とレイフの姿は消えているが、きみの肉眼なら見える、それを自覚しろと雪風は言っている》

「ファンタジーだ」と伊歩は言った。「飛躍しすぎた解釈です。夢物語だ」

《物語はこれで終わりではない。続きがある。雪風は、消えた自分の姿を探すようにジャムを探せ、ときみに促している。きみを、ジャム探知機として使おうとしているんだ》

なにをかいわんや、を英語でどう言えばいいのか、この気持ちをどう言えばブッカー少佐に伝わるだろうと、伊歩は、本質とは関係のない考えに、〈逃げた〉。まともに相手をするのもばからしい気がする。だが、ブッカー少佐は伊歩を逃がさない。

《きみは、ジャムから警戒されている存在に違いない。雪風の行動を分析すれば、そのように推察されるんだ、田村伊歩大尉。ファンタジー風に言うなら、きみは〈ジャムに愛された人間〉である可能性がある。きみはジャムという邪神に創られた存在、という意味だ。きみに自覚があろうとなかろうと、おそらくそうなんだとわたしは思う》

口を挟む言葉が見つからない。

《人類の中には、そういう特殊な人間が、たしかにいる》と少佐は続けている。《ロンバート大佐のことを知っているか、田村大尉？》

「……はい、少佐。リン・ジャクスンさんから聞いています。人類で初めてジャムに寝返った人間だという。わたしは、違う」

そう、違う。ジャムを殲滅するために生まれてきた、そう自覚したではないか、つい先ほども。模擬戦などではなく、はやくジャムを叩かせろと、願った。

《そう、きみはロンバート大佐とは違う。ジャムのほうで、きみを怖れている。きみはジャムという神と対等に張り合える存在だろう――》

「どうしてそんなことがわかるのですか、少佐。もう一度言います、あなたが言っていることは根拠のない、現実とは切り離された、まったくのハイファンタジーです」

《雪風は、戦闘妖精だ》とブッカー少佐が言った。《われわれは妖精とともにジャム戦を戦っている。この戦争そのものがファンタジーだと言ってもいい。妖精である雪風が、ジャムを通じて、きみという存在を嗅ぎつけたんだよ》

「だから、それは物語でしょう。現実の話をしてください」

《わたしはずっと現実の話をしている。いいか、田村伊歩大尉、きみが特別な存在らしいとわたしたちに気づかせたのは、雪風の態度だ。雪風は、ジャムを通じて、きみという存在を知ったに違いない。それしか知る手段はないだろうから、だ。そして雪風の行為を見れば、ジャムがマークしているきみを、ジャムの探知機として利用できると雪風が判断したと、わかる。そのわたしの判断は推測にすぎないだろうと言われればその通りだが、現実的な話だ。われわれはきみよりは雪風を知っているが、その雪風の判断が正しいのかどうかを確かめたいので、きみに尋ねているんだ。きみは、ジャムを感じ取れるのか、と》

「感じ取れません。わたしはジャム探知機ではない」

そうきっぱりと言う。すると、いままでの長い話が嘘だったかのように、即座に、短い返答がきた。

《了解した、田村大尉。模擬戦に入ってくれ》

いったい、いまの話はなんだったのだと抗議する間を与えず、ブッカー少佐から警告がきた。

《ただし、雪風からきみがジャムだと認定されないために、絶対に守ってもらいたいことがある》

「なんですか」

《雪風とレイフに対して、敵対行動を取ってはならない。実弾の使用、不使用に関係なく、

だ》

「それでは模擬戦にならない」

ブッカー少佐との会話は意外な内容ばかりだったが、ここでもまた、伊歩は耳を疑うことを言われて、もう驚かない。

《友軍機の盾になることに徹するならば実現できるだろうが、きみにそれができないというのなら、ジャムになれ。アグレッサーになるのだ。それもできないのなら、模擬戦から離脱し、直ちに帰投しろ。これは命令だ。この模擬戦の指揮権は、わが特殊戦にある。返答しろ、田村大尉。どれを選択するのか、すぐに答えてくれ》

一秒は考えていない。数瞬ののち、伊歩は回答した。

「アグレッサーを引き受ける。わたしはジャムになる」

《了解した。特殊戦専用回線を通じて、雪風とレイフを含む作戦行動中の特殊戦機にMUTTERがアグレッサーであることを伝える。あとは任せるので、きみの手並みを見せてくれ》

なんということだと伊歩は、ほとんど呆気にとられている。音声通話は閉じていた。

この数分の間に、なんという立場の変わり様だ。

しかし、こうなれば、もはや自分の無意識の欲求を怖れることはないのだ。伊歩はそう気づく。

光学照準システム作動。光学ロックオン。レーザー照準、レディ。照射。

〝MUTTER、なにをする〟

ヘッドマウントディスプレイに、照準されている隊長機の機影がロックオンマークで囲まれている。悲鳴のような、非難の声は、その隊長機からだ。

「こちらMUTTER」と伊歩。「わたしはアグレッサーです。あなたがたを実弾で攻撃します。警告はしました。以上、通信終わり」

距離4140。絶対に外れない距離だ。レディ、空対空レーザー追尾ミサイル。

隊長機がいきなり白煙に包まれる。レーザー追尾を攪乱しているのだ。

〝全機、MUTTERを攻撃目標にせよ。MUTTERは単独だ。ISOROKU－3および4、われを援護、2、反転攻撃。これはシリアスだ。飛燕を撃墜せよ〟

伊歩はミサイルレリーズスイッチ、オン。短距離ミサイルが飛燕の腹部から放たれる。

攻撃線上で目標機へのレーザー照射を続けるが、こちらも〈敵機〉のロックオンを感知、警告音が鳴り響く。マイクロ波による照準だ。ECMで対抗する。ミサイルは撃ってこない。甘いな、と伊歩は冷静に思っている。まだ模擬戦のつもりでいるのか。

〝ジャム、来ます〟

別の海軍機の声。それで撃つ暇がなかったのだとわかる。

〝正面、超高空からダイブしてくる〟

〝違う、右舷三時、同高度〟

〝MUTTERをロックオン、攻撃許可を〟

情報が錯綜している。

伊歩はレーザー照準を続けるのはあきらめ、左急旋回して回避行動に移る。小型で機動性に勝る飛燕は、海軍機の追尾をかわすことができる。

自分が放ったミサイルの着弾までの時間が減っていくのを伊歩は視野の端で感じ取っている。視点は正面だ。着弾まで、3、2、1――

ドン、とミサイルが爆発したに違いない衝撃が伝わってきた。数字はゼロになっていない。ミサイルは撃墜されたのだろう。

海軍機はかろうじて二機ずつの編隊を保ち、おおきくターンしているところだった。そこに向けて凄まじい速度で飛来する機影を、伊歩は見た。二機だ。一機は高空から垂直に。もう一機は、水平に。伊歩の目の前で、それが交差する。まるで大空に十字を切ったかのようだ。

あれが、雪風とレイフか。

反射的に伊歩は急激にロールし、機首を下へ、パワーダイブを開始。雪風かレイフか、降下していく特殊戦機を追う。

――でてこい、ジャム。模擬戦では、わたしの実力を解放することができない。

伊歩の全身を快感が電撃のように走った。

追尾する目標機は大地に向けて垂直降下している。凄まじい速度だ。伊歩の鋭い視力は、直線距離で五キロは離れているその機影を捉えている。動いている目標だからこそ〈見える〉のだ。伊歩の通常の視力は常人と変わらないが、動体視力は並ではなかった。

伊歩は飛燕の映像AIが攪乱されたことを思い出し、人間の動体視力というのは、ようするに脳の画像処理能力のことだと理解した。

人間は〈眼球〉で世界を見ているわけではないのだ。脳で処理されない画像は、いくら目がよくても〈見えない〉。現実世界の映像は連続していて途切れることはないだろうに、人間が捉えている世界像はデジタルだ。脳は現実像を〈とびとび〉にしか認識できない。単位時間当たりの映像処理能力が高いほど、見えない画像が少ない、ということだ。自分はその能力が高く、それに加えて、二つの絵を見比べて間違い探しするゲームが得意だ。目標がどんなに背景に紛れていようと、一瞬でも動けば見逃さない。

それはもはや見るというより、感じ取るという感覚だった。

この脳の領域に対してはさすがにジャムでもジャミングを仕掛けることはできないだろうと伊歩は思う。少なくとも、雪風やレイフには、できない。

——雪風はわたしに、この視覚能力を信じろ、飛燕のそれは頼りにならないというメッセージを発したという。それはようするに、雪風自身のそれも飛燕と同様なのだと解釈できる。雪風は、自分ではジャムを見つけられないが、このわたしならできると、わたしに伝えたのだ。

ブッカー少佐は、まさしくそのとおりのことを言ったわけだが、その意味が、いま伊歩に実感できた。

雪風には見えないジャムを自分が見つけられるのかどうかは別にして、雪風が自分のこの〈目のよさ〉に期待しているというのなら、それは正しい判断だと伊歩は思う。自分が空軍のエースになれたのは、この身体能力のおかげなのだから。

目標機との相対高度は見えている角度からして、伊歩の体感で約一万フィート、メートルに換算すれば三千メートルといったところか。素早く計器で確認する現在の飛燕の高度は、メートル単位で二万三千強。ざっと八万フィート弱だと伊歩は暗算し、その八万という数字に、地球では考えられない高度だと実感する。

飛燕の整備を担当したＦＡＦ整備軍団の手で表示単位がメートルに変更されていた。フェアリイ星で戦うならそうしなければならないということで、戦術データリンクのシステムをFAF専用のハードウエアに交換するときに、表示系統も否応なくそのように小改造されてしまったのだ。伊歩にとって違和感は拭えなかったが、空気の感触からして地球とは違っていることもあって数値の単位を勘違いするということはなかった。それでも、なぜFAFはこんな地球の空では使われない単位を使用するのか、伊歩には理解できない。しかしこうされてしまった以上は、理解できようとできまいと慣れるしかない。

その高度二万三千メートルから、目標機と同じく飛燕を垂直に降下させる。直線的に目標機を追尾しても追いつけないのは明らかだ。

いまは追いつくことよりも、追っている機が雪風なのかレイフなのかを確認するのが先決だ。相手がレイフでは、たとえ追いつけたとしても、人間の耐G性を考慮する必要のない無人機の戦闘機動についていくことは不可能だ。絶対にできない。有人機の雪風であれば、編隊を組むことも可能だろう。並飛行することでこちらに敵意がないことを示すことができる。

レイフの機動性は雪風に勝るのは間違いない。有人機の雪風は人間を乗せているかぎり乗員を殺すような大きなGがかかる機動はできない。それはつまり、飛燕は、レイフとは無理だが雪風とならば編隊を組んで戦闘機動することが可能だ、ということを意味する。

雪風の機動性は最大に見積もっても飛燕と同等だろう。なにせ飛燕は、人間が乗る最後の有人機というキャッチフレーズで開発されている。その機動能力は人間が耐えられる限界を超えており、安全のためのリミッタが装備されている。それはハードウエアに組み込まれていて解除することはできないが、その動作点は相当に高いため、パイロットによってはリミッタが作動する前に失神する。実際、そのあまりに高い機動性能が原因の事故は数例あるのだが、それでもリミッタの作動を早めようという議論はなされなかった。戦闘機の機動性能を下げるより、それを乗りこなせる人間を選抜すべきなのであり、問題があるとすれば、その選抜方法やパイロットの訓練および健康管理などにあるとされた。すなわち事故の原因は人間の側にある、と。

そういう思想は当然だと伊歩は思っている。戦闘機は危険な武器だ。使いこなせる人間だけが使うことを許されるのが武器というものだろう。

——飛燕はこれで十分、〈安全〉だ。

ミリタリー推力で垂直降下する飛燕の速度は音速の三倍を超えている。飛燕のマッハ計はフェアリイ星の大気による高度と音速の関係値で較正《こうせい》されていた。その数値で、マッハ3・2だ。エンジンの吸気温度、排気温度は、ともにグリーン色の表示、正常値であることを示している。

地上まで二十キロを切る。時間にして十七秒台だ。すでに衝突警告が自動で発せられていた。警告音とともにヘッドマウントディスプレイの視界の端に、地上に激突するまでの時間が百分の一秒の桁まで表示されている。

伊歩の目にはその百分の一秒台の数字の変化がはっきり捉えられる。9、8、7、6、5、4、3、2、1、0。一つの数字も見逃さない。それが十回繰り返されて、一秒。一秒はずいぶんと長い時間に思える。

地上に向けて落ちているという身体感覚はまったくないので、その数字の変化や警告音がなければ、超音速で地上に激突する危険性を感じ取ることはできない。衝突まで六秒を切る。と、機首を引き起こせ、という警告が音声で発せられ、繰り返される。警告の解除は手動で可能だが、伊歩はしない。

よくできた安全装置ではないかと伊歩は思いつつ、目標機の速度を肉眼で測っている。相手の速度は飛燕よりすこし速い。有人機ならば一秒以内に激突回避の行動に移らないと危ないだろう。機体の剛性や機動性能にもよるが。飛燕は、まだ三秒弱の余裕がある。

注視する十分の一秒の桁の数字が4から減っていき、0、そして9、8、7、6、5となって、一秒が過ぎる、その直前に、目標機の降下速度が落ちるのを伊歩の目が捉えた。加速度が加わっている。速度の変化ではなく、目標機は機首の向き、針路を変えている。

機首を引き起こしているのだ。

あれはレイフではなく、雪風だ。伊歩はそう判断する。レイフなら、このチキンレースをもうすこし続けられただろう。もっとも、相手にはレースをやっているという自覚はないだろうが。いや、どうかな、と伊歩は思う。飛燕の動きは相手に察知されていると考えるべきだろう、ならば、向こうも、こちらがどのくらい我慢していられるか、興味を持って観察しているとも考えられる。

方向は、どちらだ？

目標機を見やすい位置で捕捉するため、それが二時方向に見えるような向きで、飛燕は目標機と並行して垂直降下していた。伊歩が雪風に間違いないと判断した目標機は、その並行ラインから外れつつあり、二時から三時方向へ向きを変えている。伊歩も飛燕の機体を垂直軸上で素早く三十度右にロールさせ、さらに十五度ほど回してから、垂直降下ラインからの離脱を開始する。

強烈なGがかかる。伊歩は踏ん張る。目標機が水平飛行に移るのを目視。その真下の地表が、まるで爆風を受けたかのように〈へこんで〉見えた。目標機が生じさせた圧力波が地表の森を襲ったのだ。まさに爆発だ。音速を超える衝撃波が、ぱっと広がる。飛燕はその脇を超音速で通過、衝撃波をかわしている。爆発音は飛燕に追いつけない。無音だ。

飛燕は目標機の後方右舷を並行に飛ぶ。高度はわずか四九〇メートル、約一六〇〇フィートだが、伊歩の予想よりも余裕があった。フェアリイ星の空気は地球よりも濃密だ。まるで塩分の濃い海と淡水湖の違いみたいだと、この場にそぐわない牧歌的な感想が頭に浮かぶ。が、目標機の動きがその気分を殺《そ》ぐ。全く予想外の機動だった。目標機は同高度を右旋回している。飛燕の針路上を横切ろうとしているのだ。このまま加速して射撃によるビームアタックを敢行するなら、確実に仕留められそうだ。

――なんだ、これは。罠か。

飛燕の目標機に対する最適アタックラインに、むこうから入り込もうとしている。伊歩にしては長考、十分の一秒ほどの間をおいて、飛燕はクロスアタックラインから離脱、目標機と同じと思われる旋回半径で右旋回を開始する。

その直後だった。ドン、という衝撃を感じて、伊歩は肝を冷やす。超音速の衝撃波を浴びたのだ。それは、わかる。衝撃波を生じさせた相手の存在をまったく意識していなかったことが、恐怖となった。

左舷に動きを感じて即座にそれを目で追う。飛燕が先ほど直進していたアタックライン、そのライン上をあっという間に小さくなっていく機影を視認。真っ黒なその機体はレイフに違いない。音速の三倍を優に超えていて、おそらく限界速度だろう。そのショックウェーヴを浴びたのだ。

確認するために一秒以上注視しているなか、それは上昇を始めている。ほとんど垂直上昇だ。それを見ているのに、口から出てきた言葉は、「あいつ、どこから来たんだ」だった。もはや、どこへ行くんだ、と言うべきなのだが。

さきほど飛燕が水平飛行に移ったとき、その真後ろから追尾されたのだろうが、まったく気がつかなかった。さきほど右旋回していなければ飛燕は一撃で撃墜されていてもおかしくない。

レーザー機銃を装備しているならば、レイフとしてはそれを使う絶好のシチュエーションだった。強力な照準レーダーをマイクロ波兵器としても使えるのならその攻撃で飛燕のセンサ類は焼かれていただろうし、フライトコンピュータがダメージを受ける可能性もある。いずれも致命傷だ。ミサイルも銃弾も必要ない。飛燕は墜ちる。

雪風が飛燕を誘い込み、レイフがとどめを刺すということか。これが模擬戦ならば飛燕は完敗だ。銃撃、ミサイル、レーザー、マイクロ波と、どの兵器を使われても回避できなかったとなれば、四度の〈負け〉を同時に体験したことになる。もとより飛燕単独では勝ち目はないとわかっていたが、こうまで徹底的な敗北となると、もはや黙るしかない。

——実戦なら自分は死んでいる。飛燕を脱出できたとしても生存確率は限りなくゼロに近い。

伊歩は冷徹にそのように分析し、そして、さきほどの雪風の動きは、レイフの攻撃からこちらの命を守るための機動だったのだと判断した。

目標機はやはり雪風だ。有人機に違いない。無人機のレイフは、飛燕を守る（実際の攻撃を思いとどまる）ことを考えたにしても、乗員の生命を守ろうとはしないだろう、そう伊歩は思う。どうしてなのかという理屈を考えている暇はないので勘だったが、自分の判断を伊歩は信じる。

その判断の意味するところは、レイフはともかく雪風のほうは、こちらを特殊戦のアグレッサー機の友軍機として認識している、ということだ。

飛燕が日本海軍機をミサイル攻撃したことは、すでに雪風にもわかっているだろう。だが、だからといって飛燕が友軍機だということにはならない。海軍機を裏切ったと見せかける戦術だという可能性は否定できないからだ。いまの雪風とレイフの機動は、それを確認するためのものだったのかもしれない。自分が判断を誤っていれば、雪風はいまだにこちらを〈敵〉であると認識していただろう。たとえブッカー少佐から連絡が行っているにしても、実戦においては、自分の判断こそが〈正しい〉。ほんとうにそうなのかと確かめることは重要だ。

雪風のパイロット、深井大尉はそのように行動している。実戦でなにが重要かというセオリーを、かれと自分は共有していると、伊歩にはわかった。優秀なパイロットだから、なのではない。相手は人間だ。自分と同じ人間。だからそれがわかるのだ。互いの意思を共感能力で理解することができる。

――雪風と編隊を組むことに問題はない。

左前方をゆく雪風がおおきく左旋回を開始する。すかさず伊歩も続く。雪風の航跡をまたいでシザーズ機動、今度は雪風を右舷側に見て並飛行する。

雪風との間隔はぐっと狭まって、一キロメートル以下だ。目測でおよそ半ノーティカルマイル（海里）。ヘッドマウントディスプレイ上での表示は７７９ｍ。その数字を見て伊歩は、ここはフェアリイ星だとあらためて実感する。ＦＡＦでは海里やノットやフィートは使わずメートルで統一しているのはなぜなのかを、伊歩はここで体感的に理解した。

――ここは地球ではないということを、乗員の意識に叩き込むためだ。

地球上での経度一分を一海里とする単位はここでは意味がない。それは頭では理解できる。その単位にこだわるのならばフェアリイ星の大きさで較正した海里にしなくてはならないだろう。しかしそれを使用した場合、地球上で使っていた海里と同じだと錯覚しやすい。それはときに危険だ。ならば、まったく異なるメートル法にしてしまえ。ここは地球ではないということを、いやでも意識せざるを得なくなるだろうから——そういうことなのだ。

右舷の雪風が、ついてこいというように緩やかな上昇を始める。伊歩は同じ上昇率で同調。すると、よし、というように、雪風は爆発的な勢いで垂直上昇を開始する。伊歩もすかさずスロットルをマックスアフターバーナへたたき込んで、機首を真上に向ける。

伊歩は雪風と編隊を組むことに成功したとこれで確信した。すなわち、これで無事にアグレッサー役に就けたと考えていい。

日本海軍の隊長機に向けて模擬弾ではないミサイルを放ってから、まだ六十秒と経っていない。

無線のレシーバからはホワイトノイズが聞こえていた。伊歩が海軍機たちを〈裏切った〉ときから、それは封鎖されたのだろう。編隊機どうしの会話が必要なときは海軍機独自のデジタル戦術回線を使用していると思われた。伊歩に聴かれないように。

だがデータリンクの回線を使っての会話には、デジタルデータを音声に変換する分の、タイムラグがある。一瞬の遅れが致命的になる戦闘時には通常の無線通信より不利になるため、おそらく音声通話は使っていないと伊歩は思う。作戦内容は全機にしっかりと共有されていて、編隊のリーダー機の動きだけで各機はその意図を理解するだろう。日日の訓練のたまものだ。会話は必要ない。リーダー機が敵機をロックオンすればそれは戦術データリンクを介して各機に伝わるので、僚機は直ちにリーダー機の援護にまわるというように。

ただし、想定外の出来事が突発的に生じた場合は、別だ。いまにかれらは無線を使うだろうと伊歩は予想していた。

それは当然のごとく適中し、〈きたか〉と耳を傾ける。いきなり聞こえてきても驚かない。だが、レシーバからの音声、右耳で聞くその内容は、伊歩にとっても予想外のものだ。

〝緊急、緊急、緊急。オージーワンに向けて高速飛翔体多数、接近中。ミサイル攻撃だ。どうぞ〟

オージーワンはオーストラリア空軍の空中指揮機の、本作戦でのコールサインだ。

〝各機、オージーワンの援護、ミサイルを撃墜する。われに続け〟

急速戦闘上昇する飛燕を察知して迎撃降下を開始していた海軍機の二編隊を、伊歩はレーダー画面で確認している。その二編隊、四機が一斉に針路を変更する。雪風と飛燕を狙って降下中だったが、その機首を上げ、水平飛行に移った。と、その四機の脇腹を刺すかのように突っ込んでいく黒い機影を視認。レイフだ。一撃で海軍の全四機が撃墜される。いや、されたはずだ。レイフは実弾の攻撃はせずに編隊を貫いて飛び抜けている。

　上昇中の雪風が編隊のほぼ中心に向けて突っ込んでいく。かなりの距離をおいていた二機ずつの編隊は雪風が接近する前に増速していて、最大出力で雪風を振り放そうとしているように見える。

　雪風は海軍機たちが飛ぶ高さを突き抜けて上昇、下方を飛び抜ける編隊に向けて急反転する。その海軍機の右側の編隊に向かって降下、追撃する。背後から狙い撃ちできる絶好のポジションだ。伊歩もそれにならう。左の二機編隊を前方に捉えた。

　どういう攻撃方法でも墜とせる態勢だったが、先をゆく海軍機たちは反応しない。空中指揮機の援護しか考えていないようだ。かれらは模擬戦を放棄し、オージーワンに向かって飛ぶミサイルを墜とそうとしているのだろう。

　だが、そのようなミサイルは実在しない。伊歩は確信している。海軍機のレーダーディスプレイに浮かび上がっているだけのフェイクだ。雪風やレイフの態度からそれがわかる。本当に地球軍機が狙われたとするなら、直ちにＦＡＦが反応し、敵の出現が全軍に伝えられるだろう。模擬戦は緊急中止される。

　現状は、そうはなっていない。これは模擬戦の一環であり、雪風とレイフの、アグレッサー機による欺瞞操作だ。海軍機に対して偽の信号を直接送りこむことがその二機には可能に違いない。コムセンスジャマーという、ジャムの技術を模倣したアクティブジャミングの一種だ。そうしておいて、海軍側に攻撃を仕掛ける。相手にはそれを回避しようという意思がないのだから、雪風にしてみれば墜としほうだいだ。模擬戦でこれ以上の勝ちはないだろう。海軍機は自分が負けたことすらわからない。こちらの完全勝利だ。

飛燕を操る伊歩にとっては、これはもはや戦闘ではなかった。これなら蠅たたきのほうがまだましであって、赤子の手を捻っても爽快感は得られない。

簡単に墜とせることを海軍機の連中に思い知らせてやろうと、伊歩は四機を同時にレーダー照準、全機まとめてロックオン。武装選択操作、短距離空対空ミサイルを選択、ミサイル内蔵の自律誘導AI機能はキル、母機からの誘導のみにして、発射準備完了。四発の同時発射、レディ。

ここまですればさすがに回避行動に出るか、隊長機のISOROKU－1がこちらを呼び出すだろう。やめろ、と。

どちらの予想も外れた。四機の海軍機は飛燕の攻撃照準を察知しているに違いないが、それを無視、前方に向けて対空ミサイルを発射した。各機、二発ずつ、計八発。模擬弾ではない。

伊歩は一瞬身構える。ミサイルが急激に旋回してこちらに向かってくることを警戒した。が、こちらには来ない。やはり無視されているのだ。

あのミサイルはどこへ向かって飛んでいくのか。海軍機は〈敵ミサイル〉を迎撃するために実弾を放ったのだろうが、その仮想の敵ミサイルの航跡はどうなっているのか。着弾点がオージーワンであるにしても、どの方向から飛んで来るのかといった詳細は伊歩には摑めない。かれら海軍機は、いったい〈なにを見せられている〉のだ？

伊歩は接続中のコモンレイヴンから戦況図を呼び出し、ヘッドマウントディスプレイ上でオージーワンの位置を確認する。

日本海軍機の二編隊、四機がそこに向けて接近しているのがわかる。その背後上空から飛燕が追撃している。

そして計八発の海軍機が放ったミサイルも画面上にはっきりと表示され、移動している。しかし、なにを目標にして飛翔しているのかは、わからない。〈オージーワンに向けて高速飛翔体多数、接近中。ミサイル攻撃だ〉という状況は、コモンレイヴンの画面上では認められなかった。海軍機とオージーワンが使用している独自の戦術データリンク上では表示されているのかもしれないが、FAFのコモンレイヴンからはその内容はわからない。あちらはコモンレイヴンの情報を変換して利用できるので、こちらの〈正しい〉情報を見てもらって、かれらに〈目を覚まして〉もらうしかなさそうだ。

伊歩はヘッドマウントディスプレイの画像を一秒ほど見つめて〈長考〉し、そのように判断を下す。

伊歩は無線通話ボタンに指をかける。『貴機らはアグレッサー機による欺瞞操作により、存在しない目標に向けて攻撃を仕掛けている』と言うべく。

だが、それを言葉にする前に、視野に異変を覚えた。ヘッドマウントディスプレイごしに目視している景色の中に、左端から右に向かって高速で横切ろうとしている小さな〈なにか〉を伊歩の鋭い視覚が捉えた。海軍機が放ったミサイルはそれを狙っているのか。

地球製の八発のミサイルはほとんど航跡を引かず、小さく、移動方向も奥に向かっていることから時間による視差がほとんどない。さすがの伊歩の視力でも視認できなかった。ミサイルが大きく針路を変えるなら、感じ取る自信はあったが、そのような変化はない。謎の飛翔体との衝突コースをまっすぐに突き進んでいる。間違いない、あれを狙っているのだ。

伊歩は飛燕のアフターバーナに点火。残存燃料の心配が一瞬頭をよぎったが、かまわず限界出力でミサイル着弾点に向かって加速する。

――なんだ、あの黒い飛翔体は。戦闘機よりも大きいが、おそろしく速い。自分も雪風から欺瞞操作を受けているのか。しかし、肉眼だぞ？

コモンレイヴンの表示が自動で変化し、文字と音声でメッセージを伝えてくる。

『こちら模擬戦担当指揮官、特殊戦、ブッカー少佐だ。現在作戦行動中の全機に告げる。これにて地球軍対特殊戦アグレッサー部隊との模擬戦は終了する。模擬戦参加各機は帰投せよ。今回のスコアと内容の詳細は予定どおり模擬戦評価会議の席上にて発表する。なお、日本海軍機に告げる、貴機らが放ったミサイルを直ちに自爆されたし。オージーワンを狙うミサイルは現実には存在しない。アグレッサー機による欺瞞である。以上』

伊歩はそのメッセージを意識的に追うことはしない。ようするに模擬戦は終わったということだ。それは確認できた。問題は、では、あれはなんなのか。あの黒い飛翔体は？

——幻視か。まさか。

異変を感じ始めてまだ十秒は経っていないだろう。視野を右へ横切ろうとしている黒い飛翔体の動きが、スローモーションのように感じられる。その衝突点へと突っ込んでいく八発のミサイル。視認できないが、間違いなく、そうなる。あの黒い飛翔体が実在するのなら、海軍機の狙いはたしかなものだ。しかし。

着弾。複数のミサイルが連続して爆発する。あれを放った海軍機が自爆信号を送ったのだろう、客観的にはそう解釈できる光景だった。だが、伊歩は、さらに異常な光景を肉眼で捉えていた。

海軍機が放ったミサイルは黒い謎の飛翔体に全弾命中していた。いや、目標の黒い飛翔体はミサイル群が着弾する直前に白い機体になっていた。それが、木っ端微塵に吹き飛ばされたのだ。ミサイルは自爆したのでもなければ黒い謎の機体を爆破したのでもない。あの白い機体には見覚えがある。見間違えるはずもない。大きな白い垂直尾翼には、特徴的なオーストラリア空軍の装飾マークであるライオンがちらりと見えた。

オージーワンだ。オーストラリア空軍の空中指揮機に間違いない。海軍機は、味方である空中指揮機を敵と認識し、実弾を使って撃墜した。自分の目にはそう見えたと伊歩は自身に確認している。間違いない、と。

爆発した煙が黒雲となって空中に浮かんでいる。と、その雲から、例の黒い飛翔体が右へ飛び出す。伊歩が咄嗟《とっさ》に目で追う、その視界のなか、それは、また白くなった。そして直後、その白い機の針路が変化し、動きが遅くなる。旋回したりブレーキをかけた様子もなく、最初からその針路と速度で飛んでいたというように、ふっと、変化した。

それはじつにのんびりと飛ぶ大型機だ。大型輸送機を改装し、コミュニケーション機器や情報解析専用コンピュータなど電子装置を満載した空飛ぶ司令室、オーストラリア空軍の空中指揮機、オージーワン。垂直尾翼のライオンマークもはっきりと見て取れる。

――ミサイルに撃墜されたのではなかったのか。いったい、いまのは、なんだ。わたしはなにを見ているのだ？

飛燕のアフターバーナを切る。スロットルをミリタリーへ戻す。先をゆく海軍の四機は右へと旋回し、白い大型機に向かってゆく。

伊歩は飛燕の速度をさらに落とし、コクピットの外を見回す。左後方に雪風を視認。右後方に、雪風と並んでレイフ。どちらも影のように黒いが、雪風のほうはキャノピがあり、そのコーティング越しに乗員の存在がわかる。飛燕はその両機に挟まれて飛んでいる。

その二機の特殊戦機は模擬戦のクールダウンをするかのように速度を落としているので、あっというまに後方へと下がっていく。亜音速まで速度を落としているのではないか。一度は飛燕に追いつき、飛燕にもクールダウンを促しているようだった。模擬戦は終わったのだ、と。

それは、わかる。

——だが、なにか、おかしい。特殊戦も察知していない異変が起きている。

伊歩は飛燕の進行方向を変えずにいきなり機首立て姿勢を取る。空気抵抗をつかって急減速。振り子のようにコクピット側が上がるので上昇しているかのように感じるが、飛燕は高度を維持している。正常姿勢に戻して、水平飛行。速度を落とした雪風とレイフと並んで飛ぶ。

伊歩は飛燕の翼を上下に軽く振り、雪風のパイロットに向かって、自分のヘルメットの耳のあたりを何度もつつき（通話を聞け）、それから左手でゴーサインを出す（行くぞ）。そして、スロットルを再びマックスアフターバーナへ。最大推力で海軍機たちの後を追う。通話スイッチをオン。

〝こちらMUTTER。緊急、緊急、緊急。ISOROKU－1、どうぞ〟

〝こちらISOROKU－1。きみへの処分は空軍省からなされるだろうが、いまさら、なにが緊急か、ぜひ聞かせてくれ、田村伊歩大尉、どうぞ〟

〝あなたたちは、オージーワンを撃墜した。繰り返す。ISOROKU隊が放ったミサイルは、オーストラリア空軍指揮機オージーワンに全弾命中、当該機は爆散した。いまあなたたちが向かっているオージーワンは、偽物だ。どうぞ〟

〝なにを血迷ったことを。気はたしかか、どうぞ〟

〝ミサイルの自爆操作はしたのか、確認したい。していなければ、あの爆発の原因をなんだと認識しているのか、聞かせてほしい、どうぞ〟

わずかな沈黙の間があった。

〝ミサイルに自爆指令は出していない。あれは、模擬戦の判定評価機、特殊戦第五戦隊のミンクスがレーザーガンで爆破したものと理解している。よく見ろ、大尉。オージーワンは、無事に飛んでいる。われわれのミサイルが命中したなどと言って、わたしに向けて実弾を放ったことの責任を逃れるつもりのようだが、本気で言っているのか、どうぞ〟

飛燕は帰路に就いた地球軍機の編隊に追いつく。大型の白いオーストラリア空軍の空中指揮機の左右に日本海軍機が二機ずつに分かれて飛んでいる。

伊歩は大型機の後方に、ぴたりとつく。

大型機にしては速い。遷音速だ。気流がそうとう乱れていて、飛燕も影響を受ける。燃費にも影響する不安定な速度を維持した飛び方に異常性を感じるが、それでも、ＩＳＯＲＯＫＵ‐１の言うとおり、どう見てもそれはオージーワンだった。

しかしこの機はさきほど木っ端微塵に爆散したはずだ。あの光景を信じるとすれば、これは、謎の黒い大型機が〈化けて〉いるのだ。

鼓動がいきなり高まる。

――やってしまえ。こいつがなんであれ、オージーワンが撃墜されることにはかわりない。海軍機がすでにやったか、これからわたしがやるか、そういう違いでしかない。

伊歩の心の声が、攻撃を促す。これこそ、暴力の化身、カーリー・マーの声だと伊歩は思う。問題が生じたのなら、力でそれを排除せよ。その痕跡から新しい命が芽吹くだろう。力強い、大地の母だ。

あいつは絶対に、本物ではない。そういう確信がある。伊歩は冷静な頭で、レーザー攻撃を選択する。レディ、レーザーガン。

「尻尾を出せ」と声に出して、撃つ。

照準どおり、右の水平尾翼の一部に命中。ぱっと破片が散る。一撃では墜とせないのはわかっている。飛燕のレーザーガンは、こちらに向かって飛んでくる敵ミサイルのシーカーを狙い撃って無効化する防御兵器だ。大型機を墜とせるほどの出力はないが、相手にとって危険であることには変わりない。

今度は左の水平尾翼を狙う。尻尾を出すまで、「切り刻んでやる」と伊歩は口に出して言っている。

照準セット、レディ。すかさず、ファイア。左の水平尾翼から外板パネルの一部が剝がれて吹き飛ぶ。積層構造の翼だ。もう一撃で昇降舵を破壊できそうだ。このままおとなしく墜とされるつもりなら、それでもいい、やってやる。

と、突然レシーバから聞き慣れない声で警告がよせられる。

〝MUTTER、危険だ、ブレイク、上昇せよ。こちらミンクス、援護する〟

身体が反射的に反応した。聴き終えるより早く、操縦桿を引き、スロットルはまた奥へ押し込み、加速、急上昇、おおきく宙返りをうつ。

大空と大地がぐるりと入れ替わる。上空から白い大型機の全身が見えた。その視界に、大型機の機首方向から後方へ飛び抜けていく機影。その直前に、飛燕が飛んでいたコース上で、爆発炎を視認。撃破されたミサイルだろう。ミンクスが迎撃に成功した。発射したのはISOROKU‐1だ。確かめるまでもない。たしかに、危なかった。

海軍機がこちらを狙って格闘戦の態勢に入っているのを視認。飛燕は宙返りの途中でロ一リング、爆発的な加速で、オージーワンに見える大型機に追いつき、その前に出る。そして、その機首の前方、わずか七十メートルほどにぴたりとつけて、速度を殺す。背後から大型機がじわりと迫る。伊歩はそのまま、その大型機の背に乗るかのように飛燕を操った。車輪を出せばその機体上部に触れそうな間隔だ。一瞬でも気を抜けば、背後にそびえている巨大な垂直尾翼に飛燕の機体が接触して、この大型機もろとも墜ちるだろう。

〝こちらオージーワン〟

レシーバからの声。レーザーで狙い撃っても悠然と飛ぶばかりだった相手が、やっと反応を見せた。

〝きみはいったい、なにをしているんだ？〟

耳元でささやかれているような声の聞こえ方が、いつにもまして、艶めかしい。この違和感は尋常ではない。

「だれだ、おまえ」

〝曲芸飛行の披露か？〟

米国訛《なま》りが感じられる。こいつはオーストラリア人ではない。

「おまえはオージーワンの乗員ではない」と伊歩。「あの機はさきほど空中で爆散した。脱出できる状況ではなかった。全員爆死している。それでも乗員だと言い張るのなら、おまえは幽霊だ」

〝日本海軍機の攻撃能力がもう少し高ければ、きみを墜とせたのにな。きみの操縦技量には脱帽だ。こちらの判断が甘かった。いや、判断を誤った、と言うべきだろう。失敗を素直に認めよう。きみの勝ちだ〟

伊歩は、通話スイッチを押していないことに気づく。この会話は、無線通話ではないのだ。

「おまえ、ジャムか」

〝静かに。雪風に聞かれたら、きみも一緒に墜とされる。絶対だ。間違いない。死にたいか？〟

「冗談だろう」と伊歩。「死ぬのはおまえだ」

〝自信があるようだね〟

「おまえこそ、自信があるんだな。輸送機を改造した空中指揮機で飛燕に勝てると思うほうが、おかしい。実体はオージーワンではないからこそ、自信だろう。いつまでも化けていないで正体を現せ、ジャム」

〝きみはすでに正体を見ただろう。だから、わたしに気づいたのだ。きみはジャムを見られる目を持っているのだな。そんな能力を持った人間がいるとは、想像だにしなかったよ。驚きだ。きみの名を聞かせてくれないか〟

「ジャムには名前はないのか。それとも、先に名乗る礼儀をジャムは持たないのか」

〝失敬した。すでに知っているものと思い、名乗らず、申し訳ない。わたしはジャムではない。人間だ〟

「ロンバート大佐か」

〝わたしはアンセル・プレシャス・ロンバート。大佐はFAFでの階級だったが、敬称としてつけてもらってもかまわないよ。ロンバート大佐だ。きみは？〟

「田村伊歩、日本空軍大尉だ。ファーストネームは伊歩。田村大尉と呼べ」

〝よろしく、田村大尉。きみの才能と能力は驚異だ。脅威でもある〟

「おまえにミドルネームがあるとは知らなかった。プレシャス？　孫が可愛いというので祖父がつけたような名前だ」

ＦＡＦの馬鹿げた登録システムは、ミドルネームを省くようにできていて、ミドルネームを持つ多くの人間には不評だとアテンダントスタッフのアーモン・フェイス中尉が言っていたのを伊歩は思い出す。もとよりミドルネームをつける習慣のない自分のような民族にはアーモンの不満はよくわからないと伊歩は思う。

〝いやいや、とんでもない、自分で付けたんだ。いいだろう。自分の名を自分でつけられないというのは、不合理だ。そうは思わないか？〟

「わたしは親がつけた伊歩という名が気に入っている」

〝それはなによりだ。善い両親に恵まれて幸せだな。きみは育ちのいいエリートだとわかるよ、田村大尉。FAFに送られるような人間たちとは別世界で生きてきたのだろう。そんなきみの目的は、なんだね。FAFで、なにをするつもりだ？〟

「ジャムを、殺す」

即答だ。

〝フムン〟

しばらく相手は黙った。そして、続ける。

〝それは、怖いな。純粋な恐怖を感じる。きみは恐怖の化身のようだ。ふつうの人間ではない。自覚しているかね？〟

相手のペースにはまってはならない。相手から情報を引き出すべきだ――伊歩は我に返った心地で大佐の言葉を無視し、こちらから問う。

「海軍機が狙ったのは、雪風が設定したコースを飛ぶ仮想のミサイルだ。黒いジャム機は、そのコース上を飛んできた。雪風に見つからないようにだろう。コムセンスジャマーを利用して、自分の存在を消したんだ。コムセンスジャマーはもとはといえばジャムの技術だそうだから、雪風のその欺瞞操作をさらに騙すことがおまえにはできた。そうだな？」

〝FAFでは最強の雪風とレイフの探知システムは騙せても、きみの目は欺けなかったわけだ。それにきみは、こちらの手段を正しく見抜いている。目だけでなく頭もいい。いいね、とてもいい。どうだね、こちらに来ないか〟

「わたしに、ダークサイドへ堕ちろと？」

快活な笑い声がヘルメット内に響いて、気分が悪くなる。余計なことを言うんじゃなかったと後悔しつつ、笑い声の中に向けて、言う。

「どうやれば、オージーワンに化けられるんだ。特殊戦やFAFは、このトリックの種を知っているのか？」

〝きみはユーモアのセンスもある。ダークサイドとはね。わたしは黒い仮面を被った悪の帝王か？　ぜひスカウトしたい。こちら、〈ダークサイド〉は、とても気持ちがいいよ。どうだ、試してみては？〟

「トリックの件の答えを聞いていない」

〝トリックの件、種か。特殊戦は、見当をつけていると思うよ。それが正しいかどうかは、わたしにはわからないが〟

「種を明かす気はない、か」

〝明かしたくても、わたしにはわからない、という意味だ。種があることは知っている。それを使えばトリックを使える。でも、どういう理屈でトリックが実現されているのかは、わたしには理解できない〟

「通信機は使えても、その構造は理解できない、というような意味だな」

〝そのとおり〟

「異星体であるジャムの、人類には未知の技術というわけだ」

〝案外、そうでもないかもしれない。なにしろ、わたしがこうして生きていられるのも、無意識のうちには〈わかっている〉ようなのだ。きみも、こちらに来てみれば、わかる〟

「断る」

〝それは残念だ。こちらに来るなら、きみをジャムから守ってやれるのだがね。わたしはきみにとっての守護神なんだよ、田村大尉。いずれ、わかる。そのときでも遅くない。いつでも来てくれ〟

「門を開いて待っているか？」

〝いや、物騒なので門は閉めておく。呼び鈴を鳴らしてくれたまえ〟

「おまえはどこにいるんだ、いま？」

〝だから、オージーワンだ。戦闘機より広くて居心地がいい。トイレだってある〟

「乗員は。無事なのか」

〝うまく〈ダークサイド〉に入れた者だけが、無事でいる〟

「オージーワンがミサイルを受けて撃破されるのを、わたしは見た。いま飛燕の真下にいるこれがオージーワンであるはずがない」

〝ジャムが、再生した。そう言えば理解できるだろうか。マクスウェルの悪魔を使ってエントロピーの操作をした、というのはどうだろう？　いや、ジャムが操作するのは〈情報〉のようだ。当然、エネルギーは消費する〟

「理解できない」

〝わたしもだ。わたしにわかるのは、海軍機のミサイルはジャム機を狙っていたので、オージーワンを盾にした、ということくらいだよ〟

「では、いま、あの黒いジャム機はどこにいるんだ」

〝重ね合わされている〟

「なんだって？」

〝同空間を占有している、とでも言えばいいのか。いや、同空間に同時に出ることはできないので、出るときは、どちらかになる、というほうが正確かもしれない――〟

「出るって、どこから出るんだ？」

〝きみが言うところの〈ダークサイド〉からだ。この様子をわたしは知ってはいるが、原理が理解できないので説明できない。いずれにせよ、化けているわけではないんだよ、田村大尉。ここにジャム機も重ね合わされて存在しているんだ〟

「そのジャムは、どこから飛んできたんだ」

〝もちろん〟とロンバート大佐は言った。〝地球からだ〟

「なんだって？」

〝オージーワンは、オーストラリア空軍機だ。地球から来た。わかるか？〟

「地球を発つときから、この機はジャムだったと言うのか」

〝そのように理解するしかないだろう〟

理解できなくても問うしかない。

「ジャム機の目的は？」

〝わたしが呼んだんだ。わたしを乗せるため、だ。しかしジャム機のままでは人間であるわたしは乗れない。ジャム機と重ね合わせられる有人の人類機が必要だ。この機はいまのところ、わたしの目的にかなっている〟

「おまえの目的とは、なんだ」

〝なにをいまさらな質問だが、何度でも答えよう。人類の支配だ。ジャムは人間の支配には興味がないので、その方面はわたしに任せたんだ。ジャムにとって邪魔な人類は、わたしが支配する。知らなかったのか？　わたしは先に、人類に対して宣戦布告している。きみのようなエリートなら知っているだろう、ジャム取材の第一人者であるリン・ジャクスン宛に送っておいた。もしきみがわたしの宣戦布告を知らないというのなら、それは彼女の責任だ〟

「よくわかった」と伊歩は言う。「ほかになにか言いたいことはないか。あれば、聞いてやる。いまのうちに人類へのメッセージでも演説でもなんでも、言っておけ。聞いてやるから」

〝最後通告というわけだ。きみを仲間にできなくて、本当に残念だ、と言っておく。きみは最後になにを言いたいのかな、もし――〟

全部は言わせない。〈もし〉などという仮定の話に付き合うつもりは伊歩にはない。それを遮《さえぎ》って、伊歩は言う。

「ジャムを、殺す。何度も言わせるな」

〝こちらも、よくわかった。では、田村大尉、きみの相手を提供しよう〟

「どういう意味だ」

〝地球から来た機は、オージーワンだけではない〟

「なに？　まさか――」

ふと日が陰ったように視界が薄暗くなる。

思わず空を振り仰ぐが、雲はない。上ではない。足元が暗くなっているのだった。白い機体が黒く変化している。左右の広大な面積を持つ主翼も、形を変えて、黒い。後ろを振り向いて尾翼を確認すると、垂直尾翼はそれほど高くはなく、左右に二枚ある。

ジャムだ。正体を現した。これが、ジャムか。近すぎて全体の形がわからない。鯨の背中に乗った気分だ。危ない状況だと頭ではわかるが、実感がわかない。いま自分が警戒すべきは、これではない。

伊歩は自分を追って接近してきたはずの海軍機を目で探す。

左右後方に視認。二機ずつ、こちらを精密に狙い墜とせる機会を狙っているのだとわかる。下手に動くと危ない。伊歩は通話スイッチをオン。

周囲の時間がそれを合図にしたかのように、正常に〈動き〉始めた。エンジン音、乱気流の振動、自分の鼓動。ロンバート大佐の気配は消え失せている。

「こちらMUTTER、ISOROKU隊の全機に告ぐ、いますぐ、機から脱出せよ。あなたたちが乗っているその機は、ジャムだ」

いや、これでは信じてもらえないだろう。表現を変える。

「繰り返す、あなたがたの乗機はジャムに乗っ取られている。コントロールできるうちに、脱出しろ。どうぞ」

返事はない。どのように言おうが信じてもらえそうにないと伊歩は思う。説得の仕方を思いつけない。

応答は、意外な相手から来た。冷静な声だ。深井大尉。

〝こちら雪風、MUTTER、了解した。きみは動くな。足下のジャムとの相対位置を保て。下手な機動をすると、未知の空間に引き込まれる危険がある〟

——未知の空間？

ダークサイドだ、と伊歩は納得する。深井零大尉の声は途切れずに続いている。

〝ミンクス、エンゲージ。これは実戦だ。田村大尉がジャムを見つけた。やらなければ、やられる。直ちに攻撃。こちらはMUTTERを支援する〟

〝こちらミンクス、雪風、了解した。エンゲージ、ジャムを叩く。オーバー〟

〝MUTTER、そのままだ。いま安全な離脱方向を雪風に計算させている。桂城少尉がそちらにデータを送りこむから、きみはコモンレイヴンの指定ポートを開けて待機、離脱の準備だ。わかるか。OK？〟

「こちらMUTTER、理解した、コピー」

〝田村大尉、飛燕の下にいるそいつは、タイプ7のジャムだ。そのままだと、不可知戦域に引き込まれる。きみが勝手な方向に離れても同様だ。雪風が、そう言っている。いったん引き込まれたら、帰還は難しい。これは、おれの体験から言える。失敗は許されない〟

「よくわかった」

〝こちら桂城少尉、MUTTER、これから送る。受信の準備はいいか、どうぞ〟

こちらの気も知らないで、なんて明るい声だ。緊張をほぐしてやろうという気遣いからではないのはたしかだが、すこし安心する。この少尉、仕事はできるようだ。

「こちらMUTTER。準備よし、どうぞ」

〝MUTTER、データの送信を開始する。行け〟

雪風からのマイクロ波による攻撃照準をキャッチ。これは高速データ送信だ。瞬時に受信完了。

「こちらMUTTER、桂城少尉、受信に成功した」

〝グッドジョブ。アウト〟

〝こちら深井大尉、ＭＵＴＴＥＲ、離脱を開始するタイミングも難しいので、そのデータをフライトコンピュータに渡して自動操縦にすること。その飛燕はＦＡＦ製の戦術データ処理ユニットを搭載しているから、コモンレイヴンのプロトコルでそのデータの利用が可能だ。やり方はわかるか、どうぞ〟

「わかる。支援に感謝する」

ＦＡＦ製に換装された戦術データリンク機器は飛燕のフライトコンピュータとリンクされ、コモンレイヴンの情報による自動誘導ができるように調整されていた。実際に使うのは初めてだったが、伊歩は机上での訓練をアテンダントスタッフのフェイス中尉から受けていた。

〝ＭＵＴＴＥＲ、やりながら聞いてくれ。きみの足下にいるジャム機は、雪風の探知によると、いまオージーワンから完全にジャムになろうとしている最中だ。なり切ったら、そいつはタイプ7のジャムになり、旋回を開始する。その動きに合わせるようにデータは作られている。ジャムの動きは、大渦巻きに捲き込まれるような、螺旋を描くものだ。それが始まる前に、自動操縦に切り替えないと危険だ。フライトコンピュータへの入力と調整が済んだのなら、いますぐでもいい〟

「調整完了、オールクリア。オートマニューバ・モードに切り替える。切り替え完了。どうぞ」

〝了解。間に合ってよかった。引き続き監視し、きみを支援する。予想のできない急激な機動に備えろ。通信おわり〟

——予想ができないのに、どう備えろと？

余裕を取り戻した伊歩は、レシーバからISOROKU隊の声が一切入ってきていないことに気づく。

「こちらMUTTER。ISOROKU隊、応答せよ。全機、聞こえるか、どうぞ」

ザッと雑音が入ったあと、応答の声。

〝こちらミンクス、MUTTERへ。海軍機の四機は、ジャムのタイプ1だった。それを確認後、全機撃墜した。グッドキル〟

グッドキル？　乗員ごとか。

「こちらMUTTER。ミンクスへ。海軍機の乗員は無事か、どうぞ」

〝四名とも脱出を確認した。各パイロットの救難ビーコンの探知に成功、位置データを司令部に送信済み。各員の安否は不明だが、低速での脱出だったので、降下した地上で原住生物にやられていなければ無事と思われる。以上〟

「ミンクス、海軍機はどうなったんだ。どうしてジャムだと確認できたのか、詳細を教えてくれ、どうぞ」

〝海軍機はフライトコンピュータが論理暴走状態になり自壊したため、飛行不能に陥った。レイフがサイバーアタックを仕掛けたからだ――〟

あたりまえのように、事も無げに『サイバーアタックを仕掛けた』などと言うのを聞いて、伊歩は、レイフの電子戦能力の凄まじさを実感した。

海軍機のコンピュータ機器はそれほど脆弱ではないだろうに、それを易易と物理的に破壊する能力が、レイフと、そして雪風にはあるのだ。模擬戦では使われなかった。当然だろう、それほど強力な〈実弾〉はない。使用すれば、百パーセント、相手は墜ちる。

自分の乗機の飛燕も、発進前にその力の一端を実際に見せつけられた。その事態への自分の反応、『雪風は、ジャムだ』というのは、決して大げさではなかったのだということが、これでわかった。地球の戦闘機は、この二機にまったく太刀打ちできない。そんなレイフや雪風を以《もっ》てしてもジャムを墜とすのは簡単ではないのだから、地球軍がジャムに勝てるはずもない。

これらの事実は、ジャムに対抗できるＡＩを地球人は開発できていない、ということを物語っている。ＦＡＦのコンピュータ群、雪風に代表される人工知性体は、ここフェアリイ星で、地球とは異なる進化を遂げているのだ。生物と同じだ。異なる環境では、異なる生態系が発達する。FAFのコンピュータたちは、ジャムに〈食われないように〉進化してきたのだ。

対ジャム戦について、根底から考え直す必要があると伊歩は思う。いったい自分が発揮したい〈暴力〉とは、なんだろう?

〝——機から乗員が脱出したあと、まるで脱皮するように、その海軍機からジャムが出現した。重ね合わせ状態で隠れていたジャムは、海軍機がレイフにやられたため、出てこざるを得なかったのだろう。出現直後だったので、らくに仕留めることができた。脱皮直後のロブスターのようなものだ。おいしい仕事だった。以上〟

重ね合わせ状態、か。伊歩は無意識につぶやいている。

ロンバート大佐も似たようなことを言っていたのを思い出す。もしかしたら特殊戦は、この現象について、ロンバート大佐よりも深く理解しているのかもしれない。かれらは、先のロンバート大佐との会話の内容や自分の体験を、夢物語だとは言わないだろう。話が通じる相手というわけだ。

地球軍に信じてもらうのは難しい。それこそ、〈なにを血迷ったことを、気はたしかか、本気で言っているのか〉で片付けられる。さらに一般の地球人にとっては、フィクションでしかない。かれらには、雪風やレイフといった存在も同様だろう。異星の妖精にすぎない。ジャムというアグレッサー（攻撃者）の脅威を身近に感じていないからだ。

だが、いま自分が戦っている敵、ジャムは、その地球から来たのだ。ロンバート大佐の言だから真偽のほどはわからないにしても。

もしそれが本当だとすれば、ジャムは地球侵攻に成功しているということになる。人類はジャムの脅威について、再考を迫られるだろう。ジャムのせいで地球は、なんらかの損害を被《こうむ》っているのだろうか、と。

いまのところ、それはなさそうに見える。もとより身近に感じられない脅威に関しては人間は無頓着だ。しかしジャムが地球外からのアグレッサーである以上、地球環境がその影響を受けないはずがない。その変化は、けっして人類の利益にはならないだろうということは、予想がつく。その変化がゆっくりと進むとしたら、気がついたときは取り返しがつかないところまで行っている。そうなる前に一部の人間が警鐘を鳴らすだろうが、多数の声に殺されるにきまっている。人間とはそういう生き物だ。〈いま〉が永遠に続くと思って生きている。人類は、少しずつ加熱されていく鍋に入れられた蛙のように、逃げ出すこともせずに熱死するのだ。

地球で起きる変化とは、どういうものだろう。想像もつかない。ジャムの正体がなにかによるだろうと伊歩は思う。ジャムは、なにを食っているのだろう？

　ロンバート大佐が、爆散したオージーワンを再生する原理としてマクスウェルの悪魔を引き合いに出したことを伊歩は思い出した。熱力学の第二法則に対する挑戦的な思考実験だ。その悪魔の存在を否定するまでに百年ほどかかったのではなかったかと、伊歩は学生時代に学んだ物理を思い出す。〈情報〉という〈物質でないもの〉の存在が熱力学の概念に組み込まれるまで、マクスウェルの悪魔を追い払うことができなかった。そういえばロンバート大佐も〈情報〉という言葉を口にしていた。

　——ああ、そういうことか。

　伊歩は、頭に閃いた考えを言葉にして、言ってみる。

「ジャムは、〈情報〉を食うのだ」

　ジャムは情報というものを取り込むことで生きている生き物に違いない。FAFのコンピュータ群やレイフ、そして雪風といった〈生き物〉たちの態度が、それを示唆している。と、まるで、〈やっと気づいたか〉とでもいうように、ジャムが加速する。

　飛燕がその動きに同調する。タイムラグは伊歩の鋭い感覚でも感じられなかった。だから、飛燕のほうから動き始めたのかと一瞬錯覚したほどだ。

「こちらMUTTER。始まった」

雪風の深井大尉からの応答。

〝MUTTER、了解。なにがあってもオートマニューバを切ってはならない。絶対だ。飛燕と雪風が必ずきみを基地につれて帰る。かれらを信じろ〟

かれら、か。たしかに、ここでは戦闘機と人間との関係は対等のようだ。機の動きとともに空が回り、水平線からすっかり顔を出したフェアリイ星の朝の太陽が正面を横切る。それは連星で、互いの引力のためにつぶれ、楕円形だ。地球の夕焼けのような赤で、さほどまぶしくない。禍禍《まがまが》しくも美しいと伊歩は感じた。女神の目のようだ、と。

「了解した」

田村伊歩は〈予想のできない急激な機動〉に備えて、身構える。

九分三十七秒

ジャム・タイプ7の動きと同調して飛ぶ飛燕の様子を深井零は注視している。

飛燕を背に乗せた態勢でジャム機は緩やかな左旋回を開始していた。追尾する雪風との距離はわずか八十メートル。零はジャム機がゆっくりと旋回を開始したのを目視してから、その旋回径より大きな円を描くように雪風を操る。速度はそのままなので、目標機との間がすこしずつ開いていく。あえて距離は詰めない。アクションを開始したジャム機から雪風を離さないと危険だと零は判断した。飛燕が無事に離脱できても雪風が捕まるのでは本末転倒だ。

「始まりましたね」と後部席の桂城少尉。「あのときと同じだ」

「そうだな」と零。「フローズンアイを起動しろ」

「イエッサー。フローズンアイ、起動開始。起動中」

飛燕を背に乗せたタイプ7のジャムは、予想どおり少しずつ旋回半径を縮めながら、ゆっくりと高度を下げている。まさに漏斗《ろうと》状の大渦巻きの外周に沿って中心部へと落ち込んでいく様相だ。その予想される中心部には、目に見える異常な点はなにもない。フェアリイの森の上空にすぎない。だが、そこに達すれば、間違いなく、あの異様な空間に吸い込まれてしまうだろう。〈UNKNOWABLE WAR AREA〉、不可知戦域と特殊戦が名付けた、未知の空間。フローズンアイというニックネームの空間受動レーダーがその発生を捉えることができる、唯一の手段だ。

「フローズンアイ、レディ。全方向の索敵開始」

空間受動レーダーは正確な目標位置を捉える分解能は劣っているものの、空気を押しのけて移動する物体なら確実に捉えることができる。光学的、電磁的に透明化手段を取って移動する敵機も、そのレーダーには見えるのだ。そしてまた、その受動レーダーは、不可知戦域への入り口である空間の異常を捉える能力もあることが、実戦で明らかになった。

「了解」

あの異様な空間で自分はジャムの声を聴いたのだったと零は思い返す。ジャムの〈総体〉であるというそれから、ジャムに恭順せよと迫られた。FAFから独立してジャムに与《くみ》しろ、と。無論、拒否した。雪風も。その雪風の拒否の仕方が、ジャムの度肝を抜いたであろうことは確かだ。あの異常空間から脱出できたのは雪風のその行動のおかげだ。

あのとき不可知戦域に誘い込んだジャムは、雪風に向けて、紫外線を使ってコンタクトをとってきた。話があるからついてこい、と。雪風も自然言語で乗員に状況を伝えてきた。いまは、ジャム機も雪風も無言だ。誘い込もうとしている対象が雪風ではなく飛燕だから、なのかと零は思う。

ジャム機と、その背に位置している飛燕との、飛行の同調具合は完璧で、まるで飛燕の機体がジャム機に固定されているかのようだった。飛燕の自動飛行制御の精度の高さがそれでわかると零は思う。というのも、飛燕のパイロットである田村伊歩大尉が手動で操ってきたときは気流の乱れなどで両機の動きに相対的なぶれが見て取れたのだが、いまはそれがない。

「飛燕のフライトシステムは優秀だな」と零は言う。「田村大尉がオートマニューバをオンにしたとたん、ジャムの動きと完全に同調した。気流などの外乱を予測制御しているんだろう。雪風と同じ能力がある」

「いや、そうじゃないです」と桂城少尉は零の言葉を頭ごなしに否定する。「飛燕に雪風の飛行制御能力はない。雪風が送りこんだデータのおかげでしょう」

「あの飛燕の異常なほどの安定性は、リアルタイムで外乱を予測制御しているからだ。雪風が送りこんだデータには未来の外乱を予想した数値も入っているとでも言うのか」

「そうではなくて」と桂城少尉が言う。「さきほど送信したのは単なる数値データではなく、飛燕のフライトコンピュータの性能を最大限に引き出すためのプログラムが含まれているようだ。内容の詳細を確認している暇はなかったですが、おそらく飛燕のフライトシステムに割り込んでリモート操作するためのリンクプログラムも含まれている。あの飛燕は、ようするに雪風に操られているんですよ」

「雪風は飛燕を子機にしているというのか」

「絶対、そうだ」

「だとしたら、雪風はいま飛燕の飛行制御に神経を使っていることになる。確認できるか」

「ATDSを呼び出してみましたが、いま雪風は機外コミュニケーション・ツールに注目している」

「機外コミュニケーション・ツールだって？　またか。——いや、ちょっと待て」

「どうしました」

「レイフとのリンクシステムが起動した。雪風はレイフをコントロール下に戻している？

ＡＴＤＳに変化はあるか」

「変化なし。レイフのほうは、いまだ自律戦闘状態にある」

「このリンク先は、レイフではなく飛燕か。雪風は飛燕を分捕ったのか。嘘だろう。確認しろ」

「リンク先は不明」と桂城少尉。「ですが、飛燕の他には考えられない。やはり雪風は、飛燕のフライトシステムに割り込んで外部から操作できるリンクプログラムを飛ばしてるんだ」

「飛燕の離脱キューはリアルタイムで雪風が出す、ということになる」

「飛燕は雪風の子機になっている。雪風の分身だ。飛燕を絶対にタイプ７に渡さない、飛燕に乗っている田村伊歩大尉をジャムに獲られたくない、という雪風の強い意志を感じる」

　零もＡＴＤＳを呼び出して、その表示を見やる。機外コミュニケーション・ツールに注目しているというグラフ表示が読み取れる。桂城少尉が言ったとおりで、その後も変化がないということになる。

　この状態は、発進前に雪風が示した反応と同じだ。

　ブッカー少佐からは、発進前に雪風が飛燕の視覚処理ＡＩに割り込みをかけたこと、雪風は田村大尉の〈ジャムを見る目〉に期待しているようだということなどが緊急で伝えられたのだが、実際、飛燕がレーザー機銃で狙い撃ちしたオージーワンがジャム・タイプ7になったのを見たいまでは、どうやら田村伊歩という人間にそのような能力があるのは事実だと認めざるを得ない。雪風はいまも田村伊歩に注目しているのだろう。

雪風はジャムを見つけ出す〈索敵装置〉の一つとして田村伊歩大尉の〈ジャムを見る目〉を使おうとしている。だから、飛燕を絶対に不可知戦域に連れ込まれるわけにはいかないのだ。

「飛燕が無事に離脱したら、即座にあのタイプ7を叩く。気を抜くなよ、少尉。電子戦態勢を維持、どんな些細な変化も見逃すな」

「イエッサー」

まだ攻撃照準はしていない。ジャムからのなんらかの欺瞞《ぎまん》操作で飛燕を攻撃してしまう危険がある。

「機外コミュニケーション・ツールへの雪風の注目度はあいかわらず高いが」と零。「田村大尉はだれかと話しているのか」

「無線は使っていないですね。しかし雪風が聞き耳を立てているのは間違いない。われわれには感じられない、ジャムとの直接通話を雪風がやっている可能性はある」

「もしそうだとしても、その会話の内容を直接知る手段をわれわれは持たない。雪風もこちらに話す気はないようだ。なにかジャムは雪風を無力化するための〈呼びかけ〉をしているような気がしてならないが、このままわれわれが蚊帳《かや》の外の状況に置かれているとなると、危険だ」

「発進前に、田村大尉と地上員とでかわされる会話に雪風が関心を持ったのは間違いないでしょう。しかし、たしかに、雪風が田村伊歩大尉に関心を抱く契機となったのがなんなのかは、われわれ人間には、なにもわからない」

「もしあのときのＡＴＤＳの表示、機外コミュニケーション・ツールの異常な活動というのが雪風とジャムとの会話を示したものだとするなら、きみの言うとおり、いまも、そうなのかもしれない」

「会話による駆け引き、戦闘ですね」

「雪風が全力で戦闘中なのは間違いない」

模擬戦は三分で終了したが、その直後にこんな状況になろうとは。ジャムを誘い出すために計画された模擬戦ではあったが、こんな形でジャムが出てこようとは零には想像もできなかった。まさか模擬戦の相手にジャムが重なって出現するなどとは。

「正直なところ」と桂城少尉は言った。「いまなにが起きているのか、ぼくにはよくわからない。どうして模擬戦の最中に出てこなくてはならないのか。それは田村大尉に〈見つかった〉からにしても、ジャムは、いつ日本海軍機やこのオージーワンに乗り移ったんだ？　いったいジャムは、なにを考えているんだ」

「雪風の考えていることが摑めれば、それも直接わかるはずなんだが、残念だ」

「ＡＴＤＳの精度が低すぎる」

「ないよりはましだ」と零。「そう思うしかない」

気持ちを前向きに切り替える。桂城少尉も同意する。

「そうですね。帰投してからＡＴＤＳの内容を専用ＡＩで解析してみれば、なにか摑めるに違いない。それと、田村伊歩大尉からの戦闘報告。事情聴取も必要でしょう」

と、雪風が二人の搭乗員の会話に反応した。零にはそう思える。雪風はずっと二人の会話に耳を澄ませているのだと。

〈De YUKIKAZE. 100 seconds to start attack〉

「攻撃開始まで百秒、か」と桂城少尉。「雪風は攻撃と同時に飛燕を離脱させるつもりだ。最適な離脱タイミングを雪風は摑んだに違いない」

ディスプレイに雪風からのメッセージが表示されたのと同時にカウントダウンの数字が出る。１００、９９、９８、９７——

そして、攻撃目標が自動ロックオンされる。もちろんジャム機だ。が、目標は二つだった。零はロックオンのマーカーを見直す。見間違いではない。飛燕の機影もマーカーで囲まれている。

「雪風は」と零は桂城少尉にも確認を促すつもりで言う。「飛燕も攻撃するつもりだぞ」

「まさかの雪風の行動ですが」と桂城少尉。「ジャムが飛燕にも入り込んでいるんじゃないかな。完全には子機として操れていない、ということでしょう。雪風が子機である飛燕を攻撃目標にする理由は、ほかには考えられない」

「百秒の猶予を与えて、威嚇か」

するとと雪風は、こう言う。

〈I attack. Give me control... Cap. FUKAI〉

「雪風は」と零。「自分がやる、オートマニューバをオンにしろと言っている」

「ここは雪風にまかせるのがいいでしょう、機長」

雪風が二機を撃墜するつもりなら、とっくにやっている。どのみち、どちらか一方でも攻撃すれば、両機は空中衝突して墜ちる。だから手が出せないでいたのだ。

「そうしよう。雪風にまかせた途端になんらかの衝撃があるかもしれないので、三、二、一、で切り替えるから、備えろ」

「了解、どうぞ」

「三、二、一、オン」

零はオートマニューバスイッチをオン。

なにごとも起こらない。飛行状態に変化はない。

〈I have control〉と雪風。

「雪風は落ち着いているな」

「田村大尉の反応が心配だ」と少尉。「雪風の攻撃照準波をキャッチしているでしょう。連絡します」

零も無線の通話スイッチをオンにしようとしていたが、それより先に、田村大尉の声が飛び込んでくる。慌てている様子はなく、冷静な声だった。

〝こちらMUTTER、深井大尉、応答せよ、どうぞ〟

「こちら雪風、深井大尉だ、どうぞ」

〝状況に変化があった。口を挟まずに聞いてくれ、オーケー？　どうぞ〟

「了解した、続けてくれ、どうぞ」

〝雪風から、攻撃開始までのカウントダウンデータがきている。攻撃目標は、ジャム機と、わが飛燕だ。メッセージも受信、読み上げる。〈You have control... Cap. TAMURA〉だ。

雪風は、オートマニューバを切って、わたしに操縦しろと言っている。わたしもそのほうがいいと考えていたところだ。というのも、ロンバート大佐が飛燕を乗っ取って、オージーワンの子機として飛ばしている。ロンバート大佐は、自分の乗機から絶対に飛燕を離脱させない手段をとったんだ〟

なんだって、と桂城少尉が言っている。飛燕を子機にしているのは雪風ではないのか、と。

〝しかも〟と田村大尉は続けている。〝ジャム機のほうはどうやら、雪風とレイフのリンク回線に干渉している。そちらではレイフをコントロールできないはずだ。それは承知しているか、どうぞ〟

「こちら深井大尉だ。レイフとのリンク回線はさきほど起動したが、リンク先が不明だ。回線の作動状態が正常ではないことを確認した。ロンバート大佐の仕業とのことだが、きみはロンバート大佐と交戦したのか、どうぞ」

〝そうだ〟

攻撃を開始すると雪風が言っている時間まで、あと一分を切る。59、58、57、と減っていく。

〝深井大尉、さきほどミンクスが撃墜したジャムと、飛燕の下にいるジャム機は、地球から来たのだ。ロンバート大佐がそう言った。オージーワンにはロンバート大佐が乗っている。かれが呼び寄せたジャム機と重ね合わせの状態にあるのだが、ジャム機には大佐は乗れない。大佐にとっては、ジャム機ではなく、オージーワンなのだ。深井大尉、わたしが言っていることが理解できるか、どうぞ〟

一瞬、零は息をのみ、そして返答する。

「こちら深井大尉、きみはロンバート大佐と交戦したというが、ほんとうに、間違いないか、どうぞ」

〝間違いない。わたしは大佐から仲間になれと誘われた、どうぞ〟

後部席で桂城少尉が「ロンバート大佐が地球から呼び寄せたジャム機とはな」と言っている。零は通話スイッチを入れ、田村大尉に返答。

「MUTTER、田村大尉、われわれよりもきみのほうが状況を正確に把握しているようだ。きみの立場からこちらに指示したいことがあれば、言ってくれ。どうぞ」

〝ロンバート大佐はわたしを仲間にしたいので、わたしを殺害する意思はない。だが、ジャムの思惑は、わからない。ロンバート大佐によればジャムはわたしに敵意を持っていて、ジャムからわたしを守れるのは自分だけだというような意味のことを言っていた。真偽のほどは不明だが、この通話がロンバート大佐に傍受されているのは、間違いない。そのつもりで聴いてくれ。雪風というあなたの愛機の、ジャム戦に特化した戦闘ＡＩは、ジャムとロンバート大佐の、両者への対抗策をとっているのだ。その邪魔をしてはいけない。この場は雪風にまかせろ。理解したか、どうぞ〟

これではどちらが雪風のパイロットかわからない、主客転倒だと思いつつ、しかし零は反感は覚えなかった。雪風の能力を田村大尉は理解したのだ。この短い間で、雪風の本質を正しく捉えている。

「こちら深井大尉、田村大尉、了解した。どうぞ」

〝雪風は、ジャム機とロンバート大佐の乗機の、両方を牽制しているところだ。その間にわたしの手で飛燕を離脱させる。離脱方向と飛行態勢は、さきほど雪風が送ってきたデータをこちらでシミュレーションして、理解した。正確に再現できるかどうかわからないが、やるしかない。離脱のタイミングは、雪風の攻撃開始までならばいつでもいいようだ。そのためのカウントダウンだとわたしは解釈した。なにが起きるかわからないが、これより実行する。以上だ〟

「ＭＵＴＴＥＲ、了解した。幸運を祈る。以上」

零は通話スイッチから指を離し、桂城少尉に命じる。

「少尉、レイフの現在位置を確認しろ」

「了解」

雪風が提示した攻撃開始まで、十秒を切る。9、8、7、6――

零が注視するなか、飛燕がいきなりジャム機から離れて、水平回転する。そのエンジン排気口のノズルから噴き出すアフターバーナの炎が、振り回される花火のようだ。飛燕はまるで火を噴くブーメランのように回転しながらジャム機から一瞬にして遠ざかっていく。田村大尉の意図的な飛行に違いなかった。

その飛燕を追うように、連続した空中爆発の痕跡が大空に記される。タイプ7が放ったミサイルを飛燕が撃墜したらしい。レーザー機銃だ。ミサイルのシーカーを撃ち抜いている。四発の敵ミサイルを迎撃している。

田村伊歩大尉という日本空軍エース、その操縦と戦闘技量に驚嘆する間もなく、零が緊急に対応しなければならない事態が立て続けに起こった。

「レイフ、フェアリイ基地に向けて帰投中」と桂城少尉。「いや、違うな。どういうつもりだ。レイフ、レイフ、戦闘態勢」

〝こちらミンクス、雪風へ、レイフは、いま緊急発進したオージーたちを狙っているぞ。交戦を許可したのか、深井大尉、どうぞ〟

「こちら雪風、ミンクス、レイフを止めろ。オーストラリア空軍機がジャムかどうかは、確認されていない。レイフはジャムの欺瞞情報を信じているのかもしれない、どうぞ」

〝雪風、了解した。レイフを攻撃照準し、反応を見る、以上。オールステーション、こちら特殊戦ミンクス、緊急事態発生、増援を要請する〟

そのようなやり取りをしている最中に、回転を緩めた飛燕から複数のミサイルが放たれる様子が視界の端にちらりと入ってきた。零は頭をそちらに向けてミサイル群がジャム・タイプ7へと向かうのを目視。こちらではないのを確認する。

雪風、高速対空ミサイル二発を発射。目で追えないほど速い。目標は、虚空だった。空間受動レーダーが明るい光点を表示している。雪風が放った超音速ミサイルは二発ともそこに向かって一直線に突っ込んでいく。ロンバート大佐の乗機が、そこにいるのだ。現実空間ではない。が、そこへの入り口が開いているのが、フローズンアイで見えている。雪風はリアタックのためだろう、そこに向かって加速降下する。

「命中」と桂城少尉が叫ぶ。しかし着弾した様子はない。「——不発だ。いや、不可知戦域の口が閉じたんだ」

空間受動レーダーの輝点が消える。ミサイルはそこに吸い込まれて消失。向こう側でロンバート大佐の乗機を仕留めているかもしれないが、確認できない。大佐の生死は不明だが、またしても逃げられたという状況だ。

零はオートマニューバを切り、即座に機首を上げて、針路を変更する。雪風は零のその操作に干渉してこない。カウントダウンの表示は4で止まっていた。それが消える。雪風が消したのだ。

背後から爆発の衝撃を受ける。タイプ7に飛燕の放ったミサイル群が命中した。零は旋回して、その光景を目撃する。

いまや態勢を整えた飛燕が、被弾して破片をまき散らしながら墜ち始めた真っ黒な大型機のジャム・タイプ7に向かっていく。高速射撃。とどめを刺して、飛び抜ける。ジャムは胴体中央部から折れ、爆散した。

零はスロットルを最大推力にして、飛燕を追う。

「こちら雪風、MUTTER、応答せよ」

〝こちらMUTTER、どうぞ〟

さすがに激しい息づかいだ。

「レイフをいまだ制御できない」と零は事実を告げる。「いま緊急発進してこの空域に向かってくるオーストラリア空軍機がジャムかどうか、きみの目で確かめてくれ」

〝了解した〟と田村大尉は言い、こう続けた。〝ジャムだとわかれば、わたしがやる。わからなければ、レイフにまかせる。以上〟

「MUTTER、レイフにまかせるとは、どういう意味だ、どうぞ」

〝地球から来た戦闘機はすべてジャムの可能性がある。それを確認するには、戦闘状態に持っていく必要がありそうだ。化けの皮を剝がすには、攻撃を仕掛けるのが一番手っ取り早い。無人機のレイフにやらせるのがいい。意味を理解したか、どうぞ〟

「こちら雪風」零は自分の言葉を嚙みしめるように、言った。「理解した。以上」

「さすが空軍のアグレッサー部隊のエースだな」と桂城少尉は本気で感心している。「教官役が板に付いている」

「いま注目すべきは、そこじゃないだろう」と零。「地球機がみなジャムの可能性があるとなると、戦略を抜本的に見直す必要がある。大変な事態だ」

　すると桂城少尉は平然と言い放った。

「そんなのは、大尉。われわれには関係ない」

「関係ない？」

　零は飛燕を追尾。空気抵抗の少ない高空へと上がり、飛燕はフェアリイ基地を目指す。超音速だが、限界までは増速していない。おそらく残存燃料との兼ね合いでの最高速度だろうと零は判断する。雪風のほうは、まだ余裕がある。

「いまさら地球人類の心配ですか、大尉。ジャムはたぶん地球への侵攻を完了している。

クーリィ准将はそれを承知の上で、あたらしい戦略を実行中だ。われわれ新部隊も、この模擬戦も、准将の思惑のうちにある。ジャムが地球へと〈逃げた〉のなら、こちらに引き戻すまでだ。それがクーリィ准将の考えだ。深井大尉、あなたの危惧は、地球とＦＡＦの政治問題にすぎない。われわれはジャムを叩く。それだけだ。いま飛燕の田村伊歩大尉が、そのように行動している。まるで、あなたと田村大尉が入れ替わったかのようだ。どうしたんです、深井大尉」

「フムン」と、零は桂城少尉の言葉を最後まで口を挟まずに聞き、一息ついて、冷静に言う。「おれは、敵機の数を心配しているんだ、少尉」

「数？」

「地球上のすべての戦闘機がジャムに操られるとなると、ＦＡＦの戦力では対抗できない。もちろん、特殊戦にもだ。圧倒的な戦力差が可視化されるということで、これまでの戦略は通用しない。おれは、それを心配している。政治など関係ない」

「そうか。そういうことか」と少尉は毒気を抜かれたように、素直に同意した。「それはそうだな。なるほど」

「しかし」

「しかし？」

「たしかブッカー少佐の講義で、ジャムは政治的な手段で人類に対抗してくるかもしれない、というような話を聞かされた。向かってくるジャムをモグラ叩きのように叩き続けてもらちがあかないとなれば、こちらも政治的な戦略を立てざるを得なくなる」

「たしかにね」と桂城少尉。「しかしそれは、クーリィ准将やFAFの上層部高官たちにとってはお手の物でしょう。かれらは政治的手腕でその地位にいるんだ。かれらはすでに対抗手段をとってますよ」

「おれが言いたいのは、少尉、そんな人間くさい話ではない。他人のことなど、知ったことか」

「じゃあ、どういう？」

「雪風だ」と零は言った。「雪風がもし、いまもジャムとなにか〈話して〉いるのなら、それは政治的な行為に違いない、ということだ」

「政治的な行為」桂城少尉はそうつぶやき、そして、納得した、という口調で言った。「政治的な行為とは、早い話、言葉による戦闘だ。雪風は、対ジャム戦の戦略を変化させつつある。そういうことか」

「やっとわかったか」

「イエッサー」そう桂城少尉は答えて、それから、しかし、と言った。「そうなると、雪風の考えていることを知るのが重要になる」

「だから、それをいまやっているわけだよ、少尉。ブッカー少佐も苦労している。ATDSの開発もそれに沿ったものだ」

「わかりました。どうもぼくは、独り合点してしまうことが多いようで、すみません」

「きみのそんな殊勝な態度は初めてだ」

「雪風の考えていることがわからないように、ぼくは自分が考えていることがときどきわからなくなる」

「それはおれも同じだ。たぶん他人を信じていないから、そうなる」

軍医のエディス・フォス大尉に以前そう言われたような気もする零だった。桂城少尉はまるでもう一人の自分のようだと思った。鏡に自分を映すことで自分の傷口がよく見えるように、自分と似た者を観察することで自己の問題点を客観視することができる、と。

「それでも」と桂城少尉は言った。「雪風のわからなさよりは、ましだ。自分も、大尉も、人間だからな。言葉を使えば曲がりなりにも理解できる。雪風の〈難しさ〉が、やっとわかりました」

頭ではなく身体で理解できた、腑に落ちたということだろう。

「ミンクスが」と桂城少尉は打って変わった緊迫した声を出す。「レイフを攻撃照準」

飛燕が迎撃降下のように高度を下げていく。目指す先にミンクス、レイフ、そしてさらにオーストラリア空軍機がいるはずだが、まだ視認できない。

零は雪風を降下させず、同高度でレイフへと接近する。レイフとのリンクシステムの状態をモニタ。起動中だ。レイフとのリンクを再構築すべく、いったん切って再起動しようと、接続回線のスイッチに手を伸ばす。すると、警告音。

〈do NOT touch…Cap.FUKAI〉

零の手はスイッチに触れる前に、まるで感電したかのように引っ込んでいる。

「雪風は、田村大尉にまかせている」と零。「おれには手を出すなと言っている」

「それは」と少尉。「いつでもレイフを雪風の意思でコントロールできる、ということだ。そうなのか？」

「雪風は、さきほど田村大尉が言ったことを、先に実行しているんだ。レイフに交戦させて、オーストラリア空軍機が正常なのかジャムなのかを、確かめるつもりだ」

「政治問題になる。国際問題だ」

「雪風には関係ない。おれたちにも」

「どうやらクーリィ准将も承知の上のようです、深井大尉。特殊戦司令部からの中止指令はない」少尉は深呼吸して、続けた。「いまさらながら、特殊戦は、まったく特殊だ。ロンバート大佐もジャムも一目おくわけだ」

〝こちらミンクス、雪風、どうぞ〟

「こちら雪風、どうぞ」

〝レイフはこちらの攻撃照準に反応しない。いま、レイフがオーストラリア空軍の編隊長機にサイバーアタックを敢行した。墜ちるぞ〟

〝こちら、MUTTER。オールステーションへ通告。オーストラリア空軍機は、正常だ。繰り返す、オーストラリア空軍機は、ジャムではない。攻撃するな。雪風、聞こえるか、どうぞ〟

「こちら雪風、了解した。レイフを回収する、どうぞ」

〝回収だって？　あなたは、あえてレイフに攻撃させたのか〟

「きみの提案に乗っただけだ、田村大尉。レイフの自律戦闘モードを解除し、雪風の子機にして、これより帰投する。どうぞ」

〝こちらMUTTER、雪風、了解した〟そう言い、田村大尉は一呼吸おいて、言った。〝雪風がジャムでなくて、残念だ、深井大尉。以上、通信終わり〟

零はレイフのリンクシステムを再起動、レイフに〈手綱をつける〉ことに成功する。

「いまの、なんなんだろう」と桂城少尉。「雪風がジャムでなくて残念だ？」

「ジャムが田村大尉を警戒するのが、わかる気がする。ジャムの天敵のような人間だ」

「そうだな。なんであんな人間が出てきたのか。それも、地球の空軍からだ。ぼくらＦＡＦから出てきてもいいのに」

「おれもきみも、十分、ジャムにとって天敵だろう」

「クーリィ准将は、ジャムを食いに地球へ侵攻することを考え始めているでしょうが、食いっぱぐれないよう、ついていくだけだ」

「雪風がつれていってくれるだろうが」と零。「雪風にシートごと放り出されないよう気をつけろ、少尉。体験者からの忠告だ」

「気をつけます」

〝こちらＭＵＴＴＥＲ、特殊戦司令部、模擬戦司令部へ。ＲＴＢ、帰投を申請する〟

〝こちらブッカー少佐。ＭＵＴＴＥＲ、許可する。全機、これから指示するコースにて、帰投せよ〟

——帰るぞ、雪風。

操縦桿でフェアリイ基地へと機首を向けることで雪風にそう伝える。すると雪風は、帰投予定時刻をディスプレイに表示して、零に応えた。

「特殊戦司令部、こちら雪風。ミッションコンプリート。これよりレイフとともに帰投する」

　ディスプレイに作戦行動時間の表示が出ていた。模擬戦の開始から作戦終了まで、九分三十七秒。

戦略的な休日

きょうの地上はいつにも増してハッカっぽい香りがすると思いつつ、巨大なエレベータから出た深井零は深呼吸をする。ブッカー少佐と一緒だ。

零と少佐を表に送り出したエレベータの耐爆扉が自動で閉まる。たった二人の人間のために戦闘機用のエレベータを動かす贅沢は、クーリィ准将も見て見ぬふりをしている、少佐だけに許された特権だ。

久しぶりの休日だった。とくに、ブッカー少佐が休日を楽しむ様子を見るのは三年ぶりくらいではないかと零は思う。

零は缶ビールをしこたま入れたクーラーボックスを肩に提げているが、ブッカー少佐のほうは作りかけの木製ブーメランを手にしているだけの身軽さだ。

広大な滑走路とは反対方向の草原に向かってさっさと歩を進める少佐を追いながら、零は愚痴をいう。

「ジャック、重い荷物を運んでいる部下をすこしは気遣ってほしいな」

「そいつは悪かった」と少佐は立ち止まって振り返ると、笑顔で軽口を叩く。「おまえは日常的にパワー化された戦闘機を操縦しているだけだから、身体がなまっているんだろう。戦隊員には、重装備での行軍訓練をさせるのがいいのかもしれんな」

「冗談だろう」

「心配するな。ビールを飲み尽くせば帰りは軽くなる」

「何缶入れたんだ」

「数えてないが部屋にはまだ何カートンも残ってる」

「クーリィ准将から、全隊員に配給されたやつか」

「ああ」

「まだ残ってたのか。少佐のところには特別に増量されたんだな」

「たぶん、みな同じだ。わたしは忙しくて消費する暇がなかったんだ。配給されたビールがあったのを思い出したのは、この休日の設定を終えてからだ」

「それはそれは」と零。「大変だったな」

「あの婆さんのせいだ」

「クーリィ准将か」

「ほかにだれがいる」

「あんたが准将を〝婆さん〟と言うのを聞いたのは、ほんとに久しぶりだ」

「いや、実際、この休日を作れという命令は、酷いものだった。いま現在進行中のやつ、それから計画中のもの、すべての戦隊運用計画にしわよせがいくんだ。わたしの身にもなってほしいという抗議も無駄、至上命令だ。情け容赦なし。鬼だ」

「でもまあ」と零。「おかげで、こうして楽しめるわけだし」

「ビールがもつか、それが心配だ」

「足りなくなったら取りにいってやるよ」

「いい部下をもって、わたしは幸せだ」

「准将に、少佐があなたを婆さん呼ばわりしていると、密告してやる」

「よき友は、そういうことは言わないものだ」

「あんたがおれを部下呼ばわりするからだ」

「ユーモアのセンスを磨いたほうがいいぞ、零。いつも言ってるだろう」

「わかりましたよ、少佐どの。おっしゃるとおりであります」

フフンと笑って少佐は草原に向かう。上機嫌だった。

滑走路付近の草原には自動草刈り機が定期的に入っていて、腰を下ろすのに支障はない。森に近くなると丈の高い草が繁茂しているので分け入ることも困難なくらいだ。そちらに目をやれば、金属光沢のある草の葉が揺れていて、なにかクリスマスやカーニバルの飾り付けを連想させる。自分の気分もハレなんだなと零は思う。

このへんでよかろうと少佐は言い、さっそくブーメランを投げる。それは縦に回転しながら飛んでいき、そのまま戻ってこない。少佐はそれを回収すべく、走っていく。

零はおそろしく重いクーラーボックスを置いて、蓋をあけ、さっそくビールを二本取り出すと、ブーメランを手にして向かってくる少佐に、「その棒はなんなんだ」とからかう。

「犬を遊ばせる骨みたいに、すっ飛んでいった。すごいな」

「笑うな」むっとした表情で、少佐。「まだ未完成だ。翼の形にまだ削っていないんだから。それより、つまみを――」

滑走路から、戦術空軍機の二機が発進していく轟音に、少佐の言葉はかき消される。

「つまみって、持ってきたのか？」

「つまみを用意するのは部下の役目に決まっている」と少佐。「まさか、零？」

「いや、聞いてない」

「おまえというやつは」

少佐はしかし気分を害した様子は見せずに、ボックスの脇に腰を下ろす。零から一本を受け取り、さっそくプルトップを開けて、一口飲む。

「シェフに頼んで」と零。「オードブルでも作ってもらうかな」

「いや、シェフも休みだ。出前を頼むなら特殊戦以外の食堂しかない」

「そうだった」

「おまえは食べることに興味がない。人生の楽しみの三分の一を放棄しているようなものだ」

「わかってる」と零も乾いた草むらに腰を下ろす。「おれはビールが飲めればそれでいい」

「そんなことだろうと思って」と少佐はボックスの蓋を開けて、ビールをかき分け、腕を下へ突っ込み、そうして、なにやら入っているビニールの袋を引っ張り上げた。「昨日、あり合わせの材料で作ったやつがあった。ジャーマンポテト、英国風」

「英国風って、ふつうのと、どうちがうんだ？」

「まずい、という形容だ」

「英国人が怒りそうだな」

「わたしが作ったんだ。謙遜だよ、もちろん。見てくれは悪いが、味は大丈夫だ」

「冷たいし、それに、潰れている。大丈夫そうには見えない」

「白状すると、これを昨夜このボックスにあらかじめ入れておいたのを忘れて、今朝確認せずにビールを詰め込んだんだ。フォークと取り皿も入れるつもりで忘れてきた」

「少佐らしくないな」

「どう応えていいものか、迷うね」

「あなたにとっても、この休日は楽しみだったということだろう。浮かれていたんだ」

「そういうことにして、せいぜい楽しむことにするさ」

ブッカー少佐の、この休日を設定するために費やした苦労は零にも理解できた。なにしろ、ただの休日とはわけが違っていた。クーリィ准将は、特殊戦そのものの活動を丸一日停止して、全戦隊員に休養を取らせよとブッカー少佐に命じたのだ。最優先で実行せよという、至上命令だった。特殊戦が戦隊ごと一切の活動を休止する日を作ること。警備も整備も、司令部詰め隊員も、そしてもちろん機上員も。特殊戦の食堂スタッフも例外ではない。すべての隊員をいっせいに休ませろ、というのだ。当然、出撃する戦隊機はない。

戦隊そのものが休みを取るというこれがなにを意味するのかと言えば、攻撃も防衛も、あらゆる戦闘行為を放棄するということだ。つまり、丸一日だけ、特殊戦は戦隊として存在しなくなるに等しい。

特殊戦はFAFフェアリイ基地戦術戦闘航空軍団の一戦隊であり、軍団のトップのライトゥーム中将の許可なくしてクーリィ准将といえどもそんなことはできないだろうと、零にもわかる。

ブッカー少佐によれば、この戦隊をあげての休日は戦略的に実行するものであり、ようするに対ジャム戦の一環なのだから、『そのような休日をわが特殊戦はとる』というクーリィ准将の申し出を中将は受け入れざるを得なかったのだ。早い話、ライトゥーム中将は、クーリィ准将の主張に反論することができなかった。准将に言い負かされたのだ。

中将としては、特殊戦のアグレッサー部隊が上げた戦果、隠れていたジャムを引き出すことに成功したという手柄を無視することはできず、褒美として特別な休暇を与えようという態度を取ったらしい。

田村伊歩大尉がロンバート大佐と交戦し、その結果、地球から派遣されてきた日本海軍機が〈ジャムでもあった〉という特殊戦からの報告は、ライトゥーム中将もそれが事実であることを認めた。先の模擬戦の様子はコモンレイヴンを通じてFAF全軍に知らされていたから、疑いようがない。

今回特殊戦機が撃墜したジャムは〈日本海軍機に寄生する形で〉地球からやってきたのだ——という特殊戦の報告は、FAF全軍に衝撃を与えた。FAFはジャムの地球への侵攻を食い止めるためにあるという自らの存在意義を危うくするのだし、組織を存続させることを優先するならば、地球の全戦闘機を相手に戦うことになるかもしれないのだ。

いまのところFAFは公式の見解を出していないが、日本海軍の四機がレイフの電子攻撃により飛行不能になり、墜ちたという事実は、ほとんど間をおくことなく地球側へと伝えられている。オーストラリア空軍の空中指揮機も行方不明になった、という〈事実〉もだ。FAFに来ている地球連合軍の当事者らより早く地球当局に情報を伝えること、それが地球との関係を保つ上で重要だというのは、ライトゥーム中将はよくわかっていた。だが、クーリィ准将がなぜこのような特殊な休日を計画したのか、中将には理解することができなかった。

「おれたち下っ端は」と零は言う。「休みになれば嬉しい、ただそれだけだが、ジャック、あんたはどうなんだ。ただ休めることだけを楽しみにしてこの特殊な一日を設定したわけじゃないだろう。この休みの目的はなんなんだ。理由がわかれば、苦労のしがいもある。どうなんだ？」

「クーリィ准将の考えていることはだいたいわかるつもりだが、今回だけは、駄目だ。考えてもわからないから、考えないことにした。おまえもそうしろ、零」

「なにか隠してるな」

「わかるか」

「准将に口止めされているのか」

「重要機密事項だが」と少佐はもったいぶった口調で言ってから、ビールをぐびぐびと飲んで、息をついて、それから続けた。「おまえにだけ、特別に、教えてやる」

「だれにも言わないよ」

「わかってる」と少佐は大仰にうなずく。「言えといっても言わないさ。言う気がないんだからな」

「それはいいから、機密事項だ」

「聞いて驚くな」

ああ、これは冗談の一環なんだと、その口調で零は悟る。

「もういい、言うな」と零。

「驚きたくないようだな」と少佐は、笑う。「まあ、正式な機密事項じゃない。が、隊員には内緒にしろと言われている」

「正式な機密情報ならば、聞きたくない。おれにはどうでもいいことだ。しかし内緒と言われれば、聞きたくなる」

「おまえらしいよ、零」

「で、なんなんだ」

「この休みは、最長で三日続く」

「なんだ、それ」

「驚いただろう」

「ぜんぜん」

飲みかけの手を止めて、少佐をまじまじと見つめる。少佐は一本目の缶を空にしてクーラーボックスの上に置くと、腰からサバイバルナイフを抜いて、ブーメランを削り始める。

少佐がなにも言わないので、あらためて、訊く。

「休みは、きょう一日で終わらないということか」

「言葉どおりだ。最長で、三日だ」

「最短で、きょうだけか」

「そう。みんなが、きょうだけだと思っている」

「そうじゃないってことか。曖昧すぎて、なにがなんだか、わからないな」

「休日を延長する条件、きっかけがなんなのか、わからない。たぶん、なにも起きなければ、延長される」

「ジャムがなにか仕掛けてくることをクーリィ准将は期待しているのか」

「おそらくそうだと思うが、もしかしたら、なにが起きるのか准将にもわからないのかもしれない。とりあえず休みにしてみよう、という魂胆なのかもしれん」

「最初から、三連休にする、でもよさそうなものなのにな」

「三日あれば地球へ行ける。隊員をFAFから出したくないという准将の思惑は、わかる。三連休にしたらラスベガスで全財産を賭けて大勝ちし、勝利の酒を飲み過ぎて豪華ホテルのプールで溺死する、そういうやつが出てくるのは目に見えている」

「そんな戦隊員がいるとは思えないな」

「いやいや、おれはエディスの話をしているんだ」

ブッカー少佐は自称を〈わたし〉から〈おれ〉に変えて、「知らなかったのか？」と言う。「彼女は凄腕のギャンブラーだ。特殊戦の運営費を稼ぐという特殊任務を与えてカジノに送りこむことを、クーリィ准将は本気で考えてもいいとおれは思うね」

「知らなかったな」と零。「ぜんぜん、まったく、エディスはそんなふうには見えない」

「おまえさんは、人間に関心がないからな。興味がないから、わからないんだ」

「そうかもしれない」

零がすこし気落ちする様子を見せると、少佐は「いや、すまん」と謝り、「いちおう彼女はおまえの担当医だからな。精神医としての見識だろう。おまえにギャンブル好きが知られたらまずいと、かなり気を遣って隠していたに違いない。おまえが知らなくて当然だ」

「ま、そういうことにしておくさ。どうせおれは、鈍感だよ」

「すまなかった、謝る。せっかくの休みだ。気分直しに、そのジャーマンポテトをつまんでくれ。飲むだけでは飽きるだろう」

「フォークがないな。手づかみはいやだ」

零は、手先が濡れたり汚れたりするのが生理的にいやだった。長い付き合いの少佐はそういう零のことを知っていて、ちょっと待っていろと言うと、削っているブーメランの端を長手方向に細く割いて、箸を一膳こしらえ、手渡す。

「ありがたいが、ブーメランは大丈夫か、ジャック」

「細身のを試してみたかったんだ。気にするな」

おつまみとやらを入れたジップロックの口を開けて、中身を見る。英国風というのは単にまずいということではなくて、見た目に気を遣っていないことも指していると思いつつ、箸でウインナーを摘まんで、おそるおそる口に運ぶ。プチッとした歯ごたえがあって、味は悪くない。

「うん、いける」と零。「気分が戻った」

「それはよかった」

いい天気だ。日は高く、天空に掛かるブラッディ・ロードの毒毒しい赤い河は見えない。

二本目のプルトップを開け、零は先ほどの話題を続ける。

「特殊戦を何日休みにしようと、おれには、准将の思惑どおりにジャムやロンバート大佐がなんらかの動きを見せるとは、思えない。模擬戦があまりに狙いどおりにいったので、准将は気をよくしているんだろうが、そうそう、うまくいくもんか」

「おれも、そう思う」と少佐。

ブッカー少佐は細くなったブーメランの翼の形を整えるべく、目の前に立てて観察しながら、言う。「しかし、准将の真の狙いがなんなのか、今回ばかりは、読めない」

「なにも考えていないってことは、どうだ。ただただ戦隊員を休ませたいだけ、という」

「さすがにそれはないだろう。あの准将に限って、それはない」

「だろうな」と零。「真の狙いという、その准将の思惑こそ、重要機密事項のようだ」

「三日間が、何事もなく終わろうと、それはそれでめでたいことだ。だれも傷つかず、消耗もせず、なにも失われないならな」

「特殊戦ごと休みになる日が三日もあると聞いたら、それだけで緊張してしまう。どう休もうかと考えているうちに終わってしまいそうだ」

「そういうことか」とブッカー少佐は朗らかに笑った。「だから内緒にしておけ、なんだな。准将は、おまえのような隊員のことを実によく把握しているよ」

「それと、休日の真の意味は別だ」

「なにかあれば」と少佐はまたブーメランを削る作業に戻る。「それが、〈真の狙い〉だろうさ。せっかくの休日だ。余計な詮索をして時間を無駄にするのは馬鹿馬鹿しい」

「そうだな」

「零、おまえ、雪風が気になるのだろう。おれとビールを飲むより、ほんとうは雪風のシートで〈彼女〉と親交を深めたいんだ」

「雪風は彼女じゃない。雪風は、雪風だ」

「そう言えるようになるまで、ずいぶん時間がかかったな」

「まあ、エディスのおかげでもある」

「雪風や、おまえ自身を、客観視できるようになるというのは、戦いの上でも、人生においても、有益だ」

「しかし」と零はビール缶を傾ける。「正直、雪風の様子を見に行きたい気持ちを、こうしてビールで紛らわせている、という気分でもある」

「特殊戦のコンピュータたちも休みだ。戦隊機の中枢コンピュータにも、〈きょうは通信回路を閉じて、現在継続中の全作業を中断せよ〉と命じてある。それに干渉するような行動は、わたしが許可しない。雪風の休日の邪魔をするな、だよ」

「コンピュータたちも対ジャム戦を一時中断するというのは」と零は言う。「ジャムの目からすると、特殊戦そのものが消えたように感じられるだろうな」

「戦略的な休日、だよ。対ジャム戦を考えての休日だ。さてジャムがどう出るか。それを准将は捉えようとしているんだろう。そこまでは、だれでもわかる。しかし、この休みの状態でジャムに応戦しなければならない状況になったら、どうするんだ？」

「ジャムからは見えないんだから、攻撃されることは考えなくてもいいんじゃないのか」

「ロンバート大佐が相手だとしても、そう言えるか」

「そうか、そうだな。准将はなにを考えているんだろう」

「真の狙いは、だから、謎だ」

「戦術的な休日、ではないところに、准将の狙いがありそうだな」

「ま、そうだな」と少佐。「おれも、それは感じた。戦術ではなく戦略だから、目先の戦闘より、もっと先の展開を准将が考えているのはたしかだろう。ある種の、ジャムに対する、特殊戦のこれからの態度の表明だと考えられる」

「ジャムに人間の言葉が通じないなら、態度で示すしかない、か」

「なさけないな」

「どうして」

「いや、おれたちは、せっかくの休日なのに他に話題はないのか。なさけないと思わないか?」

「いや。まったく。ぜんぜん」

「おまえも雪風以外に、なにか可愛がる対象を見つけたほうがいいぞ。犬を飼うとか。ハスキーなんかどうだ」

「生きた動物をフェアリイ星に持ち込むのは厳禁だろう」

「バーチャルだよ、もちろん。桂城少尉は猫を飼っているようだ」

「猫好きだとは聞いたことがある」

「この休日に、愛猫の毛を刈るとか。トリミングだな。長毛の猫なんだろうな、見せてはもらえなかったが。バーチャルのハサミを操るグローブを使うというから本格的だよ。切りすぎたら、また生えそろうまで時間がかかるから練習が必要なんだそうだ。だいぶ上達したと言っていた」

「かれに、そんな雑談ができるとは思わなかったな」

「いや雑談じゃない。おれが上司として、休日の計画を尋ねたんだ。ラスベガス行きを計画していれば禁止しなくてはならんからな」

「フムン」

「どうした。桂城少尉の趣味が意外だったか」

「いや。趣味はどうでもいいが、そこまでリアルな猫だとすると、水や餌をやり忘れたら死ぬんだろうな。でなければ、飼い主が死んでもずっと生きてる。どっちも、いやだなと思った」

「野良猫モードというのがあるそうだ」少佐は、そう言って、笑った。「餌をくれなくなった飼い主を見捨てて出ていく猫もいるそうだし、だから心配ない」

「心配ないって、野良になった猫はどうなるんだ?」

「よく知らないが、野生化するんだろう。そのバーチャル空間には野生化した犬やらネズミやらオオトカゲやらがあふれかえっているらしい」

「どういう世界だ」

「人間もいるらしいぞ」

「なんだ?」

「飼い主だ。入ったまま、出てこない。めずらしくないいんだそうだ」

「世も末だな」

「ジャムの世だよ」

「ジャムがいると思うか」

「どこに。サイバースペース内にか。ジャムは仮想的な存在だと、おまえは思うのか、零」

「人間が入ったまま出てこられなくなるなら、ジャムもいそうだろう」

「そういう意味なら、たしかにな。FAF内はともかく、地球のネットワーク内には、いそうではある」少佐はそう言い、真面目な顔を零に向けた。「実は特殊戦のコンピュータたちは、自分らと地球のネットワークを接続することを考えろ、と言っている。それが実現するなら、FAF特殊戦のAI群が地球へ侵出することになる。アグレッサーだ」

「初耳だ」

「これこそ最高機密だ。冗談抜きで他言無用だ。この情報はクーリィ准将の手の内にある。准将はこれを武器として使うつもりだ」

「それはわかる」と零。「武器を台無しにするような真似はしないよ」

「いちおう、確認しただけだ。もしおまえが知っているのなら、雪風を通じてだろう」

「おれは知らなかった」

「雪風も知らないと思うか」

「いや」と零。「知っていて、無視している。雪風はほかのAIとは独立した、独自の考えを持っているのは間違いない」

「コンピュータたちの、相互関連性や力関係というのも、このところ、なんとなく見えてきたな」

「特殊戦のコンピュータたちは、地球のネットワーク内にジャムがいると言っているのか」

「そうは言っていない。自分たちの地球への侵出はジャムと戦うのに必要な措置だと言っているにすぎない。かれらにしても、ジャムの正体はわかっていないんだ」

「AIにとっては正体など、どうでもいいだろう。感じられさえすれば、それはジャムだ。それを攻撃するだけだ」

「ネット内のジャムは、ジャムのアバターかもしれない。人間のアバターのように、だ。それはジャムそのものではない。アバターを叩いても、ジャムを攻撃したことにはならん。しかし、そのようなジャムのアバターをAIたちが〈それこそジャムの本体だ〉と感じることは、おおいにあり得る」

「それが真実だということも、あり得るだろう」

「だから、さ。正体を摑むことは重要だ。正体を摑むというのは、われわれ人間にも納得できる形でジャムを理解する、ということだよ。わかるか、零」

「いかにもあなたらしいよ、ジャック。なにを言っているかは、わかる。ジャムについてだ」

「どうしても、ジャムの話になるな」

「生存競争の相手だ」と零。「いついかなるときも、忘れるわけにはいかないだろうさ」

「そうだな。けだし名言だ」

「あんたが言ったんだ」

「そうだったかな」

「この一年、ジャムの戦略の変化に対応するのに忙しかったからな。とくにあなたの仕事は大変だったろう」

「ねぎらってくれるのは、おまえくらいだ、零」

「のんびりと話していられたのが、遠い昔のことのようだ」

「ジャムの総攻撃の予想をしていたときだったか。なんとなく、思い出してきた。しかしいまもあのときと同じで、なにも変わっていないような気もする」

「ジャムは消えてしまった」

「いや、おそらくは、見えなくなっただけだ」

「特殊戦も、その真似をしているということか」

「かもしれん」

　少佐はあぐらをかいた足から木くずを払って立ち、形を整えたブーメランを風上に向かって投げる。

　それは先ほどとは違って、回転しながら急上昇し、旋回し始める。そのままの軌跡を描いて戻ってくるように見えたが、急降下すると、そのまま地面に落ちた。

「いい感じじゃないか、ジャック。さっきはぶっ飛んでいっただけで戻る気配すら見せなかった」

「試行錯誤、トライアンドエラーだ。趣味だから、手探りで、それがやれる。実戦だったら一発のエラーで終わりだ。失敗して死ねば、つぎはない」

　少佐は落ちたそれを取りにいき、戻ってくると、零が差し出すビールを手にして腰を下ろす。

「ブーメランが戻ってくる原理というのは、いまだ完全にはわかっていないそうだな」と零。

「調べたのか」

「以前、だれかから聞いたような気がする」

「たしかに原理はわかっていない。というより、数学的な理論がいまだ構築できていないというほうが正確だろう。それでも翼の形や断面形をこうすればいい、という実践的な方法はよく知られている」

「それこそトライアンドエラーでわかってきたわけだ」

「AIを使って力業でそれを繰り返せば、理想的な翼の形を導き出すのは簡単だ。そのデータを使って3Dプリンタで作ることもできる」

「AIの力を借りて作っても、満足感は得られない。そうだろう」

「そのとおり」と少佐。「しかし、AIには完璧な翼を作ることはできない。現実の空は複雑だからな。一瞬の突風に吹かれただけで理想の翼形は無意味になる」

「AIチップを入れて飛びながら翼形を変化させるブーメランだったよな、その、あんたの頬の傷を作ったのは」

「そうだ」

能動的に翼形を変化させて必ず戻ってくる、電子制御された機械式ブーメランだ。それは投げ手の顔をめがけて帰ってきた。その軌道はなめらかではなく予想外な動きをしながら接近してきたため、キャッチできず、反射的によけたものの間に合わず、ブッカー少佐の頰に一筋の深い切り傷をつけて飛び去り、再び旋回して戻る途中で高度を失い、ようやく落ちて動かなくなった。

ブッカー少佐の頰の傷について、ほとんどの戦隊員は、少佐がFAFにやってくる前に何らかの犯罪を犯したときに負った傷に違いないと思っていた。詳しく知っているのは零だけだ。特殊戦は他人には関心を持たない人間の集まりだったから少佐の頰の傷など噂話にもならなかった。

「機械は自然の空を舞うには硬すぎる」と零は言った。「あんたの言葉だ、ジャック」

「それは、よく覚えている」

「雪風はどうかな」零はビールを飲む手を止めて、言った。「おれはずっと、それを考えながら飛んできた」

少佐は無言で小さくうなずいてビールを飲み、一息ついてから、零に問う。

「それで、どうなんだ。雪風は硬いか」

「スーパーシルフ時代の雪風がジャムにやられて不時着したとき、おれは雪風とともに死ぬなら本望だと覚悟を決めた。機密情報を守るため、雪風ごと自爆する、と。だが、現実は、そうはならなかった」

「雪風はおまえを生かすためにシートごと射出し、自らも、メイヴへの転生を果たした」

「そのとおりだ」と零はうなずく。「雪風はおれと共に生きることを選択した。いまなら、そう思える。だが、あのときのおれは、雪風に裏切られたと感じた。雪風はおれの自爆操作を拒否して、おれを機外に放り出した。雪風は自らを守ることを優先し、おれを見捨てて、単独で帰還したんだ」

「味方を見殺しにしてでも情報を持ち帰れ、だ」と少佐。「雪風はクーリィ准将の、その至上命令を忠実に果たしたんだ」

「雪風にとってのおれは、その他大勢の〈味方〉にすぎない。そういうことだろう。おれの心は傷ついたよ。あんたの、その頬の傷のように、深く」

「雪風は硬かった、か」

「そう思った」

「いまもそう思うか」

「雪風は機械ではない。そう思うようになった」

「おまえという味方を見殺しにしてでも帰投する。まさに硬い、機械だろう。特殊戦隊の人間は非人間的な〈機械〉だと揶揄《やゆ》されているくらいだしな。それでも、雪風は機械ではないと」

「おれたちは、生き物だ」

「エディスは、おまえと雪風を新種の複合生命体だと言った」

「おれたちというのは、おれと雪風のことだけではなく、あんたも含めた人間全部と雪風は、同じ生き物だという意味だ」

「雪風は柔らかい、生き物か」少佐は真面目な顔で言う。「そうなんだろうな。トライアンドエラーが通じる相手だ。エラーを許容する機械というか」

「雪風のエラーはわれわれがフォローする。そうでなくては、ジャムにやられる」

「いい感じに変わったな、零」

「生き延びるために必死なだけだ」

「生き延びるには自分一人では駄目だと、雪風に射出されて思い知ったってことだ。雪風をフォローする、などという言葉は以前のおまえからは出てこなかった」

「いったん負けたゲームをリセットして、再挑戦している気分だ。本来、実戦で、これはない。おれは一度死んだんだ」

「死んでない。現実をよく見ろよ、零。雪風がおまえが死ぬことを許さなかった、と言うべきだ」

「そうか。そういうことなんだな。雪風はおれを助けたのではなく、死ぬことを許さなかった、か」

「どう思う。雪風に主導権を握られて、悔しいか」

「それはない」

「主従関係ではなく、もっと厳しい間柄だろうな」

「もっと厳しい？」

「シビアな関係だ。他人同士の関係ではない。他人なら無視すればいい。だが、それができない間柄だ。恋愛関係でもない。エディスのいう〈愛〉とも違うようにおれには思える」

少佐はそこで言葉を切って、すこし考えてから、言った。

「いま思いついたんだが、誤解されそうなので、あまり深く考えずに聞いてくれるか」

「いいよ」

「根拠はまったくないのだが、雪風とおまえとの関係というのは、ジャムに対しても同じような関係になれることを示唆している、そう思いついた」

「ジャムと、信頼関係が得られるというのか」

「信頼というのではなく、ある一点において相互コミュニケーションが成立する奇跡的な関係、とでも言えばいいのか。自分でも、よくわからん。だから、突っ込まないでくれ」

「了解だ」と零も真面目に答える。「あんたのことだ、それを基にして、新しいジャム戦略を考えるのだろう」

「考えるには、この思いつきを言語化しないといけない。いずれ実戦に役に立つかもしれないので、このいまの感覚を覚えておこう。記憶のキーになるのは、いま、この環境だな」

「ブーメランとビールだ」

「それとジャーマンポテト」

「わけのわからない休日と、晴れた空」

「いい気分だ」

「ああ」

「──相互コミュニケーションが成立する奇跡的な関係、と」

少佐はジャケット上腕部のシガーポケットからメモ帳とペンを出して、いま自分で言った言葉を書き付ける。

零は邪魔をせず、両腕を頭の後ろに組み、草むらに横になる。顔を横に向けて自分が空にしたビールの空き缶を数える。三缶だ。まだ三缶。まだまだたっぷり残っている。缶ビールも、休日の時間も。

「そのMA-1ジャケットは、本物ですか」

いつのまにか寝ていたらしい。自覚していなかったが、そうとう疲れているのだろうと零は、聞き慣れない声に起こされた状況を意識し、薄目を開けて、そちらを見やる。

二人いる。

一人は白い革のスニーカーに、薄いベージュに見えるパンツスーツ、綺麗な赤みのルージュをつけたリン・ジャクスンだ。零は上半身を起こす。

「本物もなにも」とブッカー少佐が応えている。「これはFAFの支給品だよ。米軍のMA-1とは関係ない。ま、形は模倣しているんだろうが、FAF工廠《こうしょう》製だ」

相手は、田村伊歩だった。前を開けたジャケットは、それこそMA-1だろう、フライトジャケットだ。カーキ色の生地はフライトナイロンに違いない。下は白のTシャツ。

「休日なので」と伊歩は笑顔で言った。「私服のファッションなのかなと思って」

零も少佐も、下はジーンズだ。伊歩はといえば、ダメージデニム、銀鼠のスニーカー。

「きみのジャケットは偽物なのかな?」と少佐。「ファッションには疎《うと》くてね」

「これも日本空軍がMA-1に準拠して作っているフライトジャケットで、空軍の支給品です。官給品」

そう言いながら、伊歩は悪戯っぽく身体を捻って背中を見せる。

官給品ではあり得ない派手な刺繡柄が目に飛び込んできた。前歯をむき出しにした凶悪な兎が中指をこちらに突き出している絵柄だ。兎には額から角が生えている。一角獣は聞いたことがあるが、なんだこれは、と零は思う。

「兎に角が生えていたっけか」と、なにも考えずに聞いている。

「しかし、すごいな」

「兎角《とかく》です。ありえない、という例えになっている架空の動物」

「ジャッカロープね」とリン・ジャクスンがにこやかに言う。「わたしも見たときは、びっくりした。私服で買ったわけじゃないと聞いて、日本空軍もやるじゃない、と」

「わたしだけです」と伊歩。「横須賀のスカジャンデザイナーの店まで行って刺繡してもらったんだけど、これを上官に咎《とが》められたことは一度もない。お二人も、自由にカスタマイズしたらいいですよ。人生が楽しくなる」

「しかし、さすがに中指を立てているのは、どうかな」とブッカー少佐。「上官に説教されて、退室してよしと言われて敬礼して、回れ右すると、それが上官の目に入るわけだろう」

「人差し指に見えないこともない、あらかじめ、そう言っておけばいいんです」と伊歩。

「あなたが一等賞、という意味だって」

「それはいいな」と零。「少佐に説教されるときのためにおれもやってみたいが、いい絵柄が思いつかない」

「おまえは雪風を背負っているからな」と少佐。「雪風柄で、おれを威嚇するのがいい」

「いや、やはり刺繍をしては、せっかくのフライトナイロンの滑りが悪くなる。実用的でなくなるのはごめんだ」

「もっとセンスを磨いたほうがいいですよ」と田村伊歩。「でないと、ジャクスンさんのお洒落にも気がつけなくて、失礼でしょう」

「有名ブランドなんですか」と零。

ジャクスンは、「いいえ、ぜんぜん。ブランドに格別のこだわりはないわ。好きなのを着ているだけよ」と笑顔で答える。「でも、いいねと言ってもらえるのは、嬉しい」

「エクリュ色のシルクリネンのスーツに」と伊歩は、ファッションというものに無頓着な二人にもったいぶって言う。「白いヴィーガンレザーのスニーカーなんて、モデルみたいにカッコいい。こういうのをカッコいいと言うんです。わかります？」

たしかに、カッコいいという表現は、そうだなと零も納得する。説明されないとそれがわからないというのはなさけないが、説明されてもわからないよりはましだ、と思う。

「いいですね」と零はジャクスンに言う。「何者にも拘束されず自由にどこにでも行ける、という雰囲気があなたらしくて、すごく似合っている」

「とても嬉しいわ、ありがとう」

零はクーラーボックスへにじりより、蓋を開けてビールを取り出し、一本を伊歩へ渡す。

伊歩は、まったく自然に、あたりまえのように受け取った。

「ジャクスンさんは」

「いただくわ」

ジャクスンと自分用に取り、ブッカー少佐へは一本放る。ボックスの蓋を閉めて、汚れていないのを確かめる。

ジャーマンポテトはいつのまにかなくなっている。ジャクスンにビールを渡しながら、

「こいつに腰かけませんか」と勧める。ボックスは十分にベンチ代わりになる。

「ありがとう」

「湿らないの？」と伊歩が零に聞く。「草の上で、尻が」

「だいじょうぶだ」

じゃあと言い、伊歩は遠慮する様子を見せずに、零の隣に腰を下ろす。

「なにしにきたんだ？」

ようやく、頭がはっきりしてきた零は、最初に訊くべきことを訊く。

「特殊戦を上げての休日だというので、ジャクスンさんに誘われて、見学に」

「クーリィ准将の許可は頂いています」とジャクスン。「というより、この日の特殊戦を取材しないかと准将のほうから言ってこられたの。この機会を逃す手はないわね」

「ほとんど、駄目人間の日常を見て回っている感じ」と伊歩は、そう言いつつ、軽蔑した様子ではない。「あなたと少佐がいないので、訊いたら、地上の、ここだってことで」

「だれに訊いた？」と零。

「クーリィ准将です」とジャクスン。「麻雀をしていらした」

「特殊戦の隊員で麻雀をやるのはめずらしい」と零。「准将の相手はだれです」

「当ててみよう」と少佐。「まず、エディス、これは絶対だ。エディス・フォス軍医」

「当たりです」とジャクスン。

「すごいな」と零。「エディスが凄腕のギャンブラーってのは、ほんとなんだな」

「あとは、だれかな」と少佐。「エディスがカモにするのは」

「カモなんですか」と伊歩は興味深そうだ。「ピボット大尉とエーコ中尉が？」

「司令部の切れ者の二人か」と少佐。「そいつは面白そうなゲームだな。観戦したいくらいだ」

「准将がリードしていたようだけど」と伊歩。「リーダーをいい気分にさせるための接待麻雀だと思った。違うのか」

「特殊戦で」と零と少佐は、口を合わせて言う。「それはない、あり得ない」

「そうすると」と伊歩。「じゃあ、あの軍医さんが一発逆転勝ちかな。彼女がいちばん楽しんでいる感じだったし」

「連中、なにを賭けていた？」と少佐。「現金などというつまらんものじゃないだろう」

「ああ、そうね」と伊歩。「それを訊くべきだった、わたしとしたことが。まあ出撃の一回免除とか、仕事を減らすとか、准将相手のゲームなんだから、そういうのじゃないのか」

「それも、面子《めんつ》からすると考えにくいな」と零。「それにしても、准将が賭け麻雀か。意外だな」

ふと思いついて、服装は、と訊く。みんなはどんな私服で麻雀に興じているのか。

「みなさん、制服でしたよ」とジャクスン。「なかなか面白い光景でした」

「だいじょうぶなのか、この部隊は」と伊歩。「そう思わせる、熱の入ったゲームをやってた」

「ただの暇つぶしや遊びではなく、エディスがやっているからには、絶対、なにか賭けてる」と少佐。「いますぐ見てきたい気分だ」

「さすがに制服は賭けないだろうな」と零。「思いつくものといえば、あの面子は、みな酒が強い」

「そういえばワインが木箱ごと、用意されていたな」と伊歩。「あれか。特殊戦は酒には不自由していないみたいですね」

「准将が上層部から、かっぱらったんだ」と零。「地球から輸送されてきた大型コンテナ一杯の、ビールとワイン」

ブッカー少佐が、クーリィ准将とライトゥーム中将の確執を伊歩に話してやる。

「それはそれは」とジャクスンが興味深そうに、言う。「でも、そうした話は機密にしておいたほうがいいのではありませんか、ブッカー少佐。わたしは、いわば地球人を代表する、〈耳〉です。特殊戦やFAF内部の政治的な確執や問題を地球人に知られるのはまずいでしょう」

「たしかにね」と少佐。「でもクーリィ准将は、それを承知であなたを招待している。この休日は、なにか特殊な、准将による戦略的なものだ。たんなる休みではない。AIを含めた、特殊戦の機能そのものが停止、休んでいる。その准将の思惑が、わたしにはわからない。ジャクスンさん、あなたがここにやってくるなんて、わたしには予想外だった。予想外の出来事が起きたら、それこそクーリィ准将が狙っていることだと、そういう話を零としていたところです」

「特殊戦の駄目さ加減を国際的に高名なジャクスンさんに取材させることが、准将の狙い？」と零。「いや、まさかな」

「トップの准将といい」と伊歩。「面白い組織だ、ほんとに、特殊戦というのは。ものすごく、いい。うらやましい」

「きみの処分は決まったのか」と零。

「まだだ」と伊歩。「わたしの処分もなにも、だいたい、事の真相は、本国に伝えられていない。レイフに電子攻撃されて飛行不能に陥った事実にしても、当のエビエータたちにも――」

「エビエータ？」

「日本海軍では、パイロットのことを、そう言う。船の水先案内人を〈パイロット〉というので、それと区別するという伝統らしい」

「おそらく、それは」と少佐が言う。「現海軍大臣が、英米海軍にならった呼称にしたんだと思う」

「同じ国のわたしが知らないことを、よく知ってますね、少佐」

「今回の模擬戦のために調査したからね。准将命令で」

「で、そのエビエータたちは、きみに墜とされたと思っているんだろうな」

「かれらには、なにが起きたのか、まったく理解できていない。わたしの処分以前の問題が解決されていない」

「真相を理解させるのが先決だ、たしかにな」とブッカー少佐。「オーストラリア空軍の空中指揮機を墜としたのもきみだと、派遣されてきた地球軍部隊の指揮官たちは、そう思っているだろう。かれらには、コモンレイヴンの情報も開示して、そうではないこと、きみはジャムを発見して攻撃したのだということを知らせてはいるのだが、それを信じているかどうかは疑わしい」

「まあ、信じないだろうな」と零。「田村大尉でなければ、海軍機もオーストラリア空軍機も特殊戦機に墜とされたと思っているさ」

「いずれにせよ」と少佐。「丸子中尉を含めた日本海軍やオーストラリア空軍の、地球本国への報告は、フェアリイ星からは出ていない。もとより〈通路〉を挟んでのダイレクトな通信はできないが、かれらの、かれらなりに解釈した情報が地球へと出るのをFAFが規制しているんだ」

「情報統制か」と伊歩。

「もっと強力だろう。外部との接触を遮断し、かれらを拘束しているに等しい。ＦＡＦの存亡に関わる情報だから、ということで」

「丸子中尉は、ＦＡＦから出られないということか」

「客観的な事実を認めるまでは、ＦＡＦ当局は出さないだろうな」と少佐。「きみの身柄は、どうなのか、それは、わからない。ＦＡＦはきみを日本空軍に引き渡すことも考えられる。強制送還というべきだな」

「わたしを悪者にして、か」

「きみが海軍のエースだったら、話は簡単だったと思う。現日本海軍大臣は辣腕の政治家だ。きみを悪者にはしないよ。しかし、空軍のほうは、どうかな」

「そういえば」と零が口を挟む。「おれたち特殊戦は、ＦＡＦを表敬訪問した日本空軍のボスを歓迎する役割を押しつけられたんだった。あのときは、まったく、どうなることかと思った」

「そうだった」とブッカー少佐。「儀仗兵役をやらされたんだ。現場の責任者はわたしで、准将命令を拒否することはできなかった。しかし隊員たちは、わたしの命令を拒否した。仕方がないので、儀仗兵のロボットを大急ぎで作った。あの空軍大将があまり目がよくなかったので救われたが、冷や汗ものだった」

　そのときの顚末を零と少佐で代わる代わるしてやると、伊歩は笑い、ジャクスンは感心した。

「まあ、いろいろあるよ」とブッカー少佐。「ジャムと戦うだけにしてほしいものだが、そういうわけにはいかないんだ」

「ブーメランを作って飛ばせるほどの休日というのは、めったにないんですね」と伊歩は、同情の気持ちを顕わにして、言う。「邪魔をしてしまって、申し訳ありません、少佐」

「ありがとう、大尉」と少佐。「日本空軍アグレッサー部隊のエースとこうして雑談できるとはね、想像もしていなかった。いい休日だ」

ブッカー少佐はまた、ブーメランを投じる。それは、見るからにバランスのとれた回転を見せながら、上昇して大きく旋回し、ほぼ水平回転しながら少佐の元に戻ってきた。少佐は両手で、その翼を上下から挟むようにキャッチして、ヤッホーと声を上げた。

「どうだ、零」

「いいね」と零。「やわらかい、ブーメランだ」

「やわらかい？」と伊歩。

自然の空を舞うには機械では硬すぎると、零は説明してやる。雪風についての自分の想いは、言わない。

「わたしにも、投げさせてもらえませんか」

「いいとも」

少佐がブーメランを手渡そうとしたとき、サイレンの音が響いて、反射的に零も少佐も身を固くする。

「ジャック」

「ああ。嘘だろう」

「どうしました？」とジャクスン。

「緊急事態か」と伊歩。

戦闘機用のエレベータが地上に達して、耐爆構造体が地上にせり上がってくるのだ。

「雪風だ」

零は立ち上がって草を払う。姿は見えないが、空のエレベータが上がってくると思えない。特殊戦専用エレベータだ。人間は、使用しない。雪風しか、こんなことはできない。

零は駆け出す。少佐が先だった。ブーメランは伊歩の手に渡っていた。伊歩もついてくる。

構造体が上がりきり、サイレンが止まると、耐爆扉が開く。雪風だった。戦闘機牽引用のコンパクトなロボット動力車、ドーリーに引かれて、エレベータから出てくる。

「大きいわね」追いついたジャクスンが、興奮を隠さずに、言った。「南極で、あなたは雪風の機上から、わたしに手を振ってくれた」

「見えたんですね」

「ええ、はっきりと」

キャノピは無反射コーティングされていて、透明ではなく一見機体と同じ構造体に見える。だが、リン・ジャクスンは、こちらが手を振ったのが見えた、と言う。たしかに、振った。心眼ではなく、ジャクスンはほんとうに視認したのだ。そう思い、零は感動を覚えた。人間の能力は素晴らしい、と。

いま、そのキャノピは開いている。とうぜん無人だ、と思うが、予想は外れる。いや、悪い予感が当たったと言うべきだろうなと零は、その後部席に桂城少尉を認める。

「少尉、降りろ」と零は叫ぶ。「おまえ、なにをやっているのか、わかっているのか」

おれの雪風に、勝手に乗りやがって、という怒りが伝わったに違いない。雪風が完全にエレベータから出て、ドーリーの動きが止まると、後部席の桂城少尉は、まるで零から銃で威嚇されているかのように両手を挙げ、すみません、とどなった。

「いま、降ります」

雪風の機体に付いているボーディングラダーをうまく使って、少尉が地上に降り立つ。

「下は大変なことになってます、深井大尉」

「なにが起きている」とブッカー少佐が、いつもの上官の態度で桂城少尉に訊く。「報告せよ、桂城少尉。大変なこととは、なんだ」

「はい、少佐」

桂城少尉は姿勢を正し、少佐と対峙する。少尉もフライトジャケット姿で、無帽だった。「雪風が、寝ていたコンピュータ群を、叩き起こしました。ピボット大尉の話では、〈哲学的な死〉の状態にあった特殊戦のコンピュータたちに、あらためてジャムの脅威を雪風が知らしめたのだろう、とのことです。いま司令部では、緊急対応態勢に入っています。コンピュータたちのパニックを抑えようとしている」

「パニック状態だ？」と零。「雪風はジャムの幽霊でもAIたちに見せたのか――」

「これだな」とブッカー少佐。「クーリィ准将の狙いは、これなんだ。対ジャムのための休みではなかったんだな。しかも、われわれ人間のための休みでもない。AIたちを休ませ、いったん〈死なせ〉ておいて、叩き起こすのが目的だったんだ。しかし、まさか、自軍のコンピュータ、AIたちに、こんな罠のようなことを仕掛けるとはな。しかも、雪風を使ってだぞ。信じられるか？」

「どうやら、休みはこれで終わりらしいな」と零は言う。「まだ全部飲んでないのに」

「シドニーの時も、短い休暇でしたね」とジャクスンが言う。「あなたはいつも、雪風のもとに帰っていく」

「すみません、ジャクスンさん、こんな調子で、ゆっくりお話しできそうにない」

「頑張って、深井大尉」

グッドラック、キャプテン・フカイとリン・ジャクスンは言う。零は差し出された手を見て一瞬戸惑ったが、しっかりと握手して、それから雪風の機体に近寄り、ラダーに足を掛け、登って、パイロット席のモニタを見やる。暗い。慎重に、座席に身体を滑り込ませ、シートに落ち着くと、電源が自動で入った。

「大尉、モニタを見てください」

下で桂城少尉が言っている。

「見ている。メッセージだ。田村伊歩大尉、来てみろ」

「はい、大尉」

先ほどまでと打って変わった礼儀正しさで伊歩は応えて、手にしているブーメランを桂城少尉に渡し、ラダーを上がって、サイドシルから零の指さすモニタへ目をやる。

雪風のメッセージが表示されている。

〈I will not allow you to take a rest. Fight with me. Cap.IFU TAMURA will be our eyes... Cap.FUKAI〉

「わたしは」と伊歩。「雪風と大尉の、目になる、か」

「ジャムを見る目、だ」

どうして田村伊歩という人間にそういう能力が備わっているのか、本人にも、だれにもわからない。それよりも問題なのは、どうして雪風にそれがわかるのか、なのだが、それも、雪風がそれについて答えないので、わからない。実戦で役に立つのなら、そうした理屈の詮索はもういい、と零は思っている。解析するのは自分の役目ではない。

「休むんじゃない、一緒に戦えと、雪風に言われていますね」と伊歩。

「雪風は、もしかしたら、おれと少佐がのんびりと休んでいるのを知って、嫉妬したのかもな」

「そこまで乗機に愛着があるというのは理解しがたいですが、でも、うらやましい気もする」

そう言って、伊歩は、後部席に着いてみてもいいかと訊いてきた。

「いいが、桂城少尉の後釜を狙っているのか？」

「まさか」と伊歩。「わたしは、自分で飛ばしたい」

「だろうな。凄腕だ」

機外で、ブッカー少佐が呼んでいる。

「深井大尉、わたしは司令部に戻る。おまえは雪風をなんとかなだめて、地下格納庫へ連れ戻せ」

「まるで馬だ」と伊歩は笑う。「なだめろって——」

「わかった、少佐。任せろ」

「いいか、零、絶対に飛ぶなよ。雪風との休日は許可しないからな。これ以上、わたしの仕事を増やさないでくれ」

「了解した。エディスによろしくな。彼女、きっと勝ちゲームをチャラにされて怒っているぞ。なだめてやれ」

「なにもかも、みんな、わたしの仕事だ。いい加減にしてほしいぞ。じゃあな」

「桂城少尉」と零は、少尉を呼ぶ。「ビールを入れたクーラーボックスが見えるか」

「イエッサー」

「回収して、下に持っていってくれ。ブッカー少佐の私室だが、少佐のオフィスでもいい。おまえが持っている、そのブーメランと一緒にだ」

「わかりました」

普段の少尉ならば、そんな用事は任務のうちには入らないと拒否するところだ。が、いまは、雪風がここまで出てくるのをどうしても制止することができなかったという負い目があるのだろう、素直だった。

「少尉」

「イエッサー。まだ、なにか？」

「雪風の異変に、どうして気がついた」

「それが、その」と言い淀んだが、すぐに続けた。「バーチャル猫を飼っていまして」

「知っている」

「ばれてましたか。そうか」

「それで」

「はい、猫のグルーミングをやっていたら、突然、猫が角付きの兎に変身して、中指を突きつけられて——」

後部席で、伊歩が爆笑する。

「それ、わたしのキャラじゃない。雪風、わたしをよく見てるんだ」

「キャラって？」

どうやら桂城少尉は伊歩のジャケットの背中は見てないらしい。

「続けろ、少尉」

「はい、大尉。で、雪風からのメッセージがバーチャル空間にテキストで表示されました。

そこに出ている表示です。雪風の異変を感じてブッカー少佐に報告しようとしたんですが、そのときはもう、司令部は大変な騒ぎになっていて。雪風がやっていると思ったので駐機場に行き、チェックのために乗り込んだら動き出し、結局、ここに」

「わかった」

「あの、そこ、ぼくの席なんですけど、田村大尉」

「わたし大尉、あなた、少尉。あなたは歩いて下に行く。わたしは雪風と一緒に下に行く。オーケー?」

「イエッサー」

「少尉、あとは任せろ。なんとか雪風をなだめて、下ろす。あのボックスを頼む。中のビール、飲んでもいいぞ」

「冗談でしょう。酔ってなんかいられませんよ。下はほんとうに、たいへんな騒ぎなんですから。大尉もはやく酔いを醒ましてください」

「わかった」

では、とブーメランを手にした少尉は草むらに向かって駆けていき、クーラーボックスを肩に掛けて戻ってきた。そしてそのまま雪風を通り過ぎ、戦闘機用のエレベータの脇の、地下鉄駅の入り口のような人間用エレベータに通じる連絡口へと姿を消す。

戦略的な休日の終わりだ。

零は人間の姿のない地上を見回して、こんな気分で雪風の機上にいるのは初めてだと気づいた。これは、雪風との〈安らぎの時間〉だと思った。伊歩になんと揶揄されようと、雪風はこの短い時間をこの自分と共にすごすためにここに来たのだ。そう思った。

「深井零大尉」

後部席から伊歩が声を掛けてきた。ヘルメットのスピーカーからではない、生の声が新鮮だ。

「なんだ」

「わたしも雪風と飛びたいです」

雪風のフライトオフィサとして、という意味ではない。零にはわかる。

「飛燕を特殊戦機にすべく、ブッカー少佐に頼んで、性能向上改修をほどこすか」

「わたしは飛燕にはこだわりはないので、ＦＡＦの最新鋭単座戦闘機があれば、そのほうがいい」

「特殊戦・第六戦隊の三番機だ」

「いいですね、それ」

「大丈夫、きみの願いは叶う。強制送還など、雪風が絶対にさせないよ」

「ジャムはフェアリイ星にいますよ、まだ、たくさん。勘だけど」

「雪風とレイフ、そしてきみとで、連携戦術を開発しよう」

「よろしくお願いします、深井大尉。そして雪風も、よろしく」

「さて、休みは終わりだ」

零は雪風への音声コマンドスイッチをオン、雪風に命じる。

「雪風、よく迎えにきてくれた。休息は終わりだ。戻ろう」

返事の代わりに、軽い衝撃が伝わる。

ドーリーが動き、機体がゆっくりと向きを変えていく。景色が動く。背中には田村伊歩という異能の戦士の気配。

ジャム戦は新局面を迎えた。その事実を零は、五官ではっきりと感じ取っている。

戦うこと、語ること、擬態すること

ライター《ライター》　前島　賢

異星からの侵略者と戦う。ただそれだけを目的に生み出された戦闘組織／戦闘機械たちは、戦うべき相手を失った時、どうするのか？

本書『アグレッサーズ　戦闘妖精・雪風』は、著者・神林長平の代表作《戦闘妖精・雪風》シリーズの最新作の文庫化である。シリーズ第一作の短篇「妖精の舞う空」が〈ＳＦマガジン〉に掲載されたのが一九七九年十一月号のことだから、シリーズの五十周年まであと四年という、まさに神林長平のライフワークと言うに相応しいシリーズだ。

・１９８４年：第一部：『戦闘妖精・雪風』（２００２年：改訂版『〈改〉』）
・１９９９年：第二部：『グッドラック　戦闘妖精・雪風』
・２００９年：第三部：『アンブロークン アロー　戦闘妖精・雪風』
・２０２２年：第四部：『アグレッサーズ　戦闘妖精・雪風』

――と、これまで十数年に一作ずつ、というペースで書き続けられてきた本作。それだけにいささか前巻までの記憶も曖昧になっている読者も多かろうから、まずはシリーズの基本設定と各巻のあらすじをおさらいするところから始めよう。

なお基本的に前作までのネタバレは考慮しない。また、本シリーズは各巻の内容が密接に関連している上、その魅力は、各巻毎に次第に深化していく著者の思考の過程を追体験できる点にもある。そのためシリーズ未読の読者は、第一作『戦闘妖精・雪風〈改〉』から順に読まれていくことを強く推奨する。


さて、シリーズの舞台となるのは、謎の異星体との戦端が開かれた現代～近未来だ。南極に巨大な霧柱を打ち込み、そこから侵攻してきた正体不明の異星体ジャム。人類はこれに反撃、侵略者を追撃して霧の柱へと突入――その先に未知の惑星を発見する。人類はこの天体をフェアリイ星と名付け、現地にフェアリイ空軍《フェアリイ・エア・フォース》――ＦＡＦを設立、地球防衛のための前衛とする。以来、人類とジャムは、このフェアリイ星で一進一退の航空戦を三十余年にわたって繰り広げていた。

このＦＡＦに特殊戦第五飛行戦隊、通称・特殊戦と呼ばれる飛行隊が存在する。ＦＡＦの主力戦闘機・シルフィードを改造した「最強」の機体・スーパーシルフ十三機を擁する彼らの役割は、しかし戦闘ではなく偵察だ。戦場のあらゆる情報を収集し、味方を見殺しにしてでも持ち帰ること。敵と戦闘せず、味方も助けず、ただ行って戻ってくるだけ――任務の性質からブーメラン戦隊とも呼ばれるこの部隊は、その非情な命令を遂行するため、人間的な共感能力を欠いた者たちばかりで構成されていた。「雪風」のパーソナルネームを持つ三番機のパイロット……主人公・深井零は、まさにそうした特殊戦の隊員――ブーメラン戦士の典型的な人物であり、上官のジェイムズ・ブッカー少佐をただ一人の例外として、愛機のみを心の拠り所としていた。

シリーズ第一作『戦闘妖精・雪風』は、雪風と零が挑む様々な航空作戦が極めて精緻なメカニック考証と共に描かれる連作短篇形式の軍事航空SFだ。そして、それと同時に執拗に繰り返される「この戦争には人間が必要なのか？」という実存的な問いが本作を特徴付けている。

ジャムという存在は、どうやら人間を認識できておらず、彼らが敵と考えているのは地球の兵器や人工知能群らしい。そして異星体との戦いの中で高性能化していくそれらは、次第に戦場から人間を不要なものとして排除していく。無人戦闘機の開発者や新型機のテストパイロット、機械の心臓を持つ整備員、不遇な除雪作業員……本作は繰り返し、道具であるはずの、場合によっては自分の手で生み出したはずの機械に翻弄される人々を描く。それは零も例外ではない。特殊戦機の無人化が決定された中で行われる雪風との最後の有人任務中、不時着を余儀なくされた彼は、愛機と死ねることに救いすら見出すが、それが叶うことはない。雪風は、近隣を飛行中の試作新型機にみずからの情報を転送、抜け殻となった機体と瀕死の零を置き去りに、基地へと帰投していく……。

フェティッシュに充ちた兵器描写と同時に、人間とは何か、人に生きる意味はあるのか、という哲学的・実存的な問いを投げかけ、それが世界との関わりに困難を抱えた青年の自意識を通じて描写される。軍事SFと哲学小説、青春文学の、特異な、しかし美しいアマルガムである本作は、そのテーマにおいて同じく七九年に産声を上げた『機動戦士ガンダム』、そして、そこから『新世紀エヴァンゲリオン』等を経て現在まで続くSFロボットアニメの系譜とも共鳴する。この点において本作は、日本SFの代表作であるのと同時に、本邦の若者向けエンターテインメント――いわゆる「オタクコンテンツ」に連綿と受け継がれてきた主題の、先駆者にして完成形のひとつと評者は考えている。

人間を嫌い、「人間以外の何者かになりたい」という、しかしある意味では極めて人間的な願いを抱いた青年が、結局は人間として破滅していく。そんな完璧に完結した物語の続篇を描く、という困難に挑戦したのが、第二部『グッドラック』である。

FAFの戦闘知性体群が人類を不要な部品と見なし始めた時、皮肉なことに、一方のジャムはようやく地球の兵器に付属する奇妙な有機物に注目し始め、この「人間」という部品の分析と複製を始めていた。前作の最終エピソードで、零はこのジャム人間と遭遇するが、『グッドラック』において、ジャムはこれをスパイとしてFAFに侵入させるという新たな戦略を取る。無人機として運用されていた雪風は、この、自身では識別不可能な新たな脅威に対し、深井零に自分の敵を指示させろと要請。これが、一度は断たれた零と雪風の関係を再び繋ぐきっかけとなる。前作が「独白」と「拒絶」の物語であったとすれば、続篇となる本作は「対話」と「関係性」の物語だ。精神科医のエディス・フォスやもう一人の深井零と言うべき新フライトオフィサ・桂城彰といった新キャラクターを迎え、零と登場人物たちは「ジャムとは何か」「雪風と何か」「おまえは私をどう思っているのか」と言った饒舌なダイアログを繰り広げる。

この対話はしばしば雪風の操縦席でも続く。「キャラを密室に閉じ込め関係を強制する」というのはラブコメの定番シチュエーションだが、前作においては、雪風という鏡像を相手に独白を繰り返すだけの個室だったはずのコクピットが、今作以降では、濃密なコミュニケーションのための相席となったようだ。そこでの対話を糧に、零はみずからが雪風に抱く不安や恐れを言語化し、その上で愛機と新たな関係性を構築していく。

前作から通読すると、二冊が同じ作家によって書かれたと信じられない読者さえいるだろう。書くことを通じて、作家自身も変化していく。その変化を最も端的に味わうことができるのが、『雪風』と『グッドラック』の二冊である。

そうした対話の連鎖の中で、ついにはジャムまでもが、雪風と零へ接触してくる。特殊戦、とりわけ雪風と零の特異な存在のありよう——作中でそれは機械知性体と人間というふたつの異質な存在からなる新種の複合生命体とも呼ばれる――に注目したジャムは、これを捕獲すべく投降を呼びかけてくる。雪風がこれを拒絶したことで、ジャムは次なる戦略として、FAFへの総攻撃を開始。さらには密かにジャム側に寝返っていたFAF情報軍将校アンセル・ロンバート大佐がFAF内部に浸透していたジャム人間を扇動し反乱を起こす。内憂外患、まさに絶体絶命の状況だが、ここにおいても『グッドラック』という小説は「対話」というテーマを貫く。特殊戦はジャムの攻撃を、自分たちを知るためのアプローチと見なし、さらにFAF上層部も、ロンバートの裏切りをジャムと人類の対話のきっかけになると、むしろ歓迎する素振りさえ見せる。物語はジャムからの「総攻撃」というメッセージに応答すべく、零と雪風が出撃していくところで終わる。

続く第三部『アンブロークン アロー』は、第二部のラストから直接に繋がる続篇であり、第二部で提唱された複合生命体とはいかなる存在で、いかにして戦うのかという具体的な実践／実戦が描かれる。

物語は、シリーズのレギュラーキャラクターである、ジャーナリストのリン・ジャクスンの元に、ジャムの代理人となったロンバート大佐による人類への宣戦布告を告げる手紙が届くところから始まる。一方、激戦の続くフェアリイ星の空、雪風が、FAF機に同士撃ちを引き起こしている電子索敵機型のジャムを捕獲しようと機動した時、特殊戦の面々は、現実とは異なる異質な世界に閉じ込められてしまう。

特殊戦の実質的指揮官であり、巻を重ねるごとに存在感を増していくリディア・クーリィ准将を始め、エディス、ブッカーといった常連の面々の一人称小説の形で描写される「そこ」は、時系列や因果律、物理的な距離や空間と言ったものが意味を為さず、自分と他者との境界線も曖昧になった異空間であり、ここからの脱出が第三部の主題となる。

その手掛かりを探るうち、やがて特殊戦の面々は、異空間に閉じ込められたのではなく、世界の見え方が変わってしまったのではないか、という仮説に辿り着く。時系列や自己と他者の区別といったものは、しかし人間の言語による世界認識から生じたものに過ぎない。「リアルな世界」には、過去も未来もなく空間もなく、それらがすべて可能性として同時に存在しているのであり、ジャム、そしてFAFの作り出した戦闘機械群は、その「リアルな世界」に生きている。特殊戦の異変は、彼らの認識が、ジャムや機械知性のそれへと近づいてしまったことで起きているというのだ。さらには、フェアリイ星もまた、地球を「リアルな世界」側に近い認識で観測したものに過ぎないという説さえ提示される。

そして前半の特殊戦隊員たちの一人称小説は、そんな変容した世界＝認識の中で、ジャムに対抗し、ロンバート大佐を探索すべく、雪風が語らせていたものだと明かされる。雪風は、この状況下で、ミサイルのかわりに、言語による世界認識機能を持つ自律偵察ポッド＝人間を発射することを選んだのだ。

言葉を持たない存在が認識する世界を、言葉を以て表現する。そんな途方もない文学的挑戦の過程が第三部である。そして、人間が世界を言葉で語ること――小説を語ることそれ自体が、同時に、雪風によるジャムの索敵――戦闘行動にもなっている。第二部において提唱された人と機械の複合生命体という概念はどのようなものか、という問いに、神林長平は、みずからの小説を示した。私とは、他者とは、言語とは――書くことを通じて思索を深めていくスペキュレイティブ・フィクションとしての神林長平作品の極北、神林長平文学の達成点とも言えるのが、この『アンブロークンアロー』だろう。

かくて、おぼろげにも事態の全容を把握した特殊戦は、超空間通路を抜けて地球の存在を認識することで「リアル」の側に近づいた世界を、人間の側に戻すという対抗策を立案、雪風と零を地球に向かわせる。だがFAFの試作機TS‐1に乗るロンバート大佐＝ジャムもまた同じ目的地を目指していた。雪風とロンバート機、どちらが先に通路を抜けるかで、世界の見え方、あり方、地球が存在しているかどうかが決まるという戦闘機同士のチェイスは、ロンバート大佐からの宣戦布告を受けて、南極を訪れていたリン・ジャクスンの「観測」によって雪風が勝利する。地球の青空――人間の世界、人間の空を旋回すると、雪風はブーメランのように再び通路へと去り、第三部は幕を閉じる。

さて、そしてようやく第四部――本書『アグレッサーズ』である。

特殊戦はジャムの総攻撃をなんとか生き残り、人間の世界へと帰還した。しかしながらFAFは大損害を受けた上、ジャムはロンバート大佐を通じて地球に侵入したと思われる。つまりFAFは、この惑星での戦争に敗北したのだ。しかし真の問題はそこではない。ジャムは機械知性体に「われは、去る」というメッセージを残し、フェアリイ星から（恐らくは地球へと）去った。ジャムと戦うことを目的に作られた戦闘兵器群にとって、敵の不在は、いかなる攻撃よりも致命的な事態となる。事実、人工知能群は敵の消失により「哲学的な死」＝機能停止に陥ってしまった。

特殊戦が生き残るためには、機械知性の存在が不可欠であり、そのためには、たとえジャムが存在しなくても、対ジャム戦争を継続する必要がある。かかる状況において特殊戦……クーリィ准将が選択したのは、ジャムを模倣することでその脅威を地球の人間に教導するアグレッサー部隊の設立である。

ジャムがいないと困るなら、自分がジャムになればいい。

極めて突飛な、トンチ的とも言える発想だろうが、しかし、シリーズをここまで読んできた読者であれば、むしろ、ストンと腑に落ちるはずだ。

地球人から見ればFAFこそがジャムに見える、ジャムの兵器と戦うためにFAFの兵器もまたジャムに近づきつつある——ジャムと戦う者はジャムになる、という視点は、シリーズの中で度々語られてきた。

この視点からすれば、《雪風》が、実は最初から、擬態すること、擬態されることを描き続けてきた作品だと気付く。記念すべきシリーズ第一話「妖精の舞う空」で零と雪風が初めて交戦する相手はジャムに複製されたと思しき自機の分身、スーパーシルフであり、同空戦で負傷した零は、ブッカー少佐に、パレード用の儀仗兵の代わりを、ロボットで複製することを命じられる。第一部の最終エピソードに登場するのが、ジャムによる人間のコピーであることはすでに確認したとおりだ。

そして、そもそも「文章を書いたり言葉で思考するというのは、その本来は意識できない思考の流れを擬似的に再現しようとしているに過ぎない」と『アンブロークンアロー』でロンバート大佐が語っていたように、小説を書く、言葉を紡ぐ、という行為自体が、対象を複製し、対象に擬態するという行為なのだと言える。

「独自の世界観をもとに『言葉』『機械』などのテーマを重層的に絡みあわせた作品を多数発表」というのが神林長平のお馴染み紹介文だが、こうして考えると、神林長平は「言葉」と「機械」という別々の題材を重ねているのではなく、同じものが、単に読者には別のものに見えているだけではないか？　という気付きに辿り着く。

人と機械が別物に感じられるのは我々が人だからで、異星人の目から見れば、人間が意中の相手に声をかけてポケットに隠しておいた結婚指輪を渡すのも、戦闘機が目標をレーダーロックしてウエポンベイから空対空ミサイルを発射するのも、おそらく同じ「送り物」だろう。人と機械の差異は「音波で通信する有機計算機」と「電波で通信する無機計算機」という材料と通信装置の違いしかなく、そして材料が違っても構造＝情報＝言葉は共有――「模倣」「擬態」できる。神林長平というのは、そんな異星からの目をもって、ずっと「相手の構造を模倣し合う他者たち」というテーマを書き続けてきた作家なのではないだろうか。

いささか、解説を離れて独自研究の域に達しつつあるが、もう少しだけ脱線にお付き合い頂きたい。筆者がこのような考えに到ったきっかけの一つが、生成ＡＩとの遭遇である。本書『アグレッサーズ』の単行本刊行から文庫化までの約三年間というわずかな時間の間で、ＣｈａｔＧＰＴをはじめとするそれらは急速な普及と発展を遂げ、ＳＦで書かれてきた人工知能が、人間に取って代わる世界がいよいよ現実的になってきた。

神林作品に度々登場する著述支援マシン「ワーカム」の現実版とも言えるこれを実際に使ってみると、人と同じように、あるいは人以上に流暢に言葉をしゃべるが、しかし、人のような意識は持っていない存在と対話する不気味さは、そっくり神林作品で読んだそれの追体験でもあり、神林長平という作家の先見の明にも驚かされた。

しかし一方で、生成ＡＩに触れたせいで逆に人間の「非人間性」を意識させられることが増えた。生成ＡＩがやっているのは、既存の文章を模倣するだけの「確率的オウム」だと言われるが、人間同士だって、どこかで聞いたような単語やフレーズを、意味もわからずにコピペし合っている。生成AIとの会話が人間的でないなら、人間も同じ程度には人間的ではなく、結局、我々は意味もわからないまま、相手の真似をし合っているだけの装置なのではないか……。

本書のタイトルが『アグレッサーズ』と複数形になっていることについて、単行本刊行時の筆者は、FAF＝特殊戦の雪風&深井零に、日本空軍の田村伊歩と、複数のアグレッサー部隊とその隊員が登場するからだろうと、単純に考えていた。しかしながら、前述の経験を経て、解説執筆のために読み返すと、このタイトルの射程はもっと広かったのではないかと思わされた。人間も機械知性もジャムも、実は自分を模倣する他者である。とすれば、この世界に生きる我々の全てが、自分を模倣した相手を模倣する自分を模倣する相手を模倣する……という鏡像関係の連鎖を続けるアグレッサーのアグレッサー……アグレッサーズなのではないか。そして、まさにその「相手を模倣し合う他者たち」こそ、神林長平が一貫して書き続けてきたものではないのかと。

——さすがに筆を滑らせすぎた。独自研究、休題。

ともあれ、まず第一義的には本書の言う「アグレッサー」とは、軍用機の訓練において敵機役を務める教導部隊のことを示す軍事用語であり、本作はつまり、特殊戦＝雪風&深井零がアグレッサーとなって地球の航空機を相手にする話である。日本空軍のアグレッサー部隊・ファイターウエポン所属の田村伊歩という女性パイロットが新たに加わり、消えたジャムに代わって物語に鮮烈な彩りを加えている。この田村伊歩がなかなかに強烈なキャラクターで、社会性のなさはそのまま積極性と攻撃性をマシマシにした深井零というか、地球産の人間雪風というか……彼女については、本書単行本版刊行直後に著者インタビューを行い集中的に伺っている（『戦闘妖精・雪風〈改〉〔愛蔵版〕』収録「我はいかにして侵略者《アグレッサー》となりしか」）。（残念ながら幻に終わった）トム・クルーズ主演によるハリウッド版『戦闘妖精・雪風』が、彼女の誕生のきっかけになったという話など、興味深いエピソードもいろいろと聞けたので、機会があれば、是非こちらも一読いただきたい。

ともかくもそんな彼女を加え、前作ではやや不足気味であった、航空軍事ＳＦとしての《雪風》を存分に楽しむことができるのが本書だ。

神林長平の描く空戦は速い。

人間の知覚を一瞬にして飽和させるほどの出来事が同時に起り、登場人物と我々にできるのは断片的な情報を解釈することだけ。解釈している間にも、状況は高速で推移し、そして気がつけば、すべては終わっている。

超音速で飛行するエンジンと、光速で思考し通信する計算機を備えた戦闘機の、しかも正体不明な異星体を相手にした空戦というものが、いかに人知を超えたものであるか、読者はまざまざと思い知らされる。あまりの情報量の洪水に、脳が悲鳴を上げる感覚は、まさにSFを読む醍醐味と言えるだろう。半世紀近くにわたって書き継がれることで洗練されてきた、神林長平の空戦描写を是非味わって頂きたい。

しかし、それだけに、読者は、この空戦をもっと読みたいと願ってしまうはずだろう。

文庫本が本作の初読となる読者は幸いである。実は、第四部の完結直後の〈SFマガジン〉二〇二二年六月号から第五部の連載が始まっており、二〇二四年十二月刊行の〈SFマガジン〉二〇二五年二月号で完結。二〇二五年二月に第五部『インサイト 戦闘妖精・雪風』として刊行予定であり、間を置かずに、この続きを読むことができる。続く第六部の連載も決定されており、どうやら、この第四部は、《雪風》新三部作の序章という位置づけになりそうである。

こちらでは、さらに空戦に次ぐ空戦が繰り広げられ、加えて第一部の因縁の場所が舞台となるなど、シリーズが大きな円環を描きはじめたようだ。かつてないほど、物語が、そしてジャムとの戦いが、核心へと近づいているのを感じる。

前述のインタビューで、筆者は、著者にシリーズ完結の目算についても伺った。それによれば、「《雪風》はデビュー第一作として書き始め、ずっと続けてきた作品だから、この先も描き続けていくんだろうと思います」とシリーズの完結は考えていないとしている。

もちろん、ライフワークとしてシリーズを書き続けてくれるのはとても嬉しいことではあるのだが、同時に、始まった物語ならば終わりも見たいという、二律背反した願いを抱くのが、読者の我が儘さというものである。

そして、言うまでもないことだが、しばしば言葉は、物語は、書き手の意図を超えて自律駆動する。続く第六部で、神林長平の筆は、もしかしたら本人の思惑を超えて、ジャムを捉えきってしまうのではないか――？　そんな疑問と期待を筆者は抱いている。

いずれにせよ、この第四部『アグレッサーズ』、そして矢継ぎ早に刊行される『インサイト』を読むことで、読者であるあなたは半世紀近くにわたって書き続けられてきたジャムとの戦いの最先端へと辿り着くことができる。

是非、これから一緒に、《雪風》の行き先を見守ってほしいと思う。


本書は、二〇二二年四月に早川書房より単行本として刊行された作品を文庫化したものです。

著者略歴　1953年生，長岡工業高等専門学校卒，作家　著書『戦闘妖精・雪風〈改〉』『敵は海賊・海賊版』『猶予の月』『膚の下』（以上早川書房刊）他多数

HM=Hayakawa Mystery
SF=Science Fiction
JA=Japanese Author
NV=Novel
NF=Nonfiction
FT=Fantasy

アグレッサーズ
戦闘妖精・雪風

〈JA1586〉

二〇二五年一月二十日　印刷
二〇二五年一月二十五日　発行
（定価はカバーに表示してあります）

著者　神《かん》林《ばやし》長《ちょう》平《へい》
発行者　早川浩
印刷者　西村文孝
発行所　株式会社 早川書房
郵便番号 一〇一‐〇〇四六
東京都千代田区神田多町二ノ二
電話 〇三‐三二五二‐三一一一
振替 〇〇一六〇‐三‐四七七九九
https://www.hayakawa-online.co.jp

乱丁・落丁本は小社制作部宛お送り下さい。
送料小社負担にてお取りかえいたします。

印刷・精文堂印刷株式会社　製本・株式会社フォーネット社

ISBN978-4-15-031586-3 C0193

本書は活字が大きく読みやすい〈トールサイズ〉です。